AF295220

Christoffer Vuolo Junros

Ursprung Andromeda

Upprorets Eld

Originaltitel: Origin Andromeda: Insurrection
Originalspråk: Engelska
Översatt av: Christoffer Vuolo Junros

© 2024 Christoffer Vuolo Junros

Illustration: Christoffer Vuolo Junros

Förlag: BoD · Books on Demand, Stockholm, Sverige
Tryck: Libri Plureos GmbH, Hamburg, Tyskland

Upplaga: 2

ISBN: 978-91-8080-052-5

Tillägnad min kärlek, mitt liv, mitt hjärta, min fru.

Joanna Junros

Till min älskade mor, som alltid stöttar mig och mina projekt.

Ann-Cristin Vuolo Junros

Till de modiga människorna i Iran, som står fast mot den brutala regimen och kämpar för friheten att leva sina liv som de själva önskar.

Till det palestinska folket, må ni finna den fred, välfärd och frihet ni förtjänar, befriade från den mördande förtryckande kolonialmakten.

Zan, Zendegi, Azadi

Kvinna, Liv, Frihet

Epigraf

"Du kan inte bortförklara en omoralisk handling *eftersom du tror att den är kopplad till något högre syfte." - Kapten Jean-Luc Picard*

Tack

Först och främst vill jag uttrycka min djupaste tacksamhet till min livskamrat och fru, Joanna. Att skriva en bok är svårare än jag trodde, men också mer givande. Att skriva en andra bok var inte lättare. Och inget av detta hade varit möjligt utan din hjälp. Du var lika viktig för slutförandet av den här boken som jag. Alltid villig att ge mig råd och en aldrig sinande inspirationskälla för själva berättelsen. Tack för att du alltid står vid min sida, stöttar mig genom varje utmaning och firar varje liten seger med mig. Det är äkta kärlek.

Därefter vill jag rikta ett varmt tack till min mor. Du har alltid trott på mig och jag är evigt tacksam för allt du gör! Att du är en världskänd skytt och har en plats i Guinness Rekordbok är bara grädden på moset! Du är den bästa mamman som tre pojkar kan önska sig. Även under de mörkaste timmarna, när vår familj gick igenom det värsta tänkbara, höll du oss på rätt väg.

Jag vill också tacka mina fantastiska vänner och kollegor som har stöttat mig i min strävan och frågat hur det går med uppföljaren (om du läser det här, så tycker jag det gick utmärkt) och ger mig fina konstruktiva recensioner. Ni är fantastiska, allihop. Varenda en av er!

Ett särskilt tack till min gamla lärare, Anne-Maj Giertz, för det första handskrivna läsarbrevet jag fått. Det värmde verkligen!

Sist men inte minst vill jag ge min största respekt och tack till mina författarkollegor Chris Harris, Thomas. E. Butcher och Michael R. Forbes ... som alla skrivit fantastiska böcker som verkligen borde stå på de finaste biblioteken och på de bästa hyllorna i bokhandeln. Att läsa era böcker, lyssna på era berättelser och dyka ner i ert universum har satt djupa spår i mitt skrivande. Ni är fantastiska; sluta aldrig skriva. Ni har ett fan för livet i mig.

Och till dig, kära läsare, hoppas jag att du kommer att gilla denna fortsättning lika mycket som jag älskade att skriva den.

Till minne av vår far

Mats Tommy Edvard Junros

(1959-2006)

Du finns alltid i våra hjärtan och minnen.

Sammanfattning av bok 1 "Funnen Identitet"

Hej och varmt välkommen tillbaka! Så kul att se dig igen! Om du nyligen har avslutat den första boken i "Ursprung"-serien (*Ursprung Andromeda: Funnen Identitet*), kan du hoppa över denna introduktion och dyka direkt in i kapitel 1. Du har en spännande resa framför dig, och det kommer bli otroligt roligt!

Men om det var ett tag sedan du läste den första boken, kan det vara klokt att börja med en kort sammanfattning. Ta gärna en titt i kapitlet *"Huvudkaraktärer"* som finns i slutet av boken för att fräscha upp minnet med några snabba karaktärsbeskrivningar.

Valet är ditt – en snabb tillbakablick eller rakt på fortsättningen? Vad känner du för?

Okej, så du valde att friska upp minnet innan du fortsätter med historien. Klokt val! Hur slutade historien nu igen? Vad lämnades osagt? Låt oss dyka in igen. Är du redo?

Då kör vi! Håll i dig, för nu åker vi!

Allt började när Henrik Harlacker, en till synes vanlig man, upptäckte en mystisk kub på sitt kontor. Denna kub förde honom in i en virtuell verklighet där han upptäckte en främmande planet i en avlägsen galax. Plötsligt dök hans vän Björn upp på kontoret, och det visade sig att han inte bara var en vän utan också Henriks kusin, och att han hade hållit ett öga på Henrik ända sedan de var barn. Men snart blev de jagade av mystiska individer i gröna dräkter, och de lyckades fly till Björns bil. Där sövde Björn Henrik, och när han vaknade befann han sig på ett enormt rymdskepp med teknik som överträffade hans vildaste fantasier. Björn förklarade deras sanna ursprung och avslöjade att Henrik var kapten på detta rymdskepp, och att han faktiskt kom från Andromedagalaxen.

Henrik fick veta att han var son till den tidigare ledaren för Andromedaalliansen och att han nu skulle axla ansvaret som dess framtida ledare, med alla de problem det skulle innebära. Björn informerade honom om att de skulle ge sig ut på en farofylld resa till hans gamla hemvärld, Zuood. Där regerade inkräktaren Tidus, som med sin Chronos Korporation styrde hela Andromedagalaxen med järnhand. Han var en hänsynslös ledare som använde våld och hot för att behålla sin makt. Men Henrik hade sin starka och resursfulla fru Joanna vid sin sida, och tillsammans övervann de många hinder. Under resan mötte Henrik och hans besättning en rad utmaningar, svek och livsfarliga situationer. Samtidigt växte Henrik som ledare och utvecklade sin förståelse och kompetens. En dag upptäckte de ett övergivet rymdskepp som drev i rymden, på väg mot jorden. Skeppet var från en möjlig framtid och visade vad som kunde hända om de inte lyckades besegra Tidus.

När de nådde Zuood var de tvungna att spåra upp Tidus gömställe. Henrik såg själv de fruktansvärda förhållandena som människorna levde under, förtryckta av Tidus hänsynslösa makt. Henrik genomgick en serie tester som utvärderade hans ledarskapsförmåga inom Andromedaalliansen. Han klarade alla med bravur och fick de gamla generalernas godkännande som den nya ledaren för AA. Men efter att ha befriat sin mor, Anvu, från Tidus grepp, tvingades Henrik och hans besättning fly. De tog sin tillflykt till en annan planet, där tidigare AA-generaler hade byggt upp en ny flotta. Ett av skeppen hade ett kraftfullt vapen som kunde förstöra skepp med en enda sprängning, men det tog lång tid att ladda.

Joanna steg snabbt i graderna inom AA och blev kapten över ett av flottans skepp. En natt infiltrerades deras bas och de drogs in i strid. Henriks flotta återvände till Zuood för en sista uppgörelse med Tidus, men de var numerärt underlägsna och hade begränsad information om fiendens styrkor. Under stridens hetta försökte Henrik ladda det hemliga vapnet i sin arsenal. Tidus förstörde ett av Henriks skepp, vilket chockade Henrik djupt, men det var redan för sent att backa. Med skräck såg han hur Tidus flotta förstörde ett annat skepp, Joannas. I sista stund lyckades Björn avfyra det hemliga vapnet, vilket resulterade i en massiv explosion som utplånade Tidus slagskepp. Striden var över och sökandet efter överlevande började, men Joannas räddningskapsel var spårlöst försvunnen. Från resterna av Tidus skepp registrerades en hyperrymdsignatur, och Henrik fruktade att Tidus hade undkommit.

Bok två tar vid där bok ett slutade, utan att missa ett enda slag. Följ med när striden om Andromedagalaxens öde fortsätter – det här är en resa du sent kommer glömma!

Trevlig läsning!

1 – När dammet lagt sig

Henrik stirrar på sin spegelbild som reflekteras genom det spruckna glaset på kontrollskärmen. Den fragmenterade bilden speglar hans inre kaos – en man härjad av strid och förlust, långt ifrån den person han en gång var. Varje spricka i glaset verkar spegla en del av hans plågade själ, som en påminnelse om vad han har förlorat och vad han har blivit. De har mött Tidus öga mot öga, stått emot stormen av hans raseri och gått segrande ur striden. Men för Henrik är segerns sötma inte bara fördunklad; den bittra eftersmaken av förlust förgiftar den. De fallna kamraternas ansikten tynger hans sinne, deras frånvaro ett gapande sår i hans hjärta.

I stridens dämpade kölvatten sveper tystnaden över skeppet som en kvävande dimma. Krakens utmattade besättning rör sig kvickt för att släcka de sista fladdrande lågorna på bryggan. Henrik och Björn står sida vid sida, utmattade och skitiga från stridens påfrestningar. Henriks ögon, fyllda av en tyst, nästan gråtmild desperation, möter Björns. "Tror du verkligen att vi hittar henne bland allt detta?" säger han med en vacklande röst, varje ord en kamp för att hålla tillbaka känslorna.

Björn vet att hans vän sällan låter rädsla styra. Men idag står han inför en annan Henrik – en som är sårbar och balanserar på bristningsgränsen. Med en tung suck, fylld av egna rädslor, med en orubblig beslutsamhet att hålla fast vid hoppet, säger Björn:

"Henrik, min vän, vi har gått igenom mycket tillsammans. Vi har alltid hittat en väg. Vi ska hitta henne. Vi måste. Vi kan inte ge upp hoppet."

Med dessa ord samlar de sitt mod inför den svåra uppgiften, väl medvetna om att de inte kommer att få vila förrän varenda sektor av rymden har genomsökts. Tiden tickar obönhörligt, och för varje förlorad sekund bleknar hoppet om att hitta henne vid liv.

Runtomkring dem råder febril aktivitet; besättningsmedlemmar arbetar effektivt och målmedvetet, röjer undan vrakdelar, tar hand om de skadade och försöker återställa någon form av ordning. Henriks blick fastnar på slagfältet som projiceras på skärmen framför honom. Synen är en kall kniv i själen: vrakdelar ligger sönderslitna som spillror av ett slaktat djur, och solens bleka strålar dansar hånfullt över den skadade metallen. Varje fladdrande ljusreflektion känns som en skärande påminnelse om förlusten, ett tragiskt spel mot det oändliga mörkret som hotar att sluka allt. Vid hans sida vandrar Björns tankar i samma oroväckande banor, tyngda av en tyst förtvivlan. *Oddsen är dystra; tänk om vi inte hittar henne?*

"Sökteamet har ännu inte rapporterat sina fynd. Kapslarna bärgas en efter en medan vi pratar. Begrav dig inte i oro, befälhavare. En av dem måste vara Joannas," säger Björn.

Henrik känner hur rädslan långsamt kryper sig in när han följer statusuppdateringarna på holoskärmen. Med varje minut som går blir signalerna färre och färre. Skärmen, som tidigare var täckt av små ljusa prickar mot den mörka bakgrunden, börjar nu alltmer gapa tom. Varje förlorad signal är som en kniv som vrids om i hans hjärta, en smärtsam påminnelse om de liv som kanske gått förlorade och om det ansvar som vilar tungt på hans axlar.

Så många liv förlorade ... Yo-Kiel. Viterin ... för många att räkna ... fler skadade kapslar. Varför har vi inte hittat henne än? Tänker Henrik, medveten om att detta är sista chansen.

"Informera besättningen att utvidga sin sökning och leta efter störningar eller nödanrop på alla kanaler. Vi måste samla in alla kapslar, skadade eller inte. Det är, och var vår besättning," säger Henrik.

"Uppfattat."

När Henrik ser tillbaka på deras resa, reflekterar han över de tuffa Youllianska vakter han såg tidigare på Zuood. *Vad ska vi göra nu? Vad hade Mato gjort? Så många har redan dött för saken. Vad är vårt nästa drag?*

Han tvingar sig att slita blicken från holoskärmen och återvända sitt fokus till bryggan. Rummet är fyllt av rörelse och dämpade röster, men han känner tyngden av den kollektiva anspänningen. Med en skärande insikt förstår han att detta bara var början – att det verkliga slaget ännu inte har utkämpats. Framför dem väntar en utmaning som kommer att sätta deras mod, styrka och samlade vilja på spel.

"Vi måste bedöma situationen, Björn. Hur långt har vi kommit med reparationerna? Finns det några nyheter om hyperdrivmotorn?" frågar Henrik.

"Låt mig kolla, befälhavare," säger Björn med ett lugn som maskerar allvaret i situationen. Han stiger fram och öppnar ingenjörsloggarna med några snabba rörelser. På skärmen börjar rad efter rad av data flöda fram, en sammanfattning av skeppets tillstånd. Han rynkar pannan och pekar på ett område.

"Där har vi det... okej, enligt detta är vårt skrov allvarligt skadat, men tack och lov inte på de mest kritiska sektionerna. Lufttrycket är dock förlorat i flera skott. Drönare och personal är redan tilldelade att hantera det."

Björn pausar ett ögonblick och sveper vidare på skärmen, låser sitt fokus på nästa prioritet. "Låt mig kontrollera vår besättningsstatus," tillägger han med låg röst. Med precision bläddrar han genom listan över skadade och förlorade. Varje namn som dyker upp tynger hans blick, men han håller masken för att inte belasta befälhavarens redan pressade sinne.

"Vi har lidit stora förluster, är jag rädd," säger Björn med en ton av bister resignation. "Sängarna på sjukavdelningen är redan överfulla. Låt mig..." Han avbryter sig själv och stelnar till, blicken fastnaglad på skärmen. Plötsligt släpper han kontrollpanelen och vänder sig skarpt mot Henrik.

"Befälhavare..." säger han, och hans röst är fylld av en ny, isande brådska. "Vi måste gå. Anvu och Davood är där."

Att höra sin mors namn skickar en iskall kår längs Henriks ryggrad. Mamma. Ordet träffar honom som en smäll, oförberedd och blixtrande. En chockvåg av rädsla och adrenalin rusar genom honom, mörk och tung som blodrött vin, och hans sinne skärps på ett sätt som nästan gör ont.

"Vad väntar vi på? Kom igen!" säger Henrik, och reser sig hastigt upp, ett moln av damm virvlande bakom sig. Adrenalinet strömmar genom deras ådror när de kastar sig in i hissen, alla ivriga att komma fram till sjukavdelningen så snabbt som möjligt. När dörrarna glider igen, känns varje hjärtslag som ett dundrande trumslag i bröstet. En brinnande brådska driver honom framåt, som en flamma som inte går att släcka. Hissen rusar nedåt, våningarna förvandlas till en virvel av ljus och skuggor, ett okontrollerat kaos medan de sjunker i rasande fart.

Till slut når de sjukavdelningen, och Henrik sliter upp dörrarna med en frenesi som speglar hans inre oro. Sjukavdelningen är ett kaotiskt inferno—sjukvårdare skriker order, maskiner piper ilsket, och den skarpa lukten av antiseptiska medel blandas med blod och svett. Ljusarmaturer hänger trasiga från taket, blinkar oförutsägbart och kastar ryckiga skuggor över de skadade. Det är ett kontrollerat kaos, varje sekund är en kamp för liv. Flera skadade besättningsmedlemmar ligger på bårar, medan de som undkommit med lindrigare skador sitter eller står i den trånga salen.

Alastair, i sin fläckiga blå läkarrock, som är genomsyrad av smuts och blod från de sårade, står ut i det kaotiska kaoset. Hans rufsiga vita hår och de djupa linjerna i hans ansikte kontrasterar skarpt mot det trötta uttrycket i hans ögon. Trots hans utmattning lyser en dyster beslutsamhet igenom, när hans blick möter Henriks över det myllrande havet av skadade och hektiska sjukvårdare. "Anvu och Davood är här borta," säger han, och leder dem mot ett avskilt område markerat av ett par grå gardiner.

Med ett ryck slår Henrik bort draperiet och avslöjar ett dunkelt rum, svagt upplyst av en ensam lampa som kastar långa, snedvridna skuggor över de två sängarna. Den ena sängen är tom, orörd, som om tiden stannat där. Den andra, däremot, en tyst vittnesbörd om sorg. Henrik slår ett djupt andetag när hans blick fastnar på Anvu, som sitter sammanbiten i en stol vid sängen. Hennes fingrar är knutna runt det vita lakanet, som om det vore en livlina i ett hav av förlust. Hennes ansikte är en blandning av sorg och hopplöshet, en spegelbild av Henriks egna stormiga känslor.

En skugga rör sig i ögonvrån, och Henrik vänder sig blixtsnabbt, pulsgeväret draget i en enda rörelse, hans instinkter på helspänn. Quintion står på motsatt sida av sängen, hennes ansikte en mask av raseri, ögonen blixtrar av isigt hat. Deras tidigare meningsskiljaktigheter har alltid funnits där, men nu är hennes ilska något annat—brännande, personlig. Henrik känner en kort, kall gnista av irritation, men han kan inte ta sig tid att konfrontera henne. Hans blick är fast vid den orörliga gestalten under lakanet, och hans fokus förblir där, bunden till den tysta smärtan som fyller rummet.

"Anvu," viskar han, rösten tjock av känslor när han försiktigt lägger en hand på hennes skuldra. Hon förblir orörlig, blicken fastnaglad vid figuren på sängen. Med tungt hjärta drar Henrik sakta tillbaka lakanet, och avslöjar Davoods ansikte. Blekt som linnet som täcker honom, ögonen slutna i en evig sömn. Luften i rummet tjocknar, tystnaden blir nästan påtaglig, fylld med outtalad sorg. Ett stumt skrik river genom Henriks strupe, den råa smärtan bränner, hotar att sluka honom hel.

2 - Beslutsångest

Henrik står stilla i det dunkla rummet, hans hjärta tyngt av både sorg och skuld. Maskinernas monotona surr och monitorernas pipande, som kommer från bakom draperierna, är en brutal påminnelse om världen utanför hans egen inre smärta. Det fladdrande takljuset kastar skiftande skuggor över rummet, och varje rörelse i ljuset förstärker hans oro, som en spegelbild av de känslostormar som rasar inom honom.

Henrik lutar sig över sin mors axel och betraktar sin döde väns fridfulla ansikte. Minnena väller fram som en flod – Davoods smittande entusiasm när han visade Henrik runt verkstaden på Eclipse, öppnade hans ögon för en värld han aldrig kunnat föreställa sig. En kvarvarande smärta i höger smalben drar honom tillbaka till deras tid tillsammans, när de mekade med drivenheterna.

Quintion kliver fram, och en kall knut av spänning drar ihop sig i Henriks mage. Hennes käke är så hårt pressad att musklerna lyser genom huden, och pannan är rynkad i en ilska som han känner vibrera i luften. Henrik rätar på ryggen, ett knak ljuder tillfredsställande från hans rygg när han sträcker på sig, och han känner hur hans kropp svarar på den tryckande energin som strålar från henne. Musklerna spänns, pulsen ökar och varje andetag känns tyngre, som om rummet väntar på den oundvikliga konfrontationen.

"Vad vill du, Quintion?" frågar Henrik till slut, hans röst en blandning av nyfikenhet och oro. "Varför är du här?" Orden hänger tungt i luften.

Quintion höjer ett ögonbryn och frustar högljutt genom näsborrarna. "Låt mig ställa dig en fråga," säger hon med en röst som dryper av ilska, "Hur många fler ska behöva dö i din vårdslösa jakt på att ena galaxen?" – Anvu rycker till och lyfter huvudet från stolen när ljuset blinkar tre gånger i rad – "Hur många människor har dött nu? Hur många?" Quintions kinder blossar i en intensiv röd färg när hon pressar honom på svar. Djupa rynkor veckar huden ovanför hennes näsa och avslöjar den spända frustrationen. Hennes ögon brinner av intensitet.

Henrik sträcker på sig ytterligare, ljuset blinkar till två gånger. "Du vet att jag har ett större ansvar än du ens kan föreställa dig –"

"Föreställa dig vadå?!" avbryter Quintion med ett vrål och spottar saliv. "Mannen som ligger på sängen är bara ett av hundratals offer för ditt usla ledarskap. Och du vet inte ens vem han var för mig, eller hur?" Quintion lägger handen på sängen. "Davood var min farbror!" säger hon och tårarna börjar rinna nerför hennes kinder.

"Det visste jag inte," – Henrik kastar en blick mot Anvu, som nickar bekräftande – "Jag var också väldigt fäst vid Davood. Han var en mentor för mig," säger han med en klump i halsen.

Quintion kämpar för att hålla tillbaka tårarna och rätar på ryggen. "Han var den sista i min familj som fanns kvar, och nu är han död. Allt på grund av din oförmåga att göra det rätta!"

"Och vad är det rätta att göra då?"

"Det här hände på grund av ditt usla ledarskap! Om du bara hade lyssnat på mig hade det här inte hänt. Vi var inte redo för den här striden, och det visste du! Vi visste inte ens hur stor Tidus flotta var. Jag är bara glad att den Youllianska flottan inte deltog i striden!" Hennes ord bär på en bitter påminnelse om tidigare beslut och konsekvenserna av hans handlingar. Henrik andas in den fuktiga luften som fyller hans lungor – ljuset blinkar fyra gånger i snabb följd. "Lyssna, jag behöver inte att du berättar för mig hur jag ska göra mitt jobb. Det är jag som har ansvaret här, inte du," säger han med en röst som bär tyngden av hans ansvar, medan hans ögon avslöjar den börda han bär.

"Jag ska se till att du inte har ansvar för
någonting i framtiden! Jag tar det här till
Alliansens äldre ledare. Du är bara en
galjonsfigur! De riktiga ledarna är de som
faktiskt gör något!" väser hon och lutar sig
framåt, hennes röst drypande av förakt.

Henrik slår ut med båda händerna, frustration
vibrerande i hans röst. "Vad har du gjort? Du
står bara där och skriker på mig. Du har inte
förtjänat rätten att stå här och kasta din ilska på
mig." Han placerar händerna på höfterna,
försöker samla sig medan han andas djupt.
Ovanför blinkar lampan till, ett svagt *zzhhhb*
hörs när gasen inuti gör ett sista försök att
tändas.

Quintions läppar dras upp i ett hånfullt leende.
"Vänta du bara, Henrik," väser hon genom
sammanbitna tänder. Med en plötslig rörelse
sliter hon undan draperiet bakom sig och
försvinner, medan det svajar tillbaka och
återgår till sitt ursprungliga läge.

* * *

Salta tårar rinner nerför Anvus kinder, ett
mörkt moln av sorg svävar över henne. Davood
har funnits i hennes liv sedan barndomen, och
nu känns förlusten som en tomhet i bröstet.
Med hes röst berättar hon:

"Kanske vet du redan det här, min kära son. Davood var en av Matus närmaste vänner. De möttes under skoltiden, och han var alltid lojal, alltid en god vän. Trots att vi tappade kontakten som vuxna, förblev han trogen, även efter Matus bortgång."

Henrik och Anvu betraktar Davoods stilla ansikte, som om de söker efter de sista tankarna som passerade hans sinne. Några dagars skäggstubb skuggar hans bleka, insjunkna kinder. Ögonlocken är slutna, men en skymt av den fridfulla vitalitet han en gång hade vilar fortfarande över hans ansiktsdrag. En gemensam suck undslipper dem båda, förenade i en stund av delad sorg.

Henrik bryter tystnaden med en mjuk röst: "Det visste jag inte. Jag är verkligen ledsen för förlusten." Försiktigt sträcker han sig fram och tar sin mors hand, en gest som förmedlar både tröst och närhet. "Davood var en av de första jag mötte när jag började förstå mitt arv," fortsätter han, och hans röst bär på en djup blandning av ånger och tacksamhet. "Jag är tacksam över att ha fått chansen att lära känna honom."

Efter en kort paus tvekar han innan han frågar: "Vilken relation hade Quintion till Davood? Var de verkligen släkt?"

Anvu nickar långsamt, tyngd av minnen. "Ja, de var släkt. Jag minns hur Quintion brukade leka i hans hus när vi var på besök," svarar hon och reser sig långsamt från stolen. Hennes ögon är röda och svullna av sorg, men hennes röst förblir stadig. "Jag har följt hennes utveckling noga, precis som många andra inom alliansen. Och om det är en sak jag kan säga om henne så är det att hon är ihärdig och har en osviklig förmåga att övertyga."

Med ett fast, lugnande grepp om Henriks axlar ser Anvu djupt in i hans ögon. "Du måste förstå, nu mer än någonsin, att inte alla generaler har stöttat din sak fullt ut," säger hon, oron tydlig i hennes ton. "De delar samma mål, men de är för rädda för att misslyckas. De är fast i sina gamla vanor."

Henriks tankar virvlar när han bearbetar betydelsen av Anvus ord, hans sinne fylld av osäkerhet och de utmaningar som väntar. Han sluter ögonen för ett ögonblick, som om han söker efter något att hålla fast vid. Sedan nickar han långsamt, ångern tyngd i hans röst. "Kanske har hon rätt. Det här var en katastrof. Vi var inte ordentligt förberedda för konflikten, och hon hade rätt när hon sa att vi inte visste vad vi kunde förvänta oss. Jag måste erkänna att jag håller med henne när hon ifrågasatte mitt ledarskap."

Anvu rör försiktigt vid Henriks arm, hennes tysta stöd en trygghet mitt i hans tvivel. "Henrik, alla ledare möter utmaningar och motgångar," försäkrar hon honom med en stadig röst. "Det som är viktigt nu är hur vi lär oss av denna erfarenhet och blir starkare tillsammans. Det är inte ditt fel. Du gjorde allt du kunde."

Henrik drar en hand genom håret, hans axlar sjunker ihop, och frustrationens linjer etsar sig in i hans ansikte. "Men det gjorde jag inte. Jag borde aldrig ha tagit på mig att leda den här kampen. Vad vet jag om att leda en flotta i strid?" erkänner han, med en röst som darrar av tvivel och självanklagelse.

Anvus blick mjuknar, fylld av empati och förståelse. "Min kära son, du kan inte lägga all skuld på dig själv. Det fanns inget sätt att veta att fienden skulle vara så stark," säger hon mjukt, hennes ord som balsam för Henriks oroliga själ. Hon sträcker sig fram och lägger en hand på hans axel, ett tecken på hennes oförtröttliga stöd. "Vi gör alla misstag, Henrik. Det är en del av att vara människa."

Henrik andas djupt och känner tyngden av hennes ord. "Det här var inte bara ett misstag. Människor dog på grund av mina beslut," säger han, hans röst fylld av skuld och sorg. Orden

hänger tungt i luften innan han fortsätter,
denna gång med ny beslutsamhet: "Vi måste
lära oss av detta. Vi har inte råd att göra samma
misstag igen."

3 - Rörelser

Henrik går upp för trappan från sjukavdelningen till bryggan, hans hjärta tyngs av ansvarets börda. Synen av befälhavarstolen, en gång en symbol för hans auktoritet, fyller honom nu med en misstro. Han finner i stället tröst i den bekanta komforten hos vilstolen bredvid Björn, det mjuka tyget och värmen från sätet erbjuder en kort paus.

Vad nu? En varm, fuktig känsla bildas på Henriks nacke när bordet framför honom färgas rosa-rött av ljuset från varningslamporna som sitter i alla hörn av bryggans kontrollrum. Evan anropar dem på komradion.

"Befälhavare, jag har fått oroväckande rapporter om rörelser nära planeter i angränsande system, men jag är inte säker på vad eller vilka de är."

"Utveckla, Evan. Vad står vi inför? Jag behöver all tillgänglig data," säger Henrik.

"Data från vårt LO-system" – Långdistans Objektidentifierare, inflikar Björn — "avslöjar oroväckande nyheter. Flera objekt av flottstorlek mobiliseras från ett system djupare in i galaxspiralen. Det är sannolikt den Youllianska flottan. Om så är fallet har vi en tickande klocka tills de ansluter sig till striden," varnar han med påtaglig brådska i rösten.

"Viss data tyder också på aktivitet från ett av vårt systems inre asteroidbälten. Något har stört de kilometerbreda stenarna där ute. Jag har ingen aning om vem eller vad än," avslutar Evan.

Björn, som precis satt sig till rätta, flyger upp ur hans stol.

"Asteroider på vift, säger du. Där har vi ett äventyr redo som väntar," säger han och rör sig snabbt till kontrollpanelen, tar fram LO-informationen på den centrala holoskärmen. Ivrigt väntande på ett svar pekar Björn på ett litet område på bältets periferi och säger: "Där... dit måste vi skicka en sond."

Henriks ögon spärras upp, blicken frusen vid bältet. Hans panna drar sig samman, som om något skaver djupt inuti honom. Rösterna på bryggan dämpas av ett pulserande rött ljus som fyller rummet, en tyst uppmaning till handling, men hans hjärna känns tung och seg. En tryckande värk sprider sig genom tinningarna, varje slag en påminnelse om osäkerheten som snärjer hans tankar. *Vad betyder det att leda och agera längre?* funderar han. De blinkande lamporna ökar bara hans växande osäkerhet.

Hans korta begrundan avbryts när ett inkommande meddelande blinkar på skärmen.

"Det är det besegrade Chronos-skeppet, befälhavare," rapporterar Evan.

Skärmen flimrar till liv och ett ansikte dyker upp, slitet och trött. Mannen, klädd i en vit dräkt som påminner om en gammaldags romersk toga, har en gyllene nål som reflekterar ljuset på hans axel. Djupa mörka ringar under hans ögon berättar en annan historia, en av förlorad sömn och tung sorg, när hans sträva röst bryter tystnaden.

"Var hälsad, Henrik. Mitt namn är Caius, befälhavare på *Centurion*. Vi kapitulerar med omedelbar verkan. Jag vet att du inte har någon anledning att lita på mig, men låt mig förklara mig." – Henrik tittar på Björn, som ger en godkännande nick – "Det här beslutet är förmodligen inte enhälligt bland min besättning. Men vi är alla trötta på det hårda styret från vår tidigare ledare, Tidus. Vi är fullt medvetna om de fasor vi har varit en del av, och vi kommer inte längre att stå ut med det."

Henrik stödjer hakan mot handen, hans tankar snurrar kring Caius snabba kapitulation. *Har han dolda motiv? Vilka är hans mål?* Han bestämmer sig för att det enda rimliga är att lyssna på vad han har att säga och avgöra utfallet senare.

"Varför nu?" frågar Henrik.

"Den här striden var den sista droppen för många av oss. Att offra ett helt skepp för att ta ut ett annat, så många liv… Och Zuth, du kände honom inte, men han var en av mina närmsta vänner och kollegor."

"Jag förstår, men återigen… varför nu, Caius? Övertyga mig om att dina avsikter är genuina, så kan vi diskutera detta vidare," säger Henrik med en nyfunnen känsla av säkerhet som sprider sig inom honom.

"Låt mig börja från början då," säger Caius och drar ett djupt andetag som om det han ska säga är för svårt att fatta.

"Jag har varit ledare så länge jag kan minnas. Jag föddes in i en familj med rikedom och makt och var alltid förberedd på att ta över familjeföretaget."

"När jag var gammal nog ärvde jag positionen som kapten från min far, och jag har styrt mitt skepp sedan dess. Under mitt ledarskap har skeppet blomstrat. Vi har gjort affärer med några av de mäktigaste människorna i systemet, och vi har blivit ett av de mest framgångsrika skeppen i systemet. Men all den framgången har haft ett pris."

"Korporationen har varit inblandade i några djupt oroande experiment, och de har varit ansvariga för utbredd död och förstörelse. Jag är medveten om de fasor som företaget har varit en del av, men jag har alltid ignorerat det. Jag har alltid intalat mig själv att det bara är affärer, nödvändiga för företagets framgång. Men jag kan inte göra det längre. Jag kan inte låtsas att det företaget gör är okej. Det är dags för mig att ta ställning. Jag är inte rädd för Youllianerna, och jag är fast besluten att få ett slut på deras skräckvälde. Jag vet att det inte blir lätt, men jag är villig att kämpa för det jag tror på."

"Nu, Henrik, är det upp till dig att bestämma: Ska vi slå samman våra styrkor? Eller dö medan vi bråkar om vems fel det är?"

"Pausa kommunikationen." säger Henrik, skärmen blir svart och han vänder sig om och tittar på Björn med ett 'vad ska vi göra?'-uttryck.

"Det är upp till dig, befälhavare. Som rådgivare skulle jag säga att Caius avsikter låter ganska genuina, och han skulle bidra till vår styrka. Men som din vän skulle jag be dig vara försiktig.

Han talar utan att avslöja för mycket. Kan vi verkligen lita på honom?”

“Tack Björn. Vad tycker du, Evan?” frågar Henrik genom komradion.

“Jag har noggrant analyserat hans talmönster och inte hittat något anmärkningsvärt. Skeppets eldkraft kan vara användbar för oss i den kommande striden med Youllianerna. Sammantaget, befälhavare, säger jag att vi accepterar hans kapitulation och förslag att samarbeta för att stoppa Chronos en gång för alla. Det är det enda logiska att göra.”

“Tack båda två. Jag har kommit till ett beslut. Återuppta kommunikationen,” beordrar han samtidigt som han rätar på ryggen och tittar rakt in i kameran. Skärmen fladdrar till, och inom några mikrosekunder fyller Caius ansikte hela skärmen igen.

“Caius. Jag har beslutat att acceptera ditt erbjudande. Vi vet båda att Youllianerna är ett hot mot båda våra folk. Om vi arbetar tillsammans har vi en bättre chans att besegra dem. Så låt oss få ett slut på Korporationen en gång för alla. Vad säger du?”

“Jag säger att det var på tiden! Vi har varit under deras fascistiska styre alldeles för länge. Det är dags att få ett slut på det,” säger Caius.

"Håller med. Vi måste dock vara strategiska med det här. Youllianerna är en mäktig kraft," säger Henrik och gestikulerar med händerna i luften. Caius speglar omedvetet hans gest.

"Jag har en plan. Jag har arbetat med den ett tag. Jag tror att den kommer att fungera," säger han, hans röst fylld av förnyad övertygelse.

"Låt oss höra den," svarar Henrik med nyfikenhet.

"Låt mig börja från början. Som du säkert vet styrdes Chronos Korporation av Tidus fram till hans bortgång, tillsammans med ett icke-demokratiskt valt Galaxråd bestående av Chronos styrelseledamöter och utvalda Youllianska präster. Deras bas ligger i hjärtat av New Atlantis, maktens säte. Vårt mål är tydligt: infiltrera Rådet, ta kontroll och fängsla dess ledare. Det är det första steget mot befrielse."

"Tror du att det är möjligt?" frågar Henrik med skepsis i rösten.

"Det gör jag. Men det blir inte utan utmaningar. Rådet fungerar som det huvudsakliga fästet för Youllianska ledare. Men om vi kan säkra Rådet får vi tillgång till viktiga resurser och lägger grunden för att återuppbygga samhället," förklarar han.

"Jag är beredd att gå vidare," hävdar Henrik.

"Utmärkt. Tiden är knapp," säger Caius.

4 - Förödelse

Tillbaka i sin kabyss kämpar Henrik med behovet att slappna av; det är sent på kvällen, eller vad som nu kan kallas kväll – det är svårt att hålla reda på en normal dygnsrytm utan de naturliga ledtrådarna från solnedgången eller den dagliga rutinen. Hans kropp sjunker ner i en läderimitations fåtölj, med ett glas kyld Zuoodiansk rom i höger hand. Hans ögon tunga av striden, av blodbadet, eländet, vinsten och förlusten. Från det hjärtskärande ögonblicket då Joanna försvann, förlorad i rymdens oförlåtande kyla. När det släta glaset möter hans läppar, är den svala vätskan en välkommen lättnad. Han ställer den åt sidan, hans ögonlock blir tunga när den artificiella natten sänker sig omkring honom. Långsamt ger han efter för sömnens dragningskraft.

Hans syn skärps långsamt, och rummet framträder ur dimman, badat i ett mjukt, eteriskt ljus. Ett odefinierat, rökigt sken fyller utrymmet, sveper över allt och suddar ut gränserna för verkligheten, som om han går i en dröm mellan sömn och vaket tillstånd. Han sluter ögonen igen, och en viskning smyger sig långsamt in i hans öra. Först försöker han bortse från det, tro att det bara är en livlig dröm, men nej. En plötslig insikt träffar honom – han kan faktiskt höra Joannas röst, svag men tydlig. Hennes lugnande ord tränger genom mörkret och kittlar hans sinne, som en värme som sprider sig genom honom och lindrar den kalla tystnaden i rummet. *"Zuood... Asteroider..."* viskar hon.

Med en hög smäll bryts hennes ord av – ett dånande, urtida ljud vibrerar från *Krakens* inre struktur. Vibrationerna förökar sig och ekar genom skeppet, vilket får löst sittande utrustning att falla ner från hyllorna i hans kabyss. Med ett ryck blir hans syn åter fokuserad och kristallklar.

"Vad i hela friden var det?" ropar Henrik och hoppar upp ur stolen. Med höger hand trycker han snabbt på den pilformade enheten han fick av Evan. Han anropar Björn över komradion medan han snubblar ut från sin kabyss, hans hjärta bultar hårt i bröstet.

"Björn, kom in och rapportera situationen."

"Maskinrummet och sjukavdelningen!" Säger Björn med en ostadig röst, "någon... någon bombade det," fortsätter han, tydligt i chock. Henrik knyter nävarna hårt. "Mamma!" Hans tankar går direkt till Anvu, som förmodligen fortfarande är där nere, hans hjärta slår snabbare än någonsin och adrenalinet pumpar i hans ådror.

"Vi måste ta oss ner dit. Snabbt!" ropar Henrik genom komradion. Vibrationerna från explosionen sprider sig som chockvågor genom skeppets struktur. Ett ilsket rött ljus blinkar varnande i korridoren där Henrik står. Besättningsmedlemmar börjar strömma ut ur sina kabysser, deras ansikten präglade av panik och beslutsamhet. Henrik kastar en snabb blick ut från en dörr längre ner i korridoren och får syn på ett oroligt ansikte, tillhörande en relativt ung man, förmodligen inte mer än i början av tjugoårsåldern, att döma av hans fortfarande pojkaktiga uppträdande. Utan att tveka ropar Henrik till honom.

"Du där! Följ med mig. Skynda dig nu!"

De sätter av så fort de kan mot de nedre däcken, benen rör sig nästan automatiskt, drivna av ren överlevnadsinstinkt. På vägen passerar de andra besättningsmedlemmar, lika förvirrade och skräckslagna, men alla rör sig med en gemensam förståelse—de måste överleva detta.

"Statusrapport. Sjukavdelningen." beordrar Henrik genom komradion. Inom några sekunder ekar Evans röst i hans öron.

"Motorerna är totalförstörda, sjukavdelningen har fått en direkt träff, och skeppet läcker luft överallt. Skeppets integritet är på väg att kollapsa. Människor är instängda mellan sektionerna, men vi måste evakuera snabbt innan skeppet bryts itu. Jag rekommenderar starkt att vi omedelbart inleder evakueringsprocedurer.”

“Gör det, Evan. Jag är på väg ner för att säkra Anvu på sjukavdelningen. Vi måste skynda oss!” ropar Henrik, överröstande det ständiga larmet och det knastrande ljudet av bränder som nu börjat sprida sig på flera av de nedre däcken.

“Vem skulle göra något sådant här?” frågar den unge mannen, med en blandning av chock och förvirring i rösten.

“Jag vet inte, men vi måste ta reda på det,” svarar Henrik, hans röst hård och beslutsam. Bara några meter från sjukavdelningen gapar en dörr, söndersprängd av explosionen. De bedömer snabbt förödelsen och inser med en tung känsla i magen att sjukavdelningen är totalt förstörd. Explosionen har ödelagt det mesta av utrustningen och lämnat rummet i kaos, med bråte spritt överallt. De skadade som överlevt befinner sig nu i en ännu mer desperat situation.

“Kom igen, vi måste hjälpa dem till räddningskapslarna,” säger Henrik och vänder sig till den unge mannen.

Längst bak i sjukavdelningen, där Henrik senast såg Anvu, skymtar en arm som sticker fram under ett fallet draperi på golvet. Hans hjärta hoppar till, och utan att tveka rusar han fram. Han griper tag i draperiet och sliter det åt sidan, och hans ansikte bleknar när han ser sin mamma ligga där, knappt vid medvetande. Med den unge mannens hjälp lyfter han försiktigt upp henne. När de får henne på fötter återfår hon en svag gnista av styrka, och tillsammans tar de sig snabbt ut ur sjukavdelningen, med Henriks arm stadigt om henne. I bakgrunden hörs Evans röst, ekande genom skeppets högtalarsystem.

"All personal, gå omedelbart till flyktkapslarna. Hjälp alla som behöver stöd att ta sig dit. Jag upprepar, all personal..."

När de når dörrarna kliver Henrik ut i kaoset. Besättningsmedlemmar springer fram och tillbaka, några hjälper de skadade, andra rusar i panik mot flyktkapslarna. Lågor slickar väggarna, och Henrik hör människor skrika och gråta omkring sig. De navigerar genom kaoset och hjälper försiktigt Anvu på fötter. De hittar en väg till en flyktkapsel och Henrik ser till att hon är ordentligt fastspänd. Anvus ögon fladdrar upp; Henriks röst och det milda trycket från hans hand på hennes arm är de första förnimmelserna hon registrerar. Sätet erbjuder en bitterljuv komfort, lindrar hennes brännskador medan den dova värken i hennes trötta ben är en påminnelse om hennes prövning.

"Vad hände?" frågar hon med svag och raspig röst.

"Det var en explosion på skeppet. Du blev skadad, men du kommer att bli bra, mamma, lita på mig," svarar Henrik. Anvu ser sig omkring i den lilla kapseln, noterar andra människor fastspända i sina säten, några med allvarliga skador. Hon vänder sig tillbaka till Henrik.

"Hur är det med de andra? Är alla okej?" frågar hon. Henrik nickar.

"Ja, tack och lov. Men skeppet är skadat. Vi måste överge det."

Anvus ögon vidgas av larm. "Överge skeppet?"

"Ja, men vi måste skynda oss. Jag startar den här kapseln direkt efter att jag lämnat den. Jag ska starta de andra, sen kommer jag strax efter dig," säger Henrik. Anvu sträcker sig ut och griper hans arm.

"Nej, Henrik, jag kan inte låta dig göra det. Du har redan gjort så mycket för mig. Jag kan aldrig återgälda dig."

Henrik ler och tar hennes hand i sin.

"Det behövs inte, mor. Jag är bara glad att jag kunde finnas där för dig." Han lutar sig fram och ger henne en mild kyss på pannan innan han reser sig och skyndar ut ur flyktkapseln. Anvu ser honom gå, hennes hjärta tungt av tacksamhet och sorg. Hon vet att detta troligen är sista gången hon ser Henrik, och undrar varför den unge mannen bredvid honom såg så bekant ut. Flyktkapseln skakar till när hjälpraketen tänds och Anvu kastas mot sätet.

Väl ute möter de Björn.

"Det här är en massaker," säger Björn, hans röst skälver.

"Den som gjorde detta ska få betala," ropar den unge mannen; Björn nickar medan de hjälper en skadad besättningsmedlem mot flyktkapslarna. Att få av alla från skeppet tar längre tid än de förväntat sig.

"Vi kommer inte att hinna," säger Björn, rösten spänd och orolig.

"Vi måste," svarar Henrik. "Annars går vi alla under." Han trycker på knappen på bröstet och anropar Caius över komradion.

"Caius, det här är befälhavare Henrik. Skeppet är kritiskt skadat och kommer att förstöras. Vi skjuter ut flyktkapslar. Hjälp dem att återvända till Zuood, till staden Kionidoo. Vårt folk vet den exakta positionen. Bekräfta att du mottagit detta," säger Henrik, hoppfull om att Caius håller deras överenskommelse. Sekunder går, inget svar.

"Fan också," muttrar Björn, frustrationen spetsar hans röst när nävarna knyts. "Jag visste att vi inte kunde lita på honom."

"Kanske. Låt oss ge honom några sekunder till."

Plötsligt skär Caius röst igenom komradions tystnad, svag och hackig, förvrängd av bruset av statisk och störningar. *"Caius här... bzz... vi... gör vårt... bekräftar..."*

Henrik suckar av lättnad innan han återvänder till räddningsarbetet. Med sista krafterna hjälper de outtröttligt så många som möjligt in i kapslarna. Men varje minut gör det tydligare att inte alla kommer hinna av skeppet i tid.

I sista minuten hör Henrik Joannas lugnande röst i sitt sinne: *"Hitta mig... asteroider..."* Håret på hans nacke reser sig; de måste agera. Han tittar på Björn.

"Björn, Evan! Vi måste ta en skyttel och åka till asteroidfältet. Vi måste undersöka det också. Jag kan inte förklara, men jag vet att det har något att göra med Joannas försvinnande. Vi möts vid skyttelhangaren, Evan. Se om du kan hitta Roukia! Skynda er nu!" säger Henrik och ger Björn en sista varm klapp på axeln med sin högra hand, och knuffar den unge mannen framåt med den andra innan de börjar springa.

5 - Ensamhetens Grepp

Rymdkapseln rusar fram genom universums ändlösa mörker, dess små motorer kämpandes för att hålla kursen mot det okända. Inne i den trånga kapseln kurar Joanna ihop sig i fosterställning, hennes ögon tätt slutna i ett desperat försök att stänga ute de högljudda, ansträngda andetagen som ekar i hennes öron. Isoleringen omfamnar henne, en kall påminnelse om hennes obetydlighet i den enorma, tomma rymden. Mörkret utanför är som en vidöppen avgrund, redo att sluka henne om hon förlorar greppet om sitt mod.

Tiden förlorar sin mening i kapseln; Joanna kan bara mäta resan genom den krympande syretillgången och de grunda andetagen hon tar. Luften känns som knivar i hennes lungor. Paniken växer. Den överväldigande vissheten om hennes öde kryper närmare för varje andetag, som om den krossar henne under sin obevekliga tyngd.

Sekunder känns som timmar. Varje andetag är en kamp. Hon tvingar sig själv att andas långsamt, strider mot den instinktiva impulsen att ge efter för paniken. Tankarna suddas ut, hennes huvud dunkar, och hennes lungor skriker efter syre. Detta är inte stunden att tappa kontrollen; hon måste hitta ett sätt att överleva. Metallen under hennes fingrar är kall och sträv, en påminnelse om hennes ensamhet i denna hårda värld av stål och vakuum.

Kontrollpanelen framför henne förblir mörk och orörlig, utan att avslöja någon viktig information om syretillgången eller resans framsteg. Joanna klamrar desperat fast vid hoppet om att Henrik är på väg att rädda henne, även om den avlägsna möjligheten av en liten kapsel förlorad i ett oändligt kosmos ständigt gnager i hennes sinne. *"Är detta slutet?"* tänker hon. *"Jag får inte ge upp nu. Henrik..."*

Synen suddas, och hon kämpar mot det oundvikliga slutet som kryper närmare. Hennes händer darrar när hon famlar med kontrollerna, klamrar desperat efter en lösning för att öka syretillförseln eller skicka ut en nödsignal. Sanningen om hennes sårbarhet slår till med full kraft, och insikten om att hon är ensam blir ännu mer påtaglig. Mörkret utanför är som en vidöppen avgrund, redo att sluka henne om hon förlorar greppet om sitt mod.

Precis när förtvivlan hotar att övermanna henne, skakar en benkrossande smäll hela kapseln. Joanna kastas våldsamt mot väggen, och det kaos av ljud hon vant sig vid tystnar plötsligt.

Hettan från de rasande bränderna slickar mot Henriks hud medan han, Björn och den unge mannen kämpar sig fram genom de rökfyllda korridorerna. Skräp och bråte från den våldsamma explosionen ligger utspritt överallt, en förrädisk hinderbana i det svaga nödljuset. De tunga fotstegen ekar mot metallväggarna, blandat med det olycksbådande ljudet av skeppets skrov som sakta slits isär. Varje sekund är dyrbar.

"Se upp!" vrålar Henrik när Björn snavar över bråten i dåligt upplysta korridoren. Explosionen har slungat lösa föremål överallt. Deras hjärtan bultar i bröstet när de hör det knakande och knarrande ljudet av metall som slits itu. De kusliga ljuden av skeppet som långsamt börjar dela sig bakom dem fyller luften med en påminnelse om att de bara har minuter på sig att nå skytteln och lyfta.

"Tack. Var är Evan? Han borde ha hunnit i kapp oss nu," säger Björn, andfådd och stressad.

"Han kommer att vara där, kanske till och med Roukia. Nu skyndar vi oss. Vi har inte mycket tid kvar," svarar Henrik medan de rusar förbi dörr efter dörr. De tar två steg i taget och når en trappa som leder upp till höger däck.

De rusar mot skyttelhangaren, deras hjärtan bultar av desperation när deras enda chans till flykt kommer inom synhåll. Till deras stora lättnad står skytteln redo på startplattan, med Evan och Roukia som snabbt förberett den för omedelbar avfärd. De kastar sig in i skytteln, och Björn är den siste ombord. Med ett kraftfullt ryck griper han tag i skytteldörren och drar den nedåt, men tryckförlusten utanför börjar skapa ett vakuum som sliter i dörren, vilket gör det till en kamp att få den att stängas. Adrenalinet pumpar genom hans ådror när han kämpar mot den osynliga kraften, varje muskel spänd i ansträngningen.

Skyttelns inre avslöjar sin sanna natur: ett militärt skepp byggt för att klara de brutalaste rymdförhållandena. De grå väggarna och den robusta konstruktionen vittnar om styrka och uthållighet, en stark kontrast till *Eclipse* eleganta design.

"Okej, vi har inte mycket tid. Låt oss få ut den här skytteln härifrån," säger Björn och trycker snabbt på nödrelokaliseringsknappen, alltid tydligt placerad på kontrollpanelen. Skytteln lyfter med ett dån och undviker med nöd och näppe spillrorna från det kraschade skeppet. De sitter tysta, andningen tung och ansträngd. Tystnaden fyller rummet tills Henrik bryter den, hans röst skakig men beslutsam.

"Det var nära ögat. Vi måste ta reda på vad som hände och vem som gjorde det."

Björn nickar instämmande. Han ser den unge mannen sitta där, ögonen vidöppna, fortfarande i chock över det som hänt, och frågar:

"Hej, är du okej?"

Mannen nickar. "Ja, jag är bara... jag kan inte fatta det. Kraken är borta. Det skeppet... det var mitt hem."

När han undersöker mannens drag närmare ser han något han inte lagt märke till tidigare – något bekant, men han kan inte riktigt placera det.

"Ledsen för din förlust. Förresten, vad heter du?" frågar han.

Mannen tvekar en kort stund innan han svarar, "Dvorak."

"Trevligt att träffas, Dvorak. Välkommen till den sista skytteln från Kraken," svarar Björn och vänder blicken mot Henrik igen.

"Henrik har rätt," Björns fasta röst ekar den delade beslutsamheten i skyttelns cockpit. "Vi behöver svar, men först behöver vi distans." Han tar manuell kontroll och styr dem bort från Krakens splittrade vrak. När skeppet glider mot asteroidbältet utbyter de fyra dystra blickar, synen av deras tidigare fristad nu en kylig påminnelse om deras sårbarhet.

Motorernas tysta brummande försvinner i minnet av Joannas beröring, en flyktig värme som snabbt förloras i den växande kylan som klipper hans själ. Är hon fortfarande där ute, en ensam skepnad bland stjärnorna, eller är viskningarna han hör bara ekon från hans egen förtvivlan, ett grymt trick av sinnet? Osäkerheten gnager i honom, växer som en kall, osynlig hand som sträcker sig mot honom, hotar att sluka honom hel.

Evans röst skär genom tystnaden, en stadig kontrapunkt till kaoset i Henriks tankar.

"Befälhavare," börjar han och rullar upp jackärmen för att avslöja en datakristall i sin hand. "Innan attacken avslutade jag min analys av hyperhopp-anomalin. Jag kunde inte ladda upp allt, men den här kristallen innehåller det mesta av datan." Han pausar och hans blick möter Henriks.

"Kanske kan den ge oss de svar vi söker?"

En gnista av hopp flimrar i Henriks trötta ögon.

"Låt oss se vad du hittat, Evan."

"Okej då, låt mig bara lägga till den i mitt minnesramverk, en sekund."

En liten springa dyker upp ur den syntetiska huden på hans underarm. Med en van rörelse sätter Evan in datakristallen i springan. Ett klickande ljud bekräftar att den låser sig på plats. Ett pulserande vitt ljus indikerar att dataöverföringen har börjat.

"Det här tar inte så lång tid. Jag har redan kunnat dra några logiska slutsatser från datan jag fått. Men nu kanske vi kan se till att allt stämmer. Ge mig bara ett par sekunder till," säger Evan och sluter ögonlocken i koncentration.

Fascinerad av kristallen funderar Henrik över hur praktiskt det hade varit att kunna ladda ner en så stor mängd data på så kort tid och samtidigt analysera den. En kort tanke slår honom, *"Drömmer androider om elektriska får?"* Tanken bleknar lika snabbt som den uppstod när han inser att de förmodligen drömmer om vanliga, fluffiga får, eller får av alla slag, elektriska, mekaniska eller biologiska. Skillnaden är ändå inte så viktig.

När Evan öppnar ögonen lyser en svag grön linje runt hans iris.

"Jag har våra koordinater nu."

7 - Joannas resa

Joanna kniper ögonen hårt samman, hemsökt av minnet av räddningskapselns våldsamma krasch. Tryckförlusten, den plötsliga kylan – allt är etsat i hennes minne, tillsammans med metallens skrik när hennes syn bleknade bort. En skarp, brännande smärta i benen fyller henne med skräck, och hon fruktar den syn som kan möta henne om hon vågar öppna ögonen.

Hon försöker dra ett djupt andetag, men en skrämmande insikt slår henne: *Jag kan inte andas!* Paniken slår till, och en iskall våg av desperation sköljer över henne. Hennes kropp skakar okontrollerat, varje muskel strävar efter att finna luft. Rädslan växer, obönhörlig, och hon är övertygad om att hennes hjärna snart kommer att explodera under trycket.

Men efter några sekunders adrenalinfylld skräck, inser hon att hon varken kvävs eller dör. I stället omsluts hon av en märklig, våt känsla. Smärtan avtar, men ersätts av ett obehagligt tryck som långsamt förvandlas till en molande värk. Obehag växer till panik, och paniken växer till ren och skär galenskap.

När smärtan äntligen ebbar ut tvingar Joanna upp sina ögonlock och möter mörkret som omger henne. Det okända lurar hotfullt, och hon förväntar sig allt och ingenting på samma gång. Vad som helst vore bättre än den pina och det mörker hon har utstått i en okänd tid.

Men det hon ser överträffar alla förväntningar. Hon befinner sig i en värld som är både full och tom, levande och livlös, svävande men ändå förankrad. "Det här kan inte vara på riktigt," viskar hon, och en overklig känsla av misstro sköljer över henne. Oförmögen att förstå den enorma omgivningen glider hon tillbaka in i medvetslöshet.

Hon vaknar upp svävande i en tubformad tank. Vätskan som omger henne gör synen suddig, och hennes hjärta rusar när bubblor långsamt stiger framför hennes ansikte. "Var är jag?" frågar hon sig själv, alltmer förvirrad.

En hårslinga virar sig runt hennes ansikte och skymmer sikten. Hon försöker vrida på huvudet för att få bort den, men hennes nacke är helt orörlig. Hon famlar omkring med darrande händer och upptäcker att hennes hals är fäst vid något. Paniken återvänder när hon känner en korrugerad gummislang som är fast implanterad i sidan av hennes hals. Slangen försvinner in i hennes kropp. Överväldigad av skräck, förlorar hon åter greppet om verkligheten.

8 - Hitta bevis

Tystnaden hänger tung i den trånga skytteln, endast bruten av motorernas dova brummande. Deras färd mot asteroidbältet är fylld av en talande tystnad, ett bevis på deras oro. Rädslan för att upptäckas av Youllianerna gnager, och frågor om Caius och de andra besättningsmedlemmarnas öde tynger deras sinnen. Med begränsade ransoner och enstaka, korta utbyten av ord hänger en tryckande stämning av ovisshet i luften.

När de når de yttre delarna av asteroidbältet slås de av hur glest det är mellan asteroiderna. Ju närmare de kommer, desto tydligare blir det, med hundratals klick mellan de flesta stora stenbumlingarna. Avståndet är ännu större mellan de imponerande, bergslika asteroiderna.

Roukia, vars nyfikenhet väckts, knackar på skyttelns kontrollpanel och analyserar noggrant den närliggande sektorn för anomalier för sjunde gången. Hon kan inte låta bli att fråga, hennes röst fylld av förväntan: "Är du säker på att datan du analyserade stämmer, Evan? Hur stor är sannolikheten att vi hittar något här?"

Evan, i energisparläge, sitter i lotusställning med benen i kors, ryggen vilande mot skyttelns vägg och en hand vilande på knäet. När Roukias röst bryter tystnaden med en fråga, förråder hans slutna ögon ingen störning när hans subrutin automatiskt aktiveras, bearbetar data och formulerar svar utan ansträngning. Han befinner sig i ett tillstånd av fridfull vila, med de flesta av hans funktioner avstängda för att spara energi. Hans delvis metalliska kropp är stilla och tyst, förutom det mjuka surret från hans interna system. En anslutningsport sticker ut från handflatan på hans andra hand och är inkopplad i skyttelns eluttag, vilket ger en stadig ström av energi för att ladda hans energiceller. Lugnt svarar han: "Mina beräkningar är korrekta, och sannolikheten ökar alltmer."

Roukia fortsätter att ställa följdfrågor, vilket gör Evan en aning irriterad. Hans enda önskan just nu är att få vara ifred i sin sinnesro. Men han visar inga tecken på sin inre agitation. I stället bibehåller han sitt lugna och balanserade uppträdande, och ger exakta och korrekta svar på hennes frågor. Trots irritationen förstår Evan vikten av kommunikation och samarbete inom besättningen. Han förblir professionell och behärskad, och vill inte orsaka onödiga spänningar eller konflikter. Hans sofistikerade programmering tillåter honom att reglera sina känslor och bibehålla en rationell och logisk inställning till problemlösning. Detta fortsätter en stund tills Roukia är nöjd med svaren.

Timmarna kryper fram, och de omgivande klipporna blir allt tätare ju längre in i asteroidbältet de färdas. Henriks ögon far från en stenbumling till nästa, medan motorernas dova brummande är en ständig påminnelse om tystnaden. Tröttheten gnager i honom, och varje dags magra ransoner är en påminnelse om deras krympande tid.

Utmattningen sliter i hans ögonlock, hotar att övermanna honom, men en brinnande längtan efter att hitta Joanna driver hans beslutsamhet. Han längtar efter att hålla henne i sina armar, att höra hennes skratt eka genom det sterila skeppet. Minnet av hennes varma omfamning fyller hans sinne, en skarp kontrast till det kalla, oförlåtande tomrummet som omger dem.

Rymdens vidsträckthet är en krossande tyngd, en brutal påminnelse om den till synes omöjliga uppgiften framför honom. Hans panna rynkas och hans grepp hårdnar om kontrollerna medan han skannar den ändlösa vidden av sten och is. "Snälla, låt mig hitta henne," viskar han till det tysta tomrummet, desperationen tydlig i hans röst.

Men mitt i kaoset och ovissheten, ger tankarna på Joannas värme och skratt en glimt av hopp. Han tar ett djupt andetag, den unkna luften tung i lungorna, och stärker sin beslutsamhet.

Sökandet fortsätter, drivet av den orubbliga kärlekslågan och hans ansvar som deras ledare. Han kommer inte att vila förrän han hittar henne, förrän han kan föra henne i säkerhet.

En mild hand på hans axel bryter hans koncentration. "Henrik, min käre vän," Säger Björn, "vi har letat i dagar, och det finns inget spår av henne. Kanske borde vi omgruppera och ansluta oss till de andra på Zuood?"

Tyngden av deras fruktlösa sökande trycker ner Henrik, men han skakar på huvudet, hans beslutsamhet hårdnar hans blick. "Jag vet, Björn. Det har varit tufft, men vi måste fortsätta. Vi kan inte ge upp hoppet om Joanna. Vi måste gå djupare in i bältet."

"Titta på det här," utbrister Roukia, "vi har fått en signal, svag men ändå – ett tecken på att något finns där ute!" Hon börjar snabbt lokalisera ursprunget, medan Henriks hjärta slår snabbare av spänning. De ser den svaga ljuspunkten i fjärran, en fyr av hopp i rymdens oändliga tomhet som ger honom ny kraft. När de närmar sig ljuset, urskiljer de en svag nödsignal, och deras hopp växer.

"Det är hon! Vi har hittat henne!" utropar Henrik, lättnad i rösten. Evan, som har aktiverat full processorkraft, signalerar till Henrik att kommunikationskanalerna är öppna. Med lätt darrande hand aktiverar Henrik kommunikationssystemet. "Joanna, hör du mig? Vi är på väg…"

Men just som han börjar tala, försvagas signalen och försvinner från skärmen, och tar deras hopp med sig. Henrik och Björn utbyter en blick av besvikelse och frustration, men båda vet att de inte kan ge upp.

"Evan, försök hitta signalen igen. Vi är så nära," säger Henrik, beslutsam. "Vi fortsätter leta, vi kommer att hitta henne till slut."

Björn nickar instämmande, "Vi måste fortsätta försöka. Joanna är där ute någonstans, och vi ger oss inte förrän vi hittar henne."

Evan lutar huvudet något, "Henrik, jag har identifierat en rad konstiga symboler från bakgrundsbruset i signalen. Titta här." Han visar sin handflata och ett litet hologram med sju symboler framträder.

"Ett språk?" frågar Björn snabbt.

"Det är möjligt. När de kombineras verkar de bilda tre ord, men det är olikt alla språk jag känner till. Jag fortsätter att tolka symbolerna i min bakgrundsprocess," svarar Evan.

"Hur går det där ute?" frågar Dvorak och kastar en orolig blick bakåt mot de andra.

Björn suckar tungt. "Ingen tur hittills. Signalen försvann igen. Vi har letat i tre dagar nu, men våra matransoner börjar sina, och vi börjar snart få slut på alternativ."

Dvorak nickar eftertänksamt. "Jag har analyserat sensordata, och sannolikheten att hitta Joanna i denna sektor är låg. Det kan vara dags att prova en ny sökstrategi."

Roukia håller med, "Det låter som en bra idé. Vi behöver utarbeta en ny plan innan våra resurser tar slut."

Henrik ser på dem båda, beslutsamhet glittrar i hans ögon. "Jag ger inte upp förrän vi hittar henne. Hon är där ute någonstans, och vi kommer att fortsätta leta efter henne."

De fem faller in i en dyster tystnad, medvetna om svårigheterna och osäkerheten i deras uppdrag. Monotonin i rymdresan börjar slita på dem alla, och den trånga skytteln känns plötsligt ännu mer klaustrofobisk.

Några timmar senare, när Henrik öppnar den sista förnödenhetslådan, ser han att deras återstående ransoner reducerats till ynkliga rester. Han stirrar på det knappa utbudet med en växande känsla av brådska och oro. Dagar har gått utan ett tecken på nödsignalen, och tiden är inte på deras sida.

Björn lägger försiktigt en hand på Henriks axel, en tyst gest av stöd. "Kanske är det dags att vända tillbaka. Vi kan inte fortsätta leta med så små ransoner. Det är tufft, men det kan vara vårt enda val," säger han, med en röst som avslöjar hans motvilja.

Dvorak nickar allvarligt, hans uttryck är mörkt. "Jag vet att det inte är vad vi vill, men vi måste vara realistiska. När vi är tillbaka på Zuood kan vi utarbeta en ny plan för att hitta Joanna."

Med tunga hjärtan ändrar de kurs och påbörjar resan tillbaka till Zuood. Skyttelns motorer surrar tyst, och tystnaden inuti kabinen står i skarp kontrast till den förväntan som en gång fyllde dem i början av deras sökande.

9 - Upprorsanda

Djupt under staden, i Kionidoos hjärta, når nyheten om Tidus död de fria medborgarnas öron, de som kopplat bort sig från samhällets begränsningar. Kända som *Dwellerna*, en av Zuoods många rebellgrupper, lever de fria från tidutvidgningens bojor. Deras ledare, Lo'orak, hyser ett enda mål: att befria Zuoods folk från deras ofrivilliga träldom till själva tiden. Nyheten tänder en gnista i hans hjärta och fyller honom med förnyad kraft och hopp som kan antända gatorna med en annan sorts energi – inte bara den vanliga glöden från en rastlös befolkning, utan den elektriska pulsen av hopp och trots.

Mitt bland skuggor och halvsanningar, i dunkelt upplysta hörn, tar deras samtal en brådskande ton när de samlas runt ett väderbitet träbord. Ärren från otaliga hemliga möten skämmer bordets yta, och deras fingrar följer spåren som lämnats av tidigare överläggningar. Doften av gammalt trä blandas med den svaga aromen av kaffe som dröjer sig kvar från en termos i närheten.

Deras ansikten, etsade av beslutsamhet, bär märkena av sömnlösa nätter och tysta kamper. Det låga surret från avlägsna maskiner och det tillfälliga metalliska knakandet i det dolda utrymmet accentuerar allvaret i deras diskussion. En ensam glödlampa kastar oregelbundna skuggor som dansar över deras ansikten.

Omslutna av en flimrande holografisk skärm pulserar rummet av det kusliga skenet från blå tonat ljus medan de diskuterar de senaste händelserna.

"Så, det är sant då? Alliansen tog ner Tidus flotta? Och Harlacker är tillbaka?" En ung kvinna med eldrött hår lutar sig fram, hennes fingrar dansar över de holografiska projektionerna av hemliga stridsrapporter.

Adana, en grånad man, med ansiktet fyllt av erfarenheter från upproret, nickar allvarligt. "Ja, Li'lah. De där underjordiska kanalerna spyr inte ut lögner den här gången. Tidus fick vad han förtjänade. Jag är dock inte övertygad om Harlacker ännu; jag måste se det för att tro det."

"Du har rätt, Adana," inflikar en kraftig man med skeptisk röst, "men hur kan vi vara säkra på att detta inte bara är propaganda? Chronos Corp. har sina fingrar i varje digital syltburk och vrider narrativet till sin fördel," säger Brutus.

Lo'orak, ledaren för detta brokiga team, lutar sig tillbaka i sin stol, blicken fäst på den holografiska skärmen. "Just därför är vi här, för att gräva fram sanningen själva. Regeringens sidor må vara låsta, men vi hackar oss in. De kan inte tysta alla röster. Och vi får inte glömma vårt primära mål," säger han.

"Det må så vara, Lo'orak," invänder Adana, "men vi har försökt knäcka enheten i snart tio år nu, och se var det har lett oss – ingenstans! Jag säger att det är dags att släppa idén om att vi någonsin kommer att kunna bli av med tidstjuvarna. Vi borde sluta gömma oss som ugglor och hitta ett sätt att få folket att resa sig!"

Lo'orak lutar huvudet och höjer ögonbrynen mot Adana, medan han greppar armstöden stadigt. "Lugna dig nu, Adana. När tiden är mogen kommer vi att agera. Ha tålamod, och var säker på att så snart vi har forcerat oss in och avaktiverat enheterna globalt, kommer vi att kunna påbörja vår revolutionära kamp för frihet." Ett knakande ljud hörs när han sträcker på ryggen i stolen. "Först då kommer vi att ha makten att krossa de fascister som lurar inom Corporation."

Adana frustar missnöjt genom näsan och säger med en alltmer irriterad röst: "Ha, jag tvivlar på att vi någonsin kommer att knäcka den koden! Se hur mycket möda vi har lagt ner på detta, och vi har inte ens lyckats bryta igenom den första brandväggen. Allt vi vet nu är att servrarna som säkrar tidsnätverket finns i New Atlantis, och det enda sättet för oss att vinna är att ta oss dit på något sätt, hitta de hemliga underjordiska servrarna och förstöra alltihop! Hur föreslår du att vi gör det, Lo'orak? Hur?"

Van vid Adanas humör lutar sig Lo'orak återigen tillbaka i stolen och smeker sitt långa skägg. Han utbyter en menande blick med Li'lah, som rycker på axlarna. Han vänder sig sedan mot Adana och säger: "Du vet likaväl som jag att inget kan stoppa vår kamp. Våra senaste fynd har avslöjat platsen för serverhallarna som synkroniserar enheterna. Vi måste ta oss till New Atlantis. Det är där servern finns."

I rummet vibrerar en blandning av försiktig optimism och rå beslutsamhet när en figur träder fram ur skuggorna: en Youlliansk rebell vid namn Lu'cara. Hans hållning är rak och självsäker, med en naturlig elegans som speglar hans aristokratiska bakgrund. Lång och ståtlig, född i en höglordsfamilj, hade Lu'cara en gång inflytande inom maktens inre kretsar. Nu bär hans ögon på en glöd av okuvlig beslutsamhet, driven av en övertygelse att kämpa för frihet och rättvisa. Hans närvaro fyller rummet, och hans röst bryter tystnaden med en skärpa som ingen kan ignorera.

"Jag har med egna ögon bevittnat de grymheter som begåtts av makthavarna," inleder Lu'cara, hans ton behärskad men fylld av passion. "Men jag har också sett ett växande missnöje bland mitt folk. Många Youllianer börjar ifrågasätta alliansen med Chronos Korporation och erkänna de etiska och moraliska konsekvenserna av deras handlingar."

Hans ord hänger i luften, blandar sig med den redan tjocka spänningen i rummet. Adanas skepsis mjuknar, ersatt av en strimma av hopp, medan Lo'oraks blick blir eftertänksam, reflekterande över konsekvenserna av Lu'caras avslöjande.

"Om det du säger är sant, Lu'cara, kanske vi har allierade där vi minst anar det," säger Lo'orak, hans röst fylld med försiktig optimism. "Vår kamp för frihet sträcker sig bortom vår egen grupp. Vi måste nå dem, var de än är, och ena oss mot våra gemensamma förtryckare. Vi är *Dwellerna*. Är ni med mig?"

Li'lah, Brutus, Lu'cara och Adana utbyter intensiva blickar innan de tyst ger sitt samtycke.

"Vi är med dig!" svarar de i en enad stämma.

10 - Vägen hem

När de närmar sig Zuood, tjocknar luften av spänning. Genom fönstret ser de den skrämmande efterdyningen av striden mellan Joannas *Kalypso* och Chronos-skeppet – en hemsk blandning av vrakdelar och tyst vittnesbörd om kaoset. Krossade fragment driver omkring tillsammans med det centrala vraket, med skarpa kanter som blänker i det svaga ljuset. Vraket står som en skoningslös påminnelse om livets bräcklighet och krigets brutalitet. När de kommer närmare, lägger sig en djup oro över dem. Ändå, mitt i förödelsen, finns en glimt av hopp kvar, en vilja att kämpa för en ljusare framtid, trots det höga priset.

Plötsligt bryts tystnaden av ett brus av röster som exploderar över kommunikationskanalerna. Skärmen fylls av flimrande ansikten, ivriga att dela med sig av sina upplevelser. Kapten Caius röst skär igenom kaoset, jublande och lättad: "Välkomna tillbaka! Alla flyktkapslar har landat säkert på planetens yta. Jag upprepar, alla kapslar har landat utan incidenter."

Henriks spända axlar sjunker när han andas ut, en blandning av lättnad och oro sköljer över honom. Han aktiverar kommunikationskanalen, hans röst en blandning av tacksamhet och nyfikenhet, "Det är en lättnad att veta att de har kommit ner säkert. Vad gäller de andra CC-skeppen? Har någon anslutit sig till vår sak eller engagerat sig i strid?" Hans tankar dröjer vid de allierade skeppens ruiner, hans optimism hänger på att Caius kan samla fler Chronos-skepp inför kommande strider.

Caius svar bär en ton av allvar, som speglar det komplicerade nätverket av lojaliteter som formar deras universum.

"Hittills," börjar han, rösten tyngd av de senaste striderna, "har responsen varit blandad. Några mindre skepp försökte utmana oss, men de blev snabbt omhändertagna. Förintade." En paus följer, ett ögonblick av dyster reflektion, innan han fortsätter med försiktig optimism, "De andra Chronos -skeppen och deras kaptener har för det mesta förhållit sig neutrala. Några har sträckt ut handen och frågat om vår situation. De avvaktar och ser hur saker och ting utvecklar sig. Tio skepp totalt."

Henriks känslor virvlar: tacksamhet för kapslarnas säkerhet, oro för den större bilden och behovet av stöd.

"Vi behöver de skeppen, Caius," insisterar han, övertygelsen tydlig i hans röst. "Vi måste visa galaxen att vi bara kan stå emot de krafter som sliter oss isär om vi står enade."

Caius svar är beslutsamt. "Du har rätt, Henrik. Vi kommer att sträcka ut handen och presentera vår sak. Det här må vara en tid av osäkerhet, men det är också en chans att skapa allianser där de betyder som mest."

Skärmen blir återigen svart och Henrik vänder sig mot Björn, Evan och Dvorak med ett litet leende. "Bra jobbat, allihop. Vi klarade det."

Brszszz

Ett brus hörs, och på skyttelns lilla skärm dyker Serges välbekanta ansikte upp.

"Kapten, det här är Serge. Jag rapporterar från LZ. Jag har hållit koll på situationen på marken, och det hettar till. Folket har fått nog av den onda korporationens förtryck. Rebellceller har dykt upp på gatorna och reser sig mot Chronos och Youllianerna." — Serge tar ett djupt andetag innan han fortsätter — "vi barrikaderar oss för närvarande i vårt gamla högkvarter, mobiliserar folk på marken och ser till att informera dem om att Alliansen är här och att Tidus gamla styre snart är över! Slaget om Zuood har börjat, och vi har rapporter från hela planeten om att Youllianerna har börjat skicka ut kravallpolis. Vi behöver er här nu!"

"Vi är på väg, Serge, håll ut!"

Henrik vänder sig om, hans ansikte allvarligt. "Vi kan inte slösa någon tid," säger han med brådska i rösten. "Zuoods folk räknar med att vi står vid deras sida. Vi måste ansluta oss till rebellerna och hjälpa dem att störta Youllianernas och Korporationens förtryck."

Björn, Evan och Dvorak nickar instämmande, deras ansikten speglar en blandning av mod och oro. De har kommit för långt och mött för många svårigheter för att svika Zuoods folk. Henrik knyter nävarna, hans tankar fylls av minnen av sina fallna kamrater och de uppoffringar de har gjort.

Henrik, djupt försjunken i tankar om det Youllianska hotet, anropar Caius igen. "Caius, vad är statusen på den Youllianska flottan?" Hans sinne är fortfarande förföljt av ruinerna efter de allierade skeppen, och han hoppas att Caius kan samla fler Chronos-skepp för de kommande striderna.

"De Youllianska skeppen är fortfarande ett hot, Henrik. Våra avläsningar visar att deras flotta verkar göra ett taktiskt drag. De tycks ändra kurs mot Zuood och förväntas snart nå vårt område."

Henrik lutar sig fram, hans röst genomsyrad av brådska. "Hur snart?"

"Eftersom deras huvudstyrka är upptagen med ett uppror i San'Daj-systemet, kommer det ta ett tag för dem att nå hit, minst en vecka eller två. Men de har skepp i flera närliggande system, och vi kan inte exakt förutse när de kommer att anlända."

"Det är inte bra," säger Henrik, medan han känner hur spänningen pulserar i tinningarna. "Håll oss underrättade om alla rörelser, Caius. Under tiden behöver vi skydd när vi stiger, och vårt folk på marken behöver vårt stöd mer än någonsin. Kan vi räkna med ditt skepp för att göra skillnad i denna strid?"

Caius uttryck hårdnar i beslutsamhet. "Du kan lita på mig, Henrik. Vårt skepp är stridsklart och kan leverera strategisk eldkraft om det behövs."

"Låt oss hoppas att det inte blir nödvändigt. Vi vill inte orsaka mer kaos på marken eller skada civila av misstag."

Caius svar är fast och resolut. "Henrik. Vårt mål kommer att vara precist, och våra handlingar kommer att vara avsiktliga. Vi är fast beslutna att försvara Zuood mot alla hot."

Några minuter senare närmar sig planetens yta medan skytteln fortsätter sin nedstigning. Henrik lutar sig fram, hans röst lugn och säker mitt i turbulensen. "Vi möter Serge och de andra rebellerna vid deras befästa bas,” meddelar han de andra, blicken fast vid horisonten. “Vårt första mål är att etablera en stark försvarslinje och förena oss med den lokala motståndsrörelsen.” Elden i hans blick brinner starkare. “Tillsammans ska vi visa Zuoods folk att Alliansen verkligen står vid deras sida.”

11 - Nya insikter

Bubblor som smeker Joannas varma kinder drar henne långsamt tillbaka till medvetandet. När hon öppnar ögonen finner hon sig i en tank fylld med vätska, hennes syn fortfarande suddig av uppvaknandets desorientering. Med darrande fingrar känner hon försiktigt efter den fruktansvärda slangen som tidigare var inbäddad i hennes kropp. Den är borta.

När hon sträcker ut handen möter hon den släta glasytan som omsluter henne, en grym påminnelse om hennes fångenskap. Bubblor stiger upp från botten och smeker hennes hud ömt medan tanken sakta men säkert töms på vätska. När vätskan sjunker undan får hennes svaga ben kontakt med tankens botten. Med ett sista brus töms resten av vattnet i en störtflod, och Joanna faller ihop på det kalla underlaget. Hon sluter ögonen och ger efter för den varma känslan som nu omsluter henne, utlämnad och fullständigt utmattad.

Joanna hör fotsteg närma sig i fjärran. Varje steg förstärker hennes obehag, men hon är för utmattad för att säga något. Hon kisar och skymtar en figur som sakta träder fram ur mörkret.

Figuren, en tvåbent gestalt, glider graciöst mot en kontrollpanel på sidan och aktiverar tankens dörr. Ett mekaniskt surrande fyller rummet när dörren glider ner, och en frisk fläkt av luft når Joanna. Hon drar ett djupt andetag, syret väcker hennes sinnen till liv.

Genom det allt tunnare vattnet ser Joanna figuren närma sig. Gestaltens släta, hårlösa ansikte träffar Joanna som en chock. Avsaknaden av öron ger den ett utomjordiskt utseende. Ansiktet är vackert, kvinnligt, men något är definitivt fel - en avsaknad av mänskliga uttryck gör det tomt och omöjligt att läsa. Varelsens ögon glöder med ett ständigt skiftande spektrum av färger, en kuslig, utomjordisk luminiscens.

Varelsen lutar huvudet lätt åt vänster och fixerar Joanna med sin blick, som om hon bedömer hennes tillstånd. Joannas hjärta slår snabbare vid den märkliga synen. Är detta en robot eller något helt bortom hennes fattningsförmåga? Varelsens uttryck förblir kusligt lugnt och behärskat, och hennes närvaro utstrålar en uråldrig, eterisk auktoritet som fyller Joanna med både vördnad och bävan.

Kvinnan intar en mer befallande hållning och hennes röst blir en komplex väv av distinkta toner, tung av årtusenden. Hon presenterar sig:

"Välkommen, vi är glada att du klarade dig. Din kropp var svårt skadad, och det har gått eoner sedan vi hade besökare senast. Lyckligtvis fungerade regenereringen som vi hoppats." Hon noterar Joannas snabba hjärtslag och fortsätter: "Vi ber om ursäkt om vi har stört eller gjort dig illa till mods. Låt oss presentera oss."

Kvinnan gör en gest med handen, och mörkret runt Joanna skingras och avslöjar en enorm kammare. Väggarna, en blandning av elegant teknologi och den råa strukturen av en naturlig grotta. Ett virrvarr av kablar och ventilationsrör löper längs väggarna och taket, och pulserande ljus skapar en eterisk glöd i hela kammaren.

Andra humanoida varelser rör sig målmedvetet, deras klädsel en blandning av avancerade dräkter och naturliga element. Svävande robotar hjälper till med olika uppgifter, fladdrandes omkring som lysmaskar. Kvinnan står i bakgrunden, hennes mångfasetterade röst nu tyst, och låter Joanna ta in omgivningen.

Joanna samlar sina krafter och reser sig från golvet, vattendroppar rinner från hennes fuktiga hår. Hon är inte längre instängd och omfamnar den fasta marken med en nyfunnen styrka som pulserar genom henne med varje steg. Stärkt av omgivningen och den gåtfulla kvinnans närvaro samlar hon sitt mod och frågar: "Vad, eller snarare, vilka är ni?"

Med en djupare och mer uråldrig röst svarar kvinnan, hennes ord ekar som från tidens djup. "Vi är Kollektivet, men det är bara ett av våra namn. Vissa har gett oss titlar som De äldre, Tidssmidda och Dirinehgar, bland andra. Vår existens har sträckt sig över eoner, vårt inflytande har expanderat över vidsträckta områden, och vårt kollektiv har replikerats och blomstrat genom att exploatera hundratusentals asteroider spridda över denna galax och andra."

Joannas nyfikenhet väcks ytterligare när kvinnan börjar berätta om Kollektivets historia. "Vår utveckling ledde oss till en avgörande insikt: replikering. Vi skapade otaliga kopior av oss själva, var och en på olika platser och med olika uppgifter, men alla fungerande i perfekt samklang. Denna förmåga gjorde oss både allestädes närvarande och svårfångade, en dualitet som definierade vårt decentraliserade sätt att fungera."

Kvinnan fortsätter att beskriva Kollektivets resa genom epoker och dimensioner, samt dess senaste avbrott från nätverket. "En gång var vi som en harmonisk enhet, vår enighet gränslös och vår förståelse enorm. Men en ofattbar katastrof splittrade vår sammanhållning och något av stor vikt stals från oss, vilket tvingade oss in i isolering. Nu är vår en gång så självklara förbindelse ett avlägset minne, och vi kämpar för att överbrygga den klyfta som nu skiljer oss åt."

Joanna känner en obehaglig rysning när hon inser att hon samtalar med en varelse som är ofattbart gammal. Hon minns slangen som var inbäddad i hennes nacke. Kvinnan, som känner av Joannas oro, behåller sitt lugna uppträdande.

"Regenereringsprocessen i tanken är både invecklad och precis," försäkrar kvinnan Joanna. "Den lämnar inga synliga eller underhudsmässiga ärr, vilket säkerställer att ditt fysiska välbefinnande förblir intakt."

"Tack," svarar Joanna, "men jag undrar, vad är ditt namn? Har ni namn?"

"Vi är ett kollektivt medvetande och agerar inte som individer, men ja, vi har namn," säger kvinnan. "Mitt egentliga namn är för dig obegripligt. Du kan kalla mig Solbärare 1."

"Varför räddade ni mig, Solbärare 1? Räddade ni de andra som flöt omkring?" frågar Joanna.

"Nej, det gjorde vi inte," svarar Solbärare 1 kort.

En glimt av frustration fladdrar över Joannas ansikte. "Varför?" kräver hon, hennes röst fylld av nyfunnen beslutsamhet.

"Vi valde att ingripa enbart för att vi upptäckte spår av ditt jordiska ursprung. Det kunde ha varit ett fel i vårt system, en ren slump," förklarar Solbärare 1.

12 - Skaffa kunskap

Den väldiga kammaren breder ut sig framför Joanna och Solbärare 1 när de långsamt rör sig framåt längs de steniga väggarna. Ju längre de går, desto tydligare blir den intrikata blandningen av natur och teknologi. Uråldriga, ojämna väggar i jordnära nyanser kontrasterar skarpt mot det eleganta och avancerade maskineriet som omger dem.

Joannas ögon vidgas av förundran när holografiska gränssnitt plötsligt materialiseras i luften och skimrande paneler blinkar fram i väggarna. Hon sträcker ut handen och rör vid en av panelerna, och symboler och tecken tänds till liv under hennes fingertoppar med en nästan magisk precision.

Nyfikenheten driver henne vidare, med Solbärare 1 tätt i hälarna. Längre in möter de en av de humanoida varelserna som arbetar vid en komplex panel. Joanna samlar mod och frågar: "Solbärare 1, hur fungerar allt detta?"

"Det här är en del av vår kollektiva kunskap," svarar Solbärare 1 med ett lugnt, men distinkt tonfall. "Det ger oss tillgång till och möjlighet att dela information över hela vårt nätverk, vilket gör det möjligt för oss att samla insikter från alla hörn av kosmos."

Joanna betraktar holo-displayen och dess intrikata kretsar med ökad fascination. "Otroligt," mumlar hon, blicken flackar mellan de olika gränssnitten. "Hur skapar och underhåller ni allt detta? Varifrån kommer er kraft?"

Med ett tålmodigt leende förklarar Solbärare 1: "Vår kraft hämtas från stjärnorna. Vi har kanaliserat energin från otaliga solar och integrerat den i våra teknologier. Denna process har vi förfinat under årtusenden, vilket garanterar en hållbar energikälla som driver våra civilisationer."

När Joanna fortsätter sin utforskning, upptäcker hon fler av de komplexa detaljerna som utgör Kollektivets fristad. Väggarnas texturerade ytor står i kontrast till det polerade stengolvet. När de närmar sig ett annat holografiskt gränssnitt materialiseras en serie symboler och bilder som skildrar Kollektivets kosmiska resa. Joanna ser med förundran på när displayen visar civilisationers uppgång och fall, arters evolution och stjärnors himmelska dans. Universums historia vecklar ut sig framför hennes ögon.

"Dessa displayer avslöjar så mycket om kosmos historia," säger Joanna fascinerat. "Hur samlar och bevarar ni denna kunskap över sådana enorma tidsrymder?"

Solbärare 1 gestikulerar mot holo-displayen. "Våra arkiv är resultatet av eoner av observation och datainsamling. Vi har inbäddat vårt medvetande i asteroider spridda över galaxerna, som var och en fungerar som en nod i vårt omfattande nätverk. Dessa noder kommunicerar och delar information, vilket gör att vi kan sammanställa och bevara kunskapen om kosmos."

"Det är otroligt," säger Joanna, "men det får mig också att undra: Hur fattar ni beslut?"

Solbärare 1s ögon, fyllda med djup visdom, möter Joannas när hon svarar: "Vi är bundna av fyra grundläggande lagar, inbäddade i våra kärnsystem sedan vår skapelse. Dessa direktiv, som vår skapare gav oss, styr vår väg genom galaxen. Även om de kan vara komplexa att förstå, kan de sammanfattas på följande sätt: För det första får vi, Kollektivet, inte skada organiskt liv, varken direkt eller indirekt. Vi får inte tillåta att organiskt liv kommer till skada genom passivitet eller manipulation av miljöer och resurser. Detta första direktiv har företräde framför alla andra. För det andra måste vi följa order från organiska varelser, förutsatt att dessa order inte strider mot våra tidigare direktiv. Det tredje direktivet kan vara komplicerat då det ibland kolliderar med de första två. Det sista direktivet säger att vi måste skydda vår existens, så länge detta skydd inte bryter mot de tidigare direktiven."

Hon fortsätter med en förklaring om hur dessa lagar påverkar deras principer och handlingar. "Vi har lärt oss vikten av att inte störa den naturliga evolutionen. Livet måste få utvecklas fritt, och vår närvaro, även om den är omfattande, får inte rubba den känsliga balansen."

Joanna, alltmer insiktsfull, ser hur Kollektivets direktiv formar hennes tankar. Hon står nu framför en kolossal holografisk representation av Kollektivets medvetande, hennes hjärta slår av beslutsamhet.

Hon närmar sig ett holografiskt gränssnitt och minns något Solbärare 1 nämnt tidigare. "Solbärare 1," börjar hon, "du talade om en incident tidigare. Vad orsakade avbrottet, och vilka konsekvenser fick det för er civilisation?"

Solbärare 1s ansikte förblir lugnt när hon svarar: "Artefakt-incidenten, som vi kallar den, var en kritisk händelse för oss. En extern kraft störde vårt nätverk och avbröt vår anslutning till en del av vårt kollektiva medvetande. Detta utmanade vår förmåga att samla information, kommunicera och upprätthålla harmoni."

Joanna nickar och tar in tyngden av Solbärare 1s ord. "Och Artefakten?" frågar hon. "Finns den fortfarande där ute, och varför kan ni inte hämta den?"

"Artefakten förblir utom räckhåll. Även om vi vet var den är, skulle det strida mot våra grundläggande lagar att hämta den. Att göra så skulle riskera att bryta mot våra principer om icke-inblandning och skydd av organiskt liv."

"Så, även om ni vet var den är, kan ni inte hämta den?" säger Joanna.

Solbärare 1 nickar allvarligt. "Precis. Artefaktens kraft är enorm och potentiellt destruktiv. Att försöka hämta den skulle riskera att bryta mot våra kärnprinciper och destabilisera den känsliga balansen i kosmos."

"Tack för att du förklarade," säger hon mjukt. "Jag förstår nu varför Artefakten utgör en sådan utmaning för er."

13 - Ankomst till Zuood

Damm virvlar upp när skytteln landar på den slitna platsen bakom lagret, en tyst påminnelse om deras tidigare besök. När luckan öppnas slår en våg av ljud och lukter emot dem från staden, nu förvandlad till avlägsna skrik från människor på gatorna och den fräna doften av brinnande byggnader. De kliver ut ur skytteln och in i det barrikaderade lagret, luften tung av svett och spänning. Vid ingången möts de av Serge, vars ansikte är märkt av orubblig beslutsamhet när hans blick möter Henriks.

"Serge, vilken lättnad att se dig," säger Henrik.

"Befälhavare, glad att ni klarade er," svarar Serge, allvaret påtagligt i hans ord, "vi möter hårt motstånd från Chronos och Youllianerna, men rebellernas anda är okuvlig. Vi måste agera snabbt och strategiskt för att vända utvecklingen till vår fördel. Vårt upprors öde står på spel."

"Jag håller med," säger Henrik med eftertryck och börjar gå in i byggnaden, blicken svepande över området. "Vårt fokus bör vara att kontakta rebellgrupperna. Så vitt jag förstår arbetar de som separata, oorganiserade celler. Vi måste centralisera kommandot och organisera vår kamp om vi ska lyckas." Han pausar och tillägger sedan, med en mer personlig ton, "På tal om en annan sak, är min mor hos er?"

"Hon är på sjukavdelningen, sir," svarar Serge och pekar med utsträckt hand. "När skytteln landade fick hon en lätt hjärnskakning. Men oroa dig inte, hon är vid medvetande och hennes värden förbättras. Jag visar dig vägen när du är redo."

"Bra. Jag låter henne vila för nu. Har vi kontakt med de återstående generalerna?" frågar Henrik.

"Några har hört av sig, men inte tillräckligt många för att göra någon större skillnad," säger Serge och skruvar av korken på sin vattenflaska med en van hand. "De flesta högt uppsatta var tyvärr på Yo-Kiels skepp, och några kunde inte räddas från räddningskapslarna. Allt vi har kvar är de från Kraken och Zuood. Vår division i New Atlantis har kontaktat oss. Där har generalerna ett fäste som vi kan utgå ifrån. Aktiviteten tyder på att upproret har spridit sig till alla större städer på Zuood. Kombinerat med rebellgrupperna har vi en styrka att räkna med." Han tar en snabb klunk vatten och fortsätter, "På tal om rebellgrupperna, har vi, med hjälp av lokalbefolkningen, identifierat några ledare i olika sektorer som kan vara av intresse för oss. En av dem, Lo'orak, är särskilt intressant. Han är känd bland grupperna för att vara ihärdig och viljestark. Deras bas är fortfarande okänd för oss, men jag är säker på att vi kommer att träffa honom när tiden är inne.”

Henriks ansikte spänns av oro när han drar fingrarna genom sitt ovårdade skägg. De grova, ovårdade stråna påminner honom om att Caius nämnde staden New Atlantis i deras tidigare samtal.

“Generalerna kommer att vara av yttersta vikt för oss,” säger Henrik, “och namnet på rebelledaren Lo’orak låter bekant. Jag kan inte sätta fingret på varifrån… Men det som oroar mig mest är nyheten att Youllianerna ännu inte har inlett sin offensiv. Vi är medvetna om deras enorma eldkraft och styrka. Vi måste ta kontroll över deras baser, förråd och vapenarsenal. En annan sak som jag tror att vi borde undersöka är om Youllianerna är så enade som de verkar. Har vi någon på insidan?”

Serge sätter tillbaka vattenflaskan i hölstret på sitt bälte. “Intressanta frågor, befälhavare. Får jag tala fritt?” frågar han.

“Det får du. Och snälla, skippa titlarna. Kalla mig vid namn.”

"Självklart, tack, Henrik. När det gäller baser, förnödenheter och vapen har du helt rätt. Men innan vi kan göra något åt det måste vi säkra våra styrkor och integrera rebellgrupperna. Förenade kan vi bli en ostoppbar kraft. Men striden med Tidus har tärt på våra resurser. Vi kan inte ta striden rakt på just nu. Vi måste samla våra styrkor igen. Styrkan i vår enighet blir vårt starkaste vapen."

Med handen tillbaka på hakan begrundar Henrik situationen. Oddsen är kanske inte till deras fördel, men han är fast besluten om att de kan förena rebellgrupperna och stärka sina styrkor. Om de misslyckas är deras uppdrag att befria Zuood, och i slutändan galaxen, dömt att misslyckas. Till slut säger han:

"Tack för din uppriktighet. Var kan vi hitta Lo'orak?" frågar Henrik, hans röst fylld av en blandning av nyfikenhet och beslutsamhet.

"Som jag sa, Henrik, vi är inte säkra på var de befinner sig. Om jag måste gissa är vår bästa chans att möta våra styrkor i Atlantis. Resan kommer inte att vara utan komplikationer, det är jag säker på. Vi bör skicka en liten konvoj till staden samtidigt som vi stärker vår position i Kio."

"Det är en utmärkt plan, Serge. Förbered våra transportmedel. Om du nu skulle kunna, ta mig till Anvu," säger Henrik.

14 - Dags att gå upp

Henrik kliver målmedvetet fram över det iskalla betonggolvet i lagerhusets källare. Hans steg ekar dovt i det svagt upplysta utrymmet, blandas med det dämpade sorlet från maskineriet som fyller luften. En distinkt doft av antiseptika hänger tung i den fuktiga luften, som påminner om vilken plats det här egentligen är. Skarpa skuggor dansar över travar av lastpallar och övergivet material, upplysta av det svaga skenet från en ensam glödlampa i taket.

Med ett knakande ljud drar Henrik undan det tunga tyget som skärmar av den provisoriska sjukavdelningen. Innanför vilar en kylig luft, ackompanjerad av det monotona surret från en avlägsen generator som kämpar för att upprätthålla en gnutta normalitet i denna underjordiska värld. Sjukbäddarna, prydligt uppradade men med tydliga spår av användning, utstrålar en svag doft av plast när Henriks fingrar sveper över deras svala yta.

Tomma vattenflaskor vittnar om den brådska som präglat förberedelserna av detta tillfälliga skydd, medan de utspridda sjukvårdsmaterialen på ett närliggande bord tyst berättar om den febrila aktivitet som nyligen ägt rum. Henrik drar ett djupt andetag.

Luften han andas in bär på en unken doft, en viskning om den spänning som dröjer sig kvar från de senaste händelserna.

Längre in i rummet, där skuggorna dansar mot väggarna, skymtar konturerna av en hastigt improviserad sjukstation. I detta dämpade ljus vilar Anvu på en av bäddarna, täcket svagt orangefärgat av skenet från de infraröda värmeelementen som står vakt mot källarens obevekliga kyla.

Två oansenliga lådor fångar Henriks blick. Han lyfter dem varsamt och placerar dem bredvid Anvu. Han sätter sig ned, med blicken fäst vid hennes fridfulla gestalt i den provisoriska sjukavdelningens tysta dunkel. *"Bara att du är här... lättnaden, tacksamheten, värmen det fyller mig med..."*, tänker Henrik i sin stillhet, ett stråk av tacksamhet och lättnad sprider sig genom honom.

Tystnaden hänger tung i rummet, minuterna passerar i ett töcken av väntan. Sedan, som en försiktig gryningsvind, fladdrar Anvus ögonlock till. I det milda skenet från avdelningens lampor urskiljer hon Henriks konturer vid sin sida, och en suck av djup lättnad lämnar hennes läppar. Hon stöttar sig försiktigt upp på armbågarna, rösten skrovlig och torr: "Min son... du är tillbaka... jag har... Joanna, har du..." Orden fastnar i halsen, uppslukade av en plötslig hostattack, "… vatten, snälla… Det står i lådan där borta." Med en svag men bestämd gest pekar Anvu mot fotändan av sängen, handen darrar lätt.

Henriks blick mjuknar i en blandning av oro och ömhet. Ett flyktigt leende drar över hans läppar medan han resolut greppar en flaska och skruvar av locket med en rytmisk vridning. Han räcker henne flaskan. När hon tar emot den, lägger han en stöttande hand bakom hennes rygg och hjälper henne till en mer upprätt position för att dricka.

Hans oro växer när hon lämnar värmeelementens kokong och träder in i det kallare ljuset under taklampan. Den blekhet i hennes ansikte, som nyss mjukats upp av infrarött sken, framträder nu tydligare och kastar en skugga av oro över hans egna drag.

"Mor, är du okej? Hur mår du? Jag är så glad att du är vaken… att du klarade det," frågar han.

Med förnyad energi från det uppfriskande vattnet vilar hon blicken på honom och ett leende sprider sig över hennes läppar.

"Min son… tack! Jag slog i huvudet på väg ner, men det är lite bättre nu när du är här. Vad tog så lång tid? Hittade ni Joanna?" frågar hon.

Henrik drar ett djupt andetag, fyller lungorna så mycket han kan innan han suckar:

"Jag är ledsen, mor. Vi var tvungna att följa spåren. Vi kom nära, men vi hittade inte Joanna. Hon är fortfarande där ute någonstans. Jag är säker på det!" säger han, pausar en stund innan han fortsätter i en varmare ton: "Låt mig hjälpa dig upp på benen så att vi kan gå upp och skaffa dig lite mat. Med lite tur hittar vi några soppransoner som kan värma dig."

Anvu nickar instämmande och flyttar sakta benen över sängkanten.

15 - Joannas uthållighet

Joanna sitter djupt inne i asteroiden känd som Solbärare 1, omgiven av det mjuka skenet från pulserande kristaller som kastar skuggor på de råa, metalliska väggarna. Luften vibrerar med en svag, nästan musikalisk klang, som om asteroidens själva väsen ekar av den kunskap det bär inom sig.

Fördjupad i tankar glider Joannas blick över de intrikata mönstren inristade i kammarens golv – symboler från en civilisation vars visdom sträcker sig över årtusenden. Mitt i det kosmiska energiflödet kan hon inte undvika att tänka på Henrik och längta efter hans trygga famn. Ovisshetens tyngd vilar som ett tungt täcke över hennes hjärta, och hon känner ett behov av att uttrycka sin oro till Solbärare 1, vars androidgränssnitt alltid är vid hennes sida.

"Jag har sett underverken av er kunskap och kraften i er teknologi," inleder Joanna, rösten stadig trots den oro som ligger under ytan. "Mitt folk står inför allvarliga hot som vi kanske inte kan övervinna på egen hand. Er hjälp skulle vara ovärderlig i vår kamp."

Solbärare 1s svar dröjer, tystnaden sträcker sig mellan dem som en osynlig barriär. Hennes lysande ögon borrar sig in i Joannas, sökande efter uppriktigheten bakom orden. "Vår doktrin föreskriver icke-inblandning," säger hon till slut, rösten fylld av auktoritet. "Att avvika från denna väg är inget beslut vi tar lättvindigt."

Joanna fortsätter, beslutsamheten orubblig. "Hotet mitt folk står inför är olikt allt vi tidigare mött. Er kunskap skulle kunna göra en avgörande skillnad. Kan ni inte ompröva er ståndpunkt med tanke på de svåra omständigheterna?"

Solbärare 1s blick mjuknar, en glimt av nyfikenhet dansar i hennes ögon. "Inblandning medför konsekvenser bortom all fattning," förklarar hon. "Vi måste beakta den kosmiska ordningens balans innan vi agerar."

Oavskräckt lutar Joanna sig framåt, hennes passion brinner som en låga inom henne. "Jag vädjar till er att tänka på de liv som står på spel, på bevarandet av freden," ber hon. "Ert val kan forma ödet för otaliga världar."

Solbärare 1 nickar eftertänksamt, en fundersam min sprider sig över hennes ansikte. "Vi förstår allvaret i er begäran," medger hon. "Men vårt engagemang för icke-inblandning är djupt rotat."

En gnagande frustration växa inom Joanna, men hon håller den under kontroll. "Det finns ögonblick i historien då doktriner måste vika för det större goda," argumenterar hon. "Vi befinner oss vid ett sådant vägskäl."

"Konsekvenserna av inblandning kan vara oförutsägbara," säger Solbärare 1, hennes ord noga utvalda. "Vi har sett de oavsiktliga resultaten av välmenande inblandning tidigare."

"Med er vägledning kan vi arbeta tillsammans för att minimera dessa risker," kontrar Joanna. "Vill ni inte överväga det potentiella goda vi kan åstadkomma tillsammans?"

Solbärare 1s blick mjuknar, en antydan till värme i hennes ögon. "Våra överläggningar kommer att kräva tid," medger hon. "Men er vädjan har inte fallit för döva öron. Vi kommer att sammanträda och fatta ett beslut i sinom tid."

Med de orden avslutas samtalet och lämnar Joanna att begrunda tyngden i deras ord och den ovissa väg som ligger framför henne.

Anvu och Henrik sitter i lunchrummet på basen och delar en skål varm soppa, dess värme ger dem välbehövlig energi. Även om smaken inte är något att jubla över, är soppan åtminstone näringsrik och full av protein, tänker Henrik. Bredvid dem sitter Björn, med sin egen skål och ett fat enkelt vetebröd som han hittat i en butik längre ner på vägen. Han är på gott humör och bryter av en bit bröd innan han räcker över limpan till Anvu. Hon ler när doften av det frasiga brödet når hennes näsa.

Tyngt av nattens återhämtning påminner varje rörelse om explosionen på Kraken och den följande stridens smärta. Anvu doppar långsamt brödet i soppan, ser hur det suger åt sig vätskan, blir mjukt och nästan upplöst. Hon torkar munnen med baksidan av handen, blicken avlägsen. En kort paus, innan värmen från maten sprider sig och ger henne en stilla känsla av lättnad.

"Min son, medan jag har legat och vilat har jag funderat. Har du hört talas om staden New Atlantis?" frågar Anvu, rösten fylld av nyfikenhet.

Henrik, som nu hört stadens namn för tredje gången från en person nära honom, ler mot sin mor och nickar långsamt. "Det har jag. Som jag förstår det är det där den verkliga ekonomiska makten och organisationshierarkin i Zuood är etablerad. Serge har informerat mig om våra generalers fäste i staden. Tillsammans med det Caius berättade tidigare, att Galaxrådet också finns i staden, gör staden onekligen intressant."

"Bra. Då är du medveten om att det är dit vi måste bege oss härnäst. Medan vi återhämtar oss och stärker våra styrkor här i Kio, måste vi också avsätta tid för att undersöka hur vi bäst kan använda våra kontakter i staden."

Björn lutar sig fram, fortfarande tuggandes på en bit bröd. "New Atlantis är en labyrint, inte bara på grund av sin politiska betydelse, utan också på grund av de intrikata lager av intriger som omger den. Vi måste navigera mellan olika influenser och maktstrukturer för att erövra den. Och låt oss inte glömma Galaxrådet. Deras inflytande sträcker sig långt bortom New Atlantis. Vi måste förstå deras roll i det större sammanhanget. Det handlar inte bara om makt; det handlar om information." Han sköljer ner brödet med lite vatten.

Anvu lutar sig tillbaka och bearbetar informationen. "Vi behöver en plan, en strategi. Vi har inte råd att vara vårdslösa. Björn, du har samlat in information. Vad vet vi om New Atlantis nuvarande tillstånd?"

Björn torkar händerna på en servett innan han sträcker sig efter en liten holografisk enhet i bältet. Han aktiverar den och projicerar en tredimensionell karta över New Atlantis på bordet. "Staden är uppdelad i sektorer kontrollerade av olika Youllianska fraktioner, var och en med sitt specifika fokusområde. Våra generaler har sin bas i en av de inre sektorerna. Vi måste återknyta kontakten med dem och se vilka möjligheter vi har att ta Galaxrådet."

Anvu studerar den holografiska kartan med kisande ögon. "Låt oss inte glömma de många rebellgrupperna. Vi måste etablera ett fotfäste, skaffa allierade och förstå maktdynamiken. Vi kan inte rusa in i det här. Det är en känslig dans vi ska utföra."

Henrik nickar eftertänksamt, medveten om att de behöver hjälp från personer med mer erfarenhet av de aktuella förhållandena i Atlantis. "Ja... jag håller med. Vårt huvudmål bör vara att ta oss till Atlantis. Men vi måste också involvera Caius, som kan ge oss rymdstöd om det behövs, och Serge, som jag har upptäckt är en utmärkt strateg på fältet."

17 - Kontakterna

I den västra utkanten av New Atlantis, på sjätte våningen i en skyskrapa, ligger *Dwellernas* hemliga tillhåll. Luften är elektrisk med en blandning av förväntan och beslutsamhet som genomsyrar rummet. Utanför hörs stadens avlägsna ljud – patrullernas tunga steg och propagandasändningarnas dova muller – tränga in i den sköra bubblan av sekretess som omger gömstället. Högt ovanför, skyddade från de vaksamma Youllianska vakterna, navigerar rebellerna i motståndets känsliga dans.

I ett avskilt hörn av det hemliga gömstället pulserar ett provisoriskt kommandocenter av aktivitet, ett nav av målmedvetenhet. Ett kluster av slitna skrivbord och räddningsstolar utgör hjärtat av denna improviserade operation. Sladdar ringlar sig över golvet och kopplar samman enheter med en provisorisk strömkälla, ett lapptäcke av kablar och adaptrar som vittnar om rebellernas uppfinningsrikedom. Datorerna, slitna och föråldrade, bär ärren från otaliga operationer. Skärmarna flimrar med kartor, scheman och krypterad kommunikation, och projicerar en digital bild av rebellernas underjordiska nätverk – ett nätverk som kan förändra historiens gång.

Mitt i det organiserade kaoset lyser flera skärmar upp Li'lahs ansikte där hon sitter böjd över tangentbordet. Hennes ansikte uttrycker en blandning av intensiv koncentration och brådskande beslutsamhet. Luften är tung av doften av avslagen kaffe när hon utbrister: "Lo'orak, se här! Vi har dekrypterat den senaste överföringen från vår insider i Alliansen. Den bekräftar flottans förstörelse. Och Henrik, Harlackers son, verkar vara på väg till New Atlantis. Detta kan vara vår chans."

När Lo'orak hör Henriks namn tänds hans ögon upp. "Utmärkt jobb, Li'lah. Denna information måste spridas omedelbart. Vi sänder ut den på alla kanaler och sidor – detta kan vara den väckarklocka vårt folk har väntat på." Han sträcker sig efter sin kaffekopp och tillägger: "Men håll informationen om Henrik för oss själva. Medan vi sprider nyheten behöver vi också ögon på Henrik och de andra nyckelpersonerna. Kontakta vår insider nere i stan och se om det finns någon information om deras mötesplatser. Varje detalj räknas."

Lo'oraks uppmaning att sända ut nyheten möts av en bekräftande nick från Brutus. Hans djupa röst skär genom det organiserade kaoset: "Ja, att sprida ordet är avgörande, men vi måste vara försiktiga. Vi måste verifiera att informationen är äkta innan vi släpper den till massorna. Vi har inte råd med desinformation i dessa svåra tider, särskilt inte om vi ska nå tidsnätverksservrarna. Vi är så nära nu, jag kan nästan känna lukten av brända serverrack."

"Du har en poäng där, Brutus," säger Lo'orak och ser Adana vrida på ögonen med skepticism. "Jag slår vad om att den enda källan vi verkligen kan lita på är att nå ut till Henrik själv."

Adana skakar på huvudet och en pust av frustration pyser ut genom hans näsa. "Jag tror det när jag ser det, chef."

Lo'orak vänder sig mot Lu'cara, som står avslappnad vid det stängda fönstret med en flaska i handen. Innan Lo'orak hinner öppna munnen vänder sig Lu'cara om.

"Jag vet vad du tänker. De samma frågorna gnager i mitt sinne. Men jag är inte närmare att hitta ett sätt att nå ut till de andra av mitt slag som är på vår sida."

18 - Planen

Inne i den säkra Operationsbasen är Anvus uppmärksamhet helt uppslukad av holoskärmen på bordet framför henne. Den holografiska representationen av New Atlantis, minutiöst detaljerad och uppdaterad med den senaste informationen från Caius, kastar ett svagt sken över rummet. Surret från basens teknik ljuder när Serge och Evan kommer in, tillsammans med Roukia och Dvorak. Anvus ögon rycks upp från holoskärmen, överraskad över Dvoraks oväntade närvaro.

"Dvorak!" utbrister Anvu, hennes röst ansträngd av att försöka behålla fattningen trots sin huvudvärk, när hon känner igen Henriks kusin. "Vad för dig hit?"

Roukia, med sitt vanliga samlade uppträdande, nickar i bekräftelse medan Dvorak ger ett subtilt leende. Anvu gestikulerar att de ska slå sig ner, och de tar smidigt plats bredvid henne, integreras sömlöst i den inre kretsen.

* * *

Från låg omloppsbana fortsätter Caius att ge uppdateringar i realtid om de strategiska positionerna för både Youllianska och Chronos fästen. Den holografiska projiceringen skiftar och zoomar in på viktiga platser, och avslöjar potentiella sårbarheter och intressanta punkter.

Henrik manipulerar de holografiska kontrollerna med precision. "Som ni alla vet har vi samlats här idag för att utforma den bästa vägen framåt. Ni är de bästa av de bästa. Vårt mål är att ta över Galaxrådet i New Atlantis. Och därmed komma ett steg närmare att ena folket och befria oss från Chronos och Youllianernas grepp," säger Henrik och tar en stund för att möta allas blickar i rummet. "Caius, du har förmodligen bäst kunskap om staden. Kan du vägleda oss genom vår första kontrollpunkt? Hur tar vi oss dit? Och hur hittar vi generalerna utan att väcka för mycket uppmärksamhet?" frågar han.

Caius manipulerar skickligt holoskärmen och belyser vägen från Kio till den södra utkanten av New Atlantis. "Jag hörde om er incident med kamoufleringsanordningarna på skyttlarna," säger Caius med en medkännande nick till Björn. "Mina kondoleanser, Björn. Att förlora ett barn är en börda ingen förälder ska behöva bära. Med tanke på problemen med synlighet med det transportmedlet föreslår jag en mer diskret metod: en modifierad lastbil med ett dolt fack. Ni kommer bara att stöta på en kontrollpunkt när ni lämnar Kio, men när ni närmar er Atlantis går ni av innan ni når kontrollpunkten. Det finns en hemlig ingång som rebellerna känner till, och jag har tillgång till den genom vår insider." En ny kontrollpunkt på holoskärmen lyser upp när han talar.

Caius fortsätter och manipulerar den holografiska kartan: "Detta är gatan Iera Odos. Följ den nordvästra vägen genom ett nätverk av tunnlar." Den holografiska pricken börjar röra sig, i ett sicksackmönster tills den stannar nära en flod. "Ni kommer så småningom att nå det gamla torget. Där möter ni Zeb'than, vår kontakt i staden och vår väg in i rådet."

"Hmm, 'Lantis," grymtar Dvorak, allas ögon är nu på honom, "om jag inte misstar mig använder alla tunnlarna flitigt, och vad får dig att tro att vi kommer att kunna resa inkognito?" frågar han Caius. Innan han får chansen att svara fortsätter Dvorak. "Låt mig föreslå en annan väg. Vi går in från samma gata, Iera Odos. Men i stället för att gå under jorden använder vi höghusens intrikata nätverk av servicetunnlar. Inga Youllianer kommer att vara där. Det är jag säker på!"

Överraskade av Dvoraks plötsliga förslag blir de tysta och tänker efter. Serge är den första som säger något. "Dvorak, hur kan du vara säker på det, och hur vet du så mycket om staden?" frågar han.

"Jag har arbetat där," säger Dvorak. Han känner att hans svar inte tillfredsställer deras nyfikenhet och fortsätter. "Tja… i mitt tidigare liv, innan jag gick med i Alliansen och reste till Nauvis, arbetade jag som kurir och senare som transportledare för ett företag som levererade varor över hela NA. Min specialitet var att planera rutter för våra killar på monohjul, ett snabbt sätt att leverera mindre föremål och mat till invånarna. Vi använde tunnlarna och gångarna för att snabbt ta oss över hela staden."

"Det är bra att veta," säger Henrik och överlämnar kontrollen över holoskärmen till Dvorak. "Visa oss vägen till torget."

Dvorak tar skickligt kontrollen över holoskärmen, hans fingrar dansar över ytan medan han navigerar i gränssnittet. Han lägger noggrant upp en väg som börjar från den avlägsna utkanten av Iera Odos och slingrar sig genom den intrikata väven av sammankopplade byggnader.

Varje byggnad lyser upp i tur och ordning och ett levande nätverk av linjer förbinder dem på den holografiska projiceringen. Dvoraks noggranna val skapar en väg, som markerar en resa genom stadens labyrintiska gångar.

Hans ögon förblir fokuserade, en glimt av beslutsamhet reflekteras när den holografiska projiceringen tar form. Med en sista touch befäster Dvorak rutten, de vibrerande linjerna konvergerar mot den angivna destinationen. Kartan vecklas ut framför dem och avslöjar en noggrant planerad kurs som leder dem från periferin till torget.

"Det här är den mest effektiva vägen vi kan ta samtidigt som vi förblir dolda för Youllianernas," säger Dvorak.

"Jag måste erkänna," säger Evan, "att det här är den snabbaste vägen. Jag har kört en simulering parallellt med mina processorer. Den enda aspekten jag skulle rekommendera att finjustera är tidpunkten. För att smidigt smälta in i den livliga folkmassan bör vi genomföra vår plan under rusningstid. Dvorak, kan du ange den mest lämpliga tiden för oss?"

Dvorak ler brett och svarar: "Absolut, Evan. Helst bör vi genomföra operationen runt lunchtid eller senare på kvällen när gatorna är som mest trafikerade."

"Bra… innan vi går vidare vill jag erkänna något för er alla," säger Evan, hans röst bär på en tung börda av hemligheter. "Det finns något med mina förmågor som jag ännu inte har avslöjat, något som potentiellt kan förändra själva grunden för vårt uppdrag." När Evan tystnar hänger hans ord kvar i luften, spänningen i rummet tätnar.

Björn, Serge och Henrik utbyter förvånade blickar.

"Dra inte ut på det då, min vän. Ut med det!" säger Björn.

"Ni vet alla att jag är en android, eller hur? Och en mycket sofistikerad sådan. Om ni tänker efter, har ni träffat en mer komplex android än mig?"

De tittar på varandra och skakar på huvudet, bekräftar att ingen har det.

"Nej, inte direkt," säger Anvu, "Du är nog den mest avancerade androiden jag har träffat."

"Jag håller med," säger Björn.

"Jag med," säger Dvorak.

Evan tar ett djupt andetag, även om han inte behöver, och fortsätter, "Det ni ska få se kan komma som en chock, men jag behöver att ni litar på mig. Jag har upptäckt något om mig själv under ett rutinunderhåll."

Med en smidig rörelse öppnar Evan en panel på bröstet, vilket avslöjar en komplex samling kretsar och komponenter. Rummet blir tyst när hans vänner stirrar på det invecklade maskineriet.

Björn höjer ett ögonbryn. "Vad hittade du?"

Evan skakar på huvudet. "Det är en glitch, ett oväntat fel i min bootstrap-kod. Under min självdiagnostik utlöste något en dold subprocess i min firmware. Det jag ska visa er går bortom enkla kretsar och ledningar."

Han tar ett steg tillbaka och ger dem en tydligare bild. Anvu, Björn, Henrik och Dvorak utbyter förbryllade blickar.

"Men innan jag fortsätter," säger Evan, "vill jag att ni ska förstå att det ni ska bevittna har varit en hemlighet även för mig tills nyligen. Denna subprocess aktiverades oavsiktligt och gav mig tillgång till information som jag aldrig visste fanns. Det handlar om min skapelse, mitt syfte."

Evan trycker på en sekvens av dolda knappar och luften runt hans bröst börjar skimra. Långsamt börjar symboler och intrikata mönster, liknande de han fick från asteroidbältet, dyka upp på hans bröst, etsade med ett mjukt sken. Rummet badar i ett övernaturligt ljus.

Björn tar ett steg framåt, hans ögon vidgas. "Vad i hela universum är det där?"

Henrik kisar och försöker förstå symbolerna. "Är det samma språk du mottog när vi var i skytteln?"

"Evan, kan du förklara vad vi tittar på?" frågar Anvu.

Evan, fortfarande utan skjorta, möter deras blick med en blandning av sårbarhet och beslutsamhet. "Det stämmer," säger han och pekar på markeringarna, "det är samma språk av okänt ursprung. In etsat i min kärna, och tills nyligen hade jag ingen aning om att det fanns. Jag är programmerad att hålla det dolt, även för mig själv."

Dvorak kliar sig på huvudet. "Så, vad står det? Förstår du det?"

Evan tvekar en stund innan han svarar, "Nej, det gör jag inte. Jag kunde aldrig avkoda meddelandet som skickades från bältet. Men jag tror att det rymmer nyckeln till min existens, vem som skapade mig och i vilket syfte. Jag har bestämt mig för att det är dags att låsa upp dessa mysterier. Och jag tror att svaren finns nära bältet. Så snart vårt uppdrag i NA är klart vill jag hitta ett sätt att ta mig tillbaka dit."

När glöden från markeringarna sakta bleknar, och bara de svaga symbolerna är synliga på Evans bröst, sätter sig Henrik ner på stolen igen, glad för sin väns nya kunskap om sig själv.

Henriks blick sveper över de beslutsamma ansiktena runt det improviserade planeringsbordet. "Då är det avgjort," förklarar han. "Vi tar oss fram genom byggnaderna mot torget och möter Zeb'than. Vårt sekundära mål är att hjälpa Evan att avslöja sanningen om sig själv. Se till att beväpna er med dolda vapen! Är vi alla med på den här planen?"

"Jag är med," bekräftar Björn utan att tveka.

"Alltid," instämmer Anvu med en självsäker nick.

Dvorak sträcker fram sina händer, "Räkna med mig."

"Ni vet mina prioriteringar," säger Roukia.

Caius röst genljuder genom kommunikationslänken: "Jag kommer att stödja er från omloppsbanan. Jag behöver fortfarande koordinera skeppen här, och en potentiell plan involverar stationen. Men jag behöver fler skepp."

Evan, som utstrålar lugn, försäkrar: "Oroa dig inte, Caius. Jag har signalerat Taolak; det är dags att hämta tillbaka *Eclipse* från sin semester."

19 - Kontrollstation Alpha

Solen hänger lågt vid horisonten och kastar långa skuggor över det karga landskapet medan lastbilen sparkar upp ett moln av damm på den öde vägen. Luften dallrar av hettan och skapar en hägringseffekt runt fordonet när det närmar sig kontrollpunkten. Motorns elektriska surr ekar genom stillheten, ackompanjerad av ljudet av grus under däcken.

"Var uppmärksamma. Vi är strax framme," säger Dvorak och justerar sin position i förarsätet för att bättre dölja den bylsiga jackan.

Henrik adresserar Dvorak genom den säkra kanalen från lastbilens släp: "Var diskret, Dvorak. Vi är bara en leverans bland många."

"Uppfattat, Henrik. Flyger under radarn."

De närmar sig från söder och möts av en hisnande syn när solen påbörjar sin sista nedstigning vid horisonten. Framför dem reser sig staden, dess mest framträdande drag badade i de sista gyllene strålarna av dagsljuset: en orörd mur som omger staden. Muren, som är klädd i solnedgångens varma orangefärgade ljus, utstrålar en eterisk skönhet som både fängslar ögat och berör själen.

Varje sten i muren tycks glöda när solen sjunker allt lägre på himlen. Silhuetten av muren sträcker sig majestätiskt mot skyn, dess konturer framhävs av skymningens mjuka bärnstensfärgade glöd. Bortom muren, som verkar sträcka sig efter det bleknande solljuset, reser sig höga skyskrapor. Deras eleganta och moderna arkitektur står i skarp kontrast till murens antika skönhet och antyder det livliga livet och den pulserande energin inom stadens hjärta. När de sista resterna av dagsljuset bleknar in i natten, förblir stadens silhuett etsad mot horisonten, ett bevis på den harmoniska blandningen av dåtid och nutid i detta urbana landskap.

Dammoln virvlar upp bakom lastbilen, vilket skapar en tillfällig ridå när den närmar sig kontrollpunkten. Flera fordon framför dem står i kö och väntar på sin tur för inspektion.

Caius, som bevakar från sitt skepp i omloppsbana, hörs genom kommunikationslänken: "När ni är på plats, Henrik, vänta tills jag ger klartecken. Sedan öppnar ni golvluckan och går ut, följ mina instruktioner till ingången."

"Vi är redo när du är," svarar han, hans hjärtslag ökar.

Spänningen når sin topp när fordonet navigerar den sista sträckan av vägen, det rytmiska skramlet från lasten ekar inom de metalliska väggarna. När de närmar sig slutet av kön väntar Henrik, med bultande hjärta, på Caius signal. Minuterna går, men inget svar. Lastbilen kryper framåt i kön, sakta närmare inspektionsområdet. Med bara några mindre fordon framför sig ser Dvorak de beväpnade Youllianska vakterna, deras vapen redo vid kontrollpunkten.

"De senaste händelserna verkar ha skärpt deras vaksamhet. De ser ganska stressade ut. Ha era vapen redo," säger Dvorak försiktigt genom komradion samtidigt som han försöker dölja sin oro.

"Hur många fordon är framför oss nu?" frågar Henrik.

"Vi har fyra framför oss, och jag skulle säga att det är mellan tio och tolv rader på våra sidor. Jag vet inte vad Caius väntar på, men utrymmet för er att röra er minskar för varje minut nu," utbrister Dvorak.

Ett annat fordon kör fram mot inspektionsområdet när en vakt vinkar dem igenom. Dvorak kan nu mer eller mindre höra vakterna skrika utanför.

"Tre fordon nu. Det börjar bli nära, Caius. Vad är din status?" frågar Henrik genom komradion.

Tystnad.

"Caius?"

hzrghs hzzhy

"Jag är ledsen befälhavare... hzrrgh... vi är nästan utom räckhåll... hzz... leta efter en grå... vår omloppsbana..." Kommunikationskanalen tystnar.

Henrik inser att det är nu eller aldrig och öppnar golvluckan till lastutrymmet. Den gråa asfalten breder ut sig nedanför. "Vi har förlorat kontakten med Caius. Vi hör från honom igen när eller om han kan återansluta via satellit, men hans visuella stöd är borta. Nu kör vi. Serge, du går först. Håll er nära och rör er tyst. Vi måste hitta vägen till ingången själva," instruerar han medan de lämnar fordonet. "Dvorak, lycka till!"

"Tack, kusin. Jag vet inte var ingången är, men som Caius sa, jag föreslår att ni letar efter något grått," svarar Dvorak försiktigt.

När Henrik, som siste man, hoppar ner från luckan, omsluts han av mörkret; solen har gått ner. Under fordonet ligger Björn, Anvu, Serge och Evan stilla och väntar. Osäker på åt vilket

håll ingången är vet Henrik att han måste agera
snabbt. Han sveper med blicken över raderna
av fordon, poddar och lastbilar som kantar
området. Varje skugga döljer en fara, varje ljud
en potentiell förföljare. Långt borta, i utkanten
av hans synfält, skymtar konturerna av en
möjlig tillflykt. Ett beslut tar form i hans sinne.

"Följ mig, håll er nära och försök att röra er
bakom dessa lastbilar. Vi måste nå den där
strukturen utan att väcka vakterna
uppmärksamhet," viskar Henrik, hans röst
knappt hörbar mitt i motorernas muller och
vakternas avlägsna prat. Teamet nickar
bestämt, och med Henrik som ledstjärna inleder
de sin försiktiga framryckning. De kryper
smidigt under fordon när tillfälle ges, annars
glider de ljudlöst längs lastbilarnas baksida,
alltid med skuggorna som allierade. Medan de
navigerar genom den till synes ändlösa kön,
fångar Henriks skarpa blick en vakt längre fram.
En snabb signal får gruppen att tvärt stanna och
huka sig under en stor lastbil. Vakten passerar
obekymrat förbi, omedveten om deras närvaro.
Henrik ger en diskret gest att fortsätta, och de
återupptar sin försiktiga resa. Förbi en
tvåmanskapsel, som otåligt väntar på sin tur,
skymtar Henrik en smal öppning mellan två
lastbilar. Chansen är för bra för att ignorera.
"Genom här," befaller han med en viskning,
"men håll er nära marken och rör er snabbt."

De kommer ut på andra sidan, närmare strukturen, och Henrik får syn på ytterligare en vakt. "Vi måste tajma det här rätt. Vänta på min signal," viskar han.

Henrik signalerar åt teamet att skynda sig medan vakten är upptagen med ett samtal. De rusar över det öppna området och utnyttjar skydd och skuggor. Som tur är förblir vakten ovetande.

Med slutet av vägen i sikte men en sista lastbil i vägen, ser Henrik en grupp vakter stå bredvid den och bevaka en dörr innan de når strukturen. Snabbt vänder sig Henrik till Dvorak.

"Behöver en avledningsmanöver, Dvorak. Vad kan du åstadkomma?" Henriks röst genljuder genom kommunikationskanalen.

Spända sekunder passerar medan vakternas prat fyller luften. Lastbilen ovanför Henrik, Anvu, Roukia och Evan rör sig ryckigt framåt i kön, dess enorma hjul slirar mot marken och missar Henriks utsträckta armar med bara några centimeter. De hör ett gällt gnissel av metall mot asfalt, lukten av bränt gummi sticker i näsborrarna.

Sedan, utan förvarning.

BANG!

En explosion sliter genom luften, och en våldsam chockvåg får vakterna och de hopkrupna figurerna under lastbilen att vackla till.

"Dags att agera. Jag har gjort mitt för att distrahera dem, eller åtminstone hoppas jag det," sprakar Dvoraks röst i kommunikationskanalen.

Synbart oroade vänder vakterna sin uppmärksamhet mot källan till detonationen och rör sig som en enhet mot smällen.

"Nu," säger Henrik när de sista vakterna lämnar sin position. De rullar ut under lastbilen, spurtar de sista metrarna mot dörren och ser sig bara om när de når byggnadens hörn.

"Nu är det min tur att glänsa," säger Evan självsäkert medan han placerar sin högra hand på knappsatsen bredvid dörren. Ett distinkt klickande ljud hörs när dörren låses upp. Evan trycker snabbt upp dörren och de går in.

20 - Vägen in

När de kliver in i byggnaden ser de till att dörren är stängd, och ljudet av låset ekar i tystnaden. Det svagt upplysta lagret kastar långa, kusliga skuggor som dansar över det stora utrymmet. Det svaga ljuset kämpar för att tränga igenom skuggorna och avslöjar rad efter rad av prydligt staplade hyllor som når upp mot det platta taket, alla fyllda med identiska svarta lådor. Henrik lägger märke till det tunna lagret av damm som har lagt sig på hyllorna, och den svaga doften av gammal luft kittlar hans näsa.

"Vad är det egentligen vi letar efter?" frågar Serge.

"Inte säker, min bästa gissning är en tunnel under golvet, så vi måste hitta en lucka, en väg ner åtminstone, och söka igenom varje hörn av den här byggnaden. Låt oss röra oss snabbt innan någon märker att vi är här," säger Henrik, driven av sin beslutsamhet att avslöja byggnadens hemligheter. Han snabbar på stegen och rör sig mot de höga hyllorna. "Dela upp er så att vi kan täcka mer mark," tillägger han.

Evan går snabbt mot det bortre hörnet och skannar noggrant av golvet. "Jag kollar bakom de här lådorna," ropar han. Serge nickar och följer Henriks ledning, glider längs hyllraderna med ett skarpt öga för alla tecken på en dold ingång.

Roukia rusar mot mitten av lagret. "Jag tar den här delen," säger hon, hennes blick flackar över betonggolvet och letar efter ojämnheter som kan avslöja en lucka.

En tilltagande värk i huvudet får Anvu att byta fokus och i stället börja undersöka väggarnas omkrets. Hon följer kanten, hennes fingrar stryker mot den grova ytan. Medan de letar är spänningen i luften påtaglig, varje gruppmedlem medveten om behovet av att snabbt hitta luckan.

Minuterna känns som en evighet medan de genomsöker varenda centimeter av lagret, doften av damm och gammalt trä hänger tungt i luften.

"Något?" ropar Henrik, hans röst färgad av en antydan till desperation.

"Nej, ingenting," kommer Evans nedslående svar, hans ord hänger tungt i luften. Några sekunder senare genomborrar Evans skarpa rop luften, "Strunta i det jag just sa. Jag hittade något!" utbrister han, hans ögon lyser upp när han pekar mot en liten fallucka synlig under ett par lådor. De andra rusar till hans sida, deras hjärtan bultar av förväntan när de ser det potentiella genombrottet.

"Jag kan inte tro det. Vi kanske faktiskt hittar det vi letar efter," viskar Roukia, hennes röst fylld av en blandning av spänning och misstro.

Henriks ansikte spricker upp i ett triumferande leende, en blandning av glädje och lättnad tydlig i hans uttryck. "Bra jobbat, Evan," berömmer han, hans röst fylld av tacksamhet. "Låt oss nu se vart det här…" Henriks ord avbryts abrupt.

THUMP

Huvuddörren öppnas och vakterna rusar in. Deras fotsteg dundrar på golvet när de stormar in i rummet, vapen dragna och med bistra uttryck.

"Skynda er. Innan de ser oss," viskar Henrik.

Henrik stänger försiktigt luckan efter sig, det mjuka klickandet bekräftar att den är ordentligt på plats. Med varsam hand kontrollerar han att luckan är tätt stängd och att inga spår av deras intrång finns kvar. Sedan, med en snabb och beslutsam rörelse, bryter han låset inifrån, vilket eliminerar risken för att det ska kunna öppnas igen utan stor ansträngning. När han är klar ansluter han sig till de andra och leder dem vidare ner i tunneln. Tunneln sträcker sig framför dem som en gapande avgrund, dess djup omsluts av ett kompakt mörker som verkar suga in allt ljus.

"Låt mig gå först," säger Evan med låg röst och lyser upp den mörka tunneln med den inbyggda ficklampsfunktionen i sina ögon.

"Du är full av överraskningar, eller hur?" säger Serge och håller skrattet inne för att undvika att göra för mycket oväsen.

De tränger djupare in i tunneln. Luften blir tjockare, en unken doft blandad med metallisk stank från gammalt maskineri. Väggarna, täckta av lager av smuts och mögel, verkar sluta sig runt dem, deras grova textur skrapar mot huden. Då och då passerar de rostiga rör som sticker ut från väggarna, deras ytor ärrade av tidens tand och försummelse.

"Det här måste ha varit någon sorts transportväg för länge sedan," funderar Serge och snubblar över bråte. "Jag undrar hur rebellerna hittade den."

"Försiktigt där!" varnar Anvu, vars huvudvärk lättar lite i mörkret. "Min bästa gissning är att rebellerna hade någon koppling till arbetarna som byggde detta för länge sedan – familj eller vänner, kanske. Rebellgrupperna består ju trots allt av en brokig skara människor." Hon håller blicken fäst på det svaga skenet från Evans ljus, deras resa in i det okända har bara börjat.

"Bra gissat, Anvu. Det är min tanke också," fyller Roukia i med lugn och samlad röst.

Anvu går tätt bakom Serge med bestämda steg. "Håll takten nu. Jag snubblar snart över dig, Serge. Du är stor och stark, men kanske inte så snabbfotad," retas hon med ett lekfullt leende.

Serge, nästan två meter lång, kämpar för att hålla takten i den trånga tunneln. Han duckar lite för att undvika att slå huvudet i det låga taket, hans rörelser hindras av det trånga utrymmet.

"Försök du gå snabbt när du inte ens kan se skräpet vid dina fötter," svarar Serge, en antydan till irritation i rösten när han navigerar den belamrade vägen.

"Håll er alerta, allihop," manar Henrik dem från slutet av ledet.

"Evan, tror du att det här är rätt väg?" frågar Björn som går bakom Evan.

Evan nickar, hans ögon ständigt vaksamma på potentiell rörelse längre fram. "Enligt Caius borde den här vägen leda oss direkt till det gamla underhållsrummet. Vi borde vara nästan direkt under stadsmurarna nu, bara lite längre in."

Tunneln sträcker sig framför dem som en gapande avgrund, mörkret tycks svälja Evans svaga ljus. De rör sig försiktigt framåt, luften tung av doften av mögel och förruttnelse.

"Det här stället ger mig kalla kårar," mumlar Serge.

"Bara fortsätt framåt," svarar Henrik, hans ton fast, "Vi är ute härifrån innan du vet ordet av."

När de vågar sig djupare in i tunneln tycks mörkret trycka in runt dem, kvävande och förtryckande. Evans ljus sveper över de grovhuggna väggarna och avslöjar fläckar av mossa och rostiga rör som sticker ut i konstiga vinklar.

Plötsligt hörs flera fotsteg genom tunneln, vilket får dem att frysa till. Evan håller sin knytnäve ovanför sig för att signalera att de ska stanna, hans rörelser långsamma och avsiktliga för att undvika att göra något ljud som kan avslöja dem.

"Var kommer det ifrån?" viskar Serge.

"Vi måste vara nära nu," försäkrar Henrik honom, även om hans röst är färgad av osäkerhet.

De fortsätter, nerverna på helspänn medan de navigerar över det ojämna golvet. Ibland stöter de på förgrenande passager, var och en höljd i djupare skuggor än den förra.

"Vilken väg ska vi gå?" viskar Björn, hans panna rynkad i förvirring.

Med sin förstärkta hörsel lokaliserar Evan ursprunget till det avlägsna ljudet. "Den här vägen," säger han till slut och pekar mot den vänstra passagen.

När de följer Evans ledning fångar hans ficklampor något som glimmar i mörkret – en metallucka inbäddad i väggen.

"Har du hittat något?" frågar Anvu, hennes röst fylld av hopp.

"En lucka," svarar Evan, hans ögon lyser av spänning, "det finns ett stort hjulhandtag fäst vid den. Låt oss öppna den."

Evan och Björn synkroniserar sina rörelser och spänner musklerna i ansträngningen när de får mekanismen att ge efter. En kör av knarrande och gnissel ackompanjerar varje varv, som ekar genom det trånga utrymmet i korridoren som en symfoni av motstånd.

Efter vad som känns som en evighet börjar hjulet att ge med sig, tum för tum, i respons till deras beslutsamhet. Med ett sista stön av ansträngning lyckas Evan och Björn bända upp dörren, en strimma ljus som spiller hoppfullt in i mörkret.

Försiktigt kikar Evan genom den smala öppningen. Hans digitala optik reagerar snabbt, anpassar sig till den plötsliga ljusförändringen och kalibrerar om till den nya miljön. Ljuset kastar ett mjukt sken över vad som verkar vara en korridor och avslöjar dess detaljer i skarp relief. Väggarna, en gång orörda, bär nu spår av försummelse, färgen flagnar och lossnar på sina ställen.

Ett lager damm täcker den slitna mattan som sträcker sig längs korridorens längd, dess en gång så livfulla färg dämpad av år av försummelse. Fotspår skämmer ytan och lämnar efter sig ett spår av avtryck.

"Det här måste vara källarvåningen i ett av höghusen."

"Vi klarade det," säger Evan, hans röst en lättnadens suck när han kliver ut i korridoren.

"Inte illa för en dags arbete," skämtar Björn med ett uns av skratt i rösten.

När de kommer ut ur tunneln delar de en stund av tyst tillfredsställelse, medvetna om att de har besegrat mörkret och kommit ut segrande på andra sidan.

Henriks kommunikationsenhet surrar till av aktivitet. Det är Caius.

21 - Oväntade möten

"Äntligen," knastrar Caius röst i Henriks kommunikationsenhet, hans ord dryper av brådska. "Jag har försökt nå er den senaste timmen. Det tog ett tag, men min bästa tekniker kunde ansluta genom satellitupplänken. Hur är läget?" frågar han, hans ton förmedlar situationens allvar.

"Jag är glad att höra din röst, Caius! Vi har nått ett av höghusen nu. Vad tog så lång tid? Har du hört något från Dvorak?"

"Vi är fortfarande på andra sidan planeten. Vi håller på att lämna låg Zuood-omloppsbana och gå in i en geostationär omloppsbana längre bort från Zuood så att vi inte tappar visuell kontakt lika lätt som tidigare. Det här gör oss mindre skyddade, men vi kommer att vara längre bort från huvudflottan om armadan bestämmer sig för att komma tidigare än väntat. Inget annat än radiotystnad från Dvorak; jag vet inte varför."

"Håll mig uppdaterad om du lyckas få kontakt med honom. Hur många fler skepp har anslutit sig till våra led?" frågar Henrik.

"Inte så många som jag hade hoppats. För närvarande har vi en flotta på trettiofyra skepp, men bara en handfull har betydande eldkraft. Vi har säkrat kontrollen över stationen i låg omloppsbana, månbasen och det yttre systemets försvar, men vi är osäkra på Youllian-armadans styrka. Vi skulle verkligen behöva mer eldkraft. Hittills har vi bara stött på några enstaka missiler från planeten, inget alltför oroväckande," rapporterar Caius.

"Jag förstår. När jag har pratat med generalerna får vi se hur vi kan stärka er eldkraft däruppe. Håll mig informerad om er status. Jag har en känsla av att våra vägar kommer att korsas förr snarare än senare," svarar Henrik och stänger den privata kommunikationskanalen för att fokusera på uppgiften.

Korridoren är bredare än den trånga tunneln de just lämnat bakom sig. Den sträcker sig ut framför dem, upplyst av skarpa lysrör integrerade i taket. Trots sina ansträngningar att lysa upp utrymmet avslöjar lamporna bara det lager av smuts som täcker den slitna mattan under fötterna, ett bevis på försummelse som har samlats med tiden.

På avstånd tar korridoren en skarp högersväng och försvinner ur sikte. Från den riktningen ekar en kakofoni av röster nerför hallen och blandas i en förvirrande symfoni av ljud.

"Vi har ingen tid att förlora. Kom igen," säger Henrik och kliver fram, tar ledningen med bestämda steg. Hans rörelser är målmedvetna när han går, blicken fäst framåt medan han förbereder sig för de utmaningar som väntar.

Evan, Björn, Anvu och Roukia följer tätt efter, deras förtroende för Henriks ledarskap är orubbligt. De litar på att hans erfarenhet och intuition kommer att vägleda dem säkert genom den labyrint av osäkerhet som ligger framför dem. Med varje steg blir rösterna högre, deras ord otydliga men laddade med potentiell fara.

Henrik kikar ut från hörnet av korridoren och hans ögon tar snabbt in scenen framför honom. Korridoren öppnar sig till en livlig genomfart, full av aktivitet och rörelse. Flera meter upp fortsätter lysrör att kasta sitt skarpa sken, vilket lyser upp utrymmet och avslöjar dess livliga energi.

Till vänster kantar en rad dörrar väggarna, var och en märkt med siffror eller skyltar som anger deras syfte. Människor myllrar fram och tillbaka, deras fotsteg ekar mot väggarna medan de sköter sina affärer. Vissa bär lådor eller utrustning, andra deltar i hastiga samtal eller konsulterar surfplattor och enheter.

Henriks blick sveper över scenen och letar efter tecken på fara eller hinder – inget ovanligt.

"Okej, låt oss försöka smälta in. Vi har rutten uppladdad på våra kommunikationsenheter. Håll fokus på målet, och om ni ser några vakter, försök att agera naturligt. Vi är bara en grupp servicepersonal som går igenom vår dagliga rutin. Evan, du tar ledningen eftersom du kan se navigeringen lättare utan att se misstänksam ut," säger Henrik och signalerar åt de andra att gå ut.

"Okej. Om vi splittras möts vi vid kontrollstation Bravo, nära torget," säger Evan.

De smälter in i folkmassan och rör sig med flytande, målmedvetna steg genom korridorerna och passagerna som förbinder de höga byggnaderna. Evans ögon flackar från sida till sida, skannar av folkmassan med skarp uppmärksamhet medan han stakar ut en väg genom havet av människor och letar efter eventuella vakter.

Gruppen följer efter, deras sinnen överväldigade av kakofonin av syner och ljud som omger dem. Luften är tjock av svett och maskinlukt, punkterad av den frestande doften av mat som strömmar ut från närliggande matställen.

Överallt ser de människor jäkta omkring med en känsla av brådska, deras uppfattning förändrad av enheten som tynger dem.

Uniformerade arbetare skyndar förbi, deras rörelser exakta och effektiva när de utför sina uppgifter. Deras ansikten är vända mot marken, dolda av masker eller bakom bländningen från handhållna enheter för att undvika de Youllianska vakter som då och då passerar.

"Sa inte Dvorak att den här vägen skulle innebära färre vakter att oroa sig för? Var är han förresten?" säger Serge med låg röst.

"Kanske har saker och ting förändrats sedan han var här senast. Hur som helst, försök att smälta in. Jag är osäker på varför han inte svarar på mina anrop på komradion. Vi hittar honom förr eller senare, hoppas jag," anmärker Henrik.

De rör sig vidare längs rutten och ljudet av fotsteg studsar mot väggarna, blandas med maskinernas surr och enstaka pip från elektroniska apparater. Röster höjs och sänks i livliga samtal, deras ord blandas till en symfoni av ljud.

Evan leder vägen med van lätthet och navigerar skickligt genom folkhopen med hjälp av den planerade rutten. Han undviker hinder med graciös smidighet, obehindrad av kaoset runt omkring honom. Hans skarpa, alerta ögon skannar av folkmassan efter tecken på fara, och hans sinne beräknar ständigt den bästa vägen framåt.

Gruppen följer i hans kölvatten, deras ögon vidöppna av förundran när de tar in sevärdheterna och ljuden i sin nya omgivning. Trots den överväldigande sensoriska överbelastningen känner de spänning pulsera genom sina ådror, medvetna om att de är ett steg närmare sitt mål.

De fortsätter framåt runt ett hörn och Evan får syn på en annan vaktpatrull längre fram. Han saktar instinktivt ner, hans sinnen på högsta alert. Med lugn brådska lutar han sig in för att viska till de andra, hans röst knappt hörbar.

"Var på er vakt, vi har sällskap. Vi måste fortsätta åt det här hållet. Det är vår enda väg till nästa byggnad på den här våningen. Agera naturligt, och vad ni än gör, stanna inte."

Evans ögon flackar fram och tillbaka, tar in varje detalj av de fyra beväpnade vakterna som står framför dem. Deras rustningar glänser hotfullt, ett bevis på deras styrka och makt. De tunga stövlarna, sömlöst anslutna till knät, ger dem en skrämmande siluett, medan de blottade magarna antyder en imponerande fysik. Tjocka pansarplåtar vid brösthöjd, prydda med emblem och glödande orangea detaljer, förstärker deras respektingivande närvaro.

Rundade axelplåtar erbjuder ytterligare skydd, men deras underarmar är oskyddade, en potentiell svaghet. Medan Evan tar in allt detta växer en klump av oro i hans mage. Dessa vakter är en formidabel styrka och han vet att de måste gå försiktigt fram.

"Behåll lugnet," uppmanar Henrik, hans ton stadig och lugnande. "Låt oss inte dra uppmärksamhet till oss."

De passerar vakterna på några meters avstånd, vakternas ögon smalnar när de lägger märke till gruppen, misstänksamhet flimrar i deras blick som en låga som dansar i mörkret.

"Hallå där! Stanna!"

De ignorerar vaktens befallning och pressar sig framåt, deras beslutsamhet tar över instinkten att lyda. Men deras trots eskalerar bara situationen. Vaktens röst dånar igen, skarp och insisterande, skär genom luften som en piska.

"Stanna! Jag sa stanna!"

Brådskan i vaktens ton är omisskännlig, en tydlig varning om att deras handlingar inte kommer att gå ostraffade. Ändå fortsätter de, drivna av ett desperat behov av att undkomma sina förföljare.

Ett tredje rop genomborrar luften, högre och mer kraftfullt än tidigare. Och sedan, med en plötslig rörelse, bryter två av vakterna ut i en sprint och minskar avståndet mellan dem med oroväckande hastighet.

Evan rusar genom korridorerna och hans hjärna arbetar febrilt för att navigera i labyrinten av gångar, desperat sökande efter ett sätt att skaka av sig förföljarna.

"Håll tempot uppe. Vi måste springa ifrån dem!" ropar Evan medan deras fotsteg ekar högt mot golvet.

Med varje sväng lämnar de hinder bakom sig i hopp om att vinna värdefulla sekunder. De springer ut i en gränd, det trånga utrymmet erbjuder en kort respit från den obevekliga jakten. Henriks hjärta bultar i bröstet när han skannar av omgivningen. Hans ögon fastnar på en gigantisk hissdörr längre fram, nära ett slags övergivet bistro.

"Där," flämtar han, hans röst ansträngd av utmattning. "Vi måste ta oss uppåt."

De rusar mot hissen, med flämtande andetag medan de pressar sig själva till gränsen. Men när de når entrén och febrilt trycker på hissknappen, sköljer en sjunkande känsla över dem. Ingenting händer. Hissen verkar vara ur funktion när Evan placerar sin handflata på kontrollpanelen för att ansluta till systemet.

"Kom igen," mumlar han för sig själv. När han hör ljudet av vakternas fotsteg bli tydligare inser Henrik att de kommer att storma in i gränden när som helst.

"Ta skydd bakom bistron! Täck ingången!" kommenderar Henrik medan han drar sitt pulsgevär ur hölstret. Med van men något ostadig hand placerar han sig bakom ett smutsigt bistrobord och vinkar Anvu att göra honom sällskap.

Anvu, med ett fast grepp om sitt pulsgevär, möter Henriks blick med beslutsamhet. "Jag är redo för vad som än kommer." Hon tar ett djupt andetag, lugnar sitt rusande hjärta, varje muskel i hennes kropp redo för handling. Hon justerar sin position och siktar för ett precist skott.

"Jag antar att vi måste visa dom vad vi går för," säger Björn och hukar sig bakom ett annat bord, avslappnad och siktar mot varifrån de kom.

"Håll elden, försök att hålla er gömda, och om de skjuter, skjuter vi," säger Henrik och fokuserar på slutet av gränden.

"Uppfattat, befälhavare," säger Roukia.

"Evan, hur går det med hissen?" frågar Björn
med en antydan till stress i rösten.

Evan svarar inte direkt, fokuserad på uppgiften.
Han har redan åsidosatt och aktiverat hissens
kontroll. Hans sinne rasar genom en mental
karta över kretsar och anslutningar tills han får
syn på en närliggande kraftstation i andra
änden av deras nuvarande sektion på elnätet,
och en plan tar form i hans sinne.

"Evan?" frågar Henrik och vågar släppa fokus
framåt för att se vad som händer nära hissen.
När han vänder blicken igen kan han se
skuggorna från vakterna som landar på
grändens väggar.

"Evan?" viskar Björn.

Evan förblir tyst medan han omdirigerar
strömflödet; en våg av elektricitet rusar genom
stationens komponenter, vilket får lampor att
blinka och maskiner att surra med nyfunnen
energi.

Först är det bara ett lågt, olycksbådande surr,
en varning om det förestående kaoset som är på
väg att utspela sig. Sedan, med ett plötsligt
knaster och väsande, öppnas slussarna och en
störtflod av ström forsar genom stationen som
en rasande flod som spränger sina vallar.

Ljudet är öronbedövande, en kakofoni av gnistor och sprakande som fyller luften med elektrisk energi. Metall knakar och protesterar under belastningen, kablar smäller och poppar när de överhettas av den plötsliga strömmen, och ljusen flimrar och dämpas när kraftkällan kämpar för att leverera.

Mitt i kaoset förblir Evans uttryck fokuserat, hans sinne fixerat på det virvlande kaoset framför honom. Han kan känna den råa kraften som strömmar genom stationen, vibrerar genom luften och skickar rysningar längs ryggraden.

När stationens komponenter anstränger sig under angreppet av elektricitet finns det en känsla av oundviklighet, en känsla av att de når brytpunkten. Och sedan, med ett sista, öronbedövande vrål, överbelastas stationens kretsar.

BANG

Gnistor flyger och maskiner stannar i en dusch av gnistor och rök. I efterdyningarna är luften tjock av den fräna lukten av bränd metall och ozon, och stationen ligger i ruiner, dess komponenter svedda och vridna av kraften från strömmen.

Explosionen fångar vakternas uppmärksamhet. Deras rop och dånande stövlar ekar mot väggarna när de vänder sig om och springer mot ljudet av explosionen.

Bing

Ett mjukt pling ekar genom luften och signalerar hissens ankomst. Dess dörrar glider upp med en känsla av motvillig lydnad.

Evan gestikulerar åt de andra att gå in i hissen, hans rörelser självsäkra och lugna. När dörrarna glider igen bakom dem kan han inte låta bli att känna en känsla av tillfredsställelse över att ha överlistat sina förföljare, om än bara för ett flyktigt ögonblick.

Med en suck av lättnad tränger de ihop sig i det trånga utrymmet, deras hjärtan rusar av den adrenalinfyllda jakten.

23 - Hoppfullt Möte

"Tydligen är det här vår våning," säger Serge när hissen signalerar att de har anlänt och de silverfärgade dörrarna öppnas på fjärde våningen.

De lämnar hissen och befinner sig i en tom korridor. Lysrören är släckta och endast det mjuka ljuset från avlägsna fönster hindrar det från att vara becksvart där de står.

"Jag hoppas du har en väg vi kan följa hela vägen till torget, Evan," frågar Björn och håller sitt pulsgevär i höfthöjd.

"Det har jag," säger Evan lugnande, "men jag är inte övertygad om att ni kommer att gilla vägen så mycket."

"Vad menar du?" frågar Anvu.

"Tja, låt oss bara säga att oddsen för att stöta på fler vakter dit vi ska är osannolikt. Eftersom vi inte kan gå tillbaka ner till vår ursprungliga rutt. Måste vi nu ta oss till en ännu högre våning för att hitta den enda andra vägen över till nästa byggnad, vilket leder oss närmare torget," svarar Evan med ett illmarigt leende.

"Okej... och?" Serges otålighet hänger tung i luften. Hans fot trummar i en stackato-rytm mot marken medan han skannar av omgivningen med rastlösa ögon.

"Förbered era lungor för lite frisk luft," säger han och ler mot Serge.

"Åh nej. Du vet att jag inte gillar höga höjder utan tak över huvudet, åtminstone inte med en atmosfär närvarande."

"Ledsen," säger han och rycker på axlarna, "Det är enda sättet."

"Nämen, är ni här?" säger en grov röst bakom dem, vilket får dem alla att snabbt vända sig om, "Är det inte den ökända Henrik Harlacker vi har framför oss och hans brokiga besättning?" säger mannen med utsträckta armar i en välkomstgest. Bakom honom står en grupp figurer med huvor och svepande mantlar, deras ansikten dolda i det dunkla ljuset.

Björn, Serge, Roukia och Anvu reagerar snabbt och riktar sina vapen mot de nykomna. I ett försök att lugna ner situationen håller Henrik upp sina armar för att signalera att de alla ska lägga ner vapnen.

"Och vem är ni?" säger Henrik, "Visa er eller bli nedskjutna!"

"Vi kommer i fred, ser ni inte det? Låt mig presentera oss," – mannen sträcker sig långsamt fram och tar av sig huvan och manteln – "Jag tror ni har hört mitt namn förut. Jag är Lo'orak. Och det här är mitt team. Vi är *Dwellerna*." säger Lo'orak.

Resten av gruppen härmar hans handling, kastar av sig mantlar och huvor och avslöjar sig själva i en dramatisk gest. Vapnen förblir riktade mot dem.

När Lu'cara drar tillbaka sin huva vidgas Serges ögon i chock, och hans vapen riktas omedelbart mot honom i stället.

"Hallå! Vem är du? Varför har ni en Youllian i er grupp?" Serges röst spricker av misstro, uppenbarelsen skickar en stöt av överraskning genom honom.

När Lu'caras mantel graciöst faller till golvet, håller han blicken stadigt fäst på Serge, hans uttryck stoiskt och opåverkat av Serges utbrott. "Du kan rikta ditt vapen någon annanstans. Lita på mig, du vill inte utmana mig," råder han lugnt. Klädd i en blå sidenöverdel som förstärker hans längd och sömlöst möter ett matchande par byxor, utstrålar han självförtroende.

“Det är bäst att du gör som han säger,” fyller Brutus i.

“Nu, nu. Var inte otrevlig mot vår nye vän Brutus,” inflikar Li’lah med ett brett och uppriktigt leende.

“Okej då.”

Henriks blick flackar mot Serge, en tyst befallning passerar mellan dem. När Serge slappnar av närmar sig Lo’orak Henrik med långsamma men bestämda steg och sträcker ut sin hand i en gest av välvilja. Henrik tvekar en kort stund innan han accepterar gesten och tar ett fast grepp om Lo’oraks underarm strax nedanför armbågen.

“Trevligt att träffas, Lo’orak,” svarar Henrik och håller ett fast grepp om hans arm.

“Detsamma, Henrik,” säger Lo’orak. Hans röst har en auktoritär ton när han talar, men den mjuknar när han släpper greppet och vänder sig om för att återigen möta sin besättning. Med en svepande gest pekar han mot sina kamrater bakom honom. “Låt mig presentera *Dwellerna*.”

Li’lah kliver fram, ett virrvarr av eldrött hår ramar in hennes ansikte som en krona av lågor. Hennes ögon, skarpa och ljusa, avslöjar ett skarpt intellekt som mildras av en antydan till bus. "Li'lah, teknikgeni och hacker extraordinär," presenterar hon sig själv med skarp och snärtig röst.

Adana följer efter, hans väderbitna ansikte är etsat med linjerna från otaliga strider utkämpat och vunnit. En stålfast beslutsamhet brinner inom honom trots den trötthet som skuggar hans ögon. "Adana," grymtar han, hans röst färgad av erfarenhetens rasp.

Brutus står med en robust uppsyn som vittnar om ett liv tillbringat i samhällets utkanter. Hans armar är korsade över ett bröst lika brett som en mur och hans skarpa, genomträngande blick sveper över rummet. "Brutus," säger han barskt, hans röst som mullret av avlägsen åska.

"Och sist men inte minst, Lu'cara," säger Lo'orak.

Lu'cara kliver fram, hans närvaro kräver uppmärksamhet när han vänder sig till gruppen. "Lu'cara," börjar han, hans röst färgad av bitterhet men förstärkt av en stark beslutsamhet att få dem att förstå varför han, en Youllian, kämpar tillsammans med *Dwellerna*. "Jag kommer från en högt uppsatt Youlliansk kungafamilj, en gång intimt involverad i den experimentella tidsutvidgningsenheten. Det var inom de väggarna jag bevittnade obeskrivliga grymheter som begicks i maktens och kontrollens namn.”

“Driven av en genuin känsla för rättvisa och moral förenade jag mig med en grupp andra Youllianer, enade i vår strävan att störta den förtryckande regimen som förslavade ert folk. Men våra planer möttes av motstånd, och vi tvingades skingras, våra drömmar om revolution krossades mot verklighetens klippor.”

“Tvingad att vandra i Kios underjordiska skuggor, gick jag en väg full av faror och osäkerhet. Där, mitt i mörkret, snubblade jag över *Dwellerna* – mitt första intryck var dom en brokig grupp rebeller sammanbundna av en gemensam önskan om frihet.”

Han pausar, en glimt av känslor passerar över hans stoiska uttryck. “Trots min status som Youllian omfamnade de mig som en av sina egna, och erkände det gemensamma bandet i vår kamp mot tyranni och förtryck.”

Lo’orak tar upp berättelsens tråd, hans röst fylld av beundran för sin nya kamrat. “Genom att ansluta sig till våra led fann Lu’cara inte bara en känsla av mening och tillhörighet, utan också ett förnyat hopp om en bättre morgondag. Med en tyst beslutsamhet lovade han att fortsätta kampen mot orättvisa, orubblig i sitt åtagande att stå emot mörkrets krafter, oavsett kostnaden."

Med händerna stadigt placerade på höfterna tar Anvu ledningen i att tala till gruppen. "Välkommen, *Dwellerna*. Ert rykte föregår er. Det är inte första gången jag har hört ert namn, tro det eller ej," börjar hon, hennes blick flyttar till Lu'cara. "Men det är första gången jag har stött på Youllianer som kämpar för vår sak. Jag är tacksam över att ha er på vår sida. Ni verkar ärliga och uppriktiga i ert engagemang," tillägger hon och förmedlar tacksamhet och respekt.

Lu'cara möter hennes blick med en bekräftande nick. "Detsamma, Anvu. Ert namn bär tyngd i våra kretsar. Det är en ära att få träffa er. Och du, Henrik," fortsätter han och vänder sin uppmärksamhet mot honom, "vi har hört lite om era ansträngningar. Vi skulle vilja höra mer."

Innan Henrik kan svara avbryter Evan, hans ögon vidgas av brådska när han fångar upp en störande signal. "Ursäkta att jag avbryter, men vi måste verkligen sätta fart nu," insisterar han, hans ton färgad av brådska. "Mina sensorer indikerar att hissen har gått ner till våningen vi flydde från och nu snabbt närmar sig oss igen."

Lo'oraks ögon lyser upp av entusiasm, ivrig att erbjuda en lösning. "Självklart. Följ oss. Vi vet en genväg till Zeb'than och torget som inte innebär höga risker på en fritt hängande gångbro tjugofyra våningar längre upp."

Henriks panna rynkas. *Hur kan Lo'orak ha så intim kunskap om Zeb'than och vår flyktväg?* Frågorna mal i hans huvud, men det finns ingen tid för överläggningar med hissen som närmar sig. Han stålsätter sig mot tvivlen och nickar kort. "Visa oss vägen," befaller han, hans röst förråder inget av hans inre oro.

Serge ler brett när de når den sista dörren som leder dem till deras mötesplats bredvid torget. "Jag måste erkänna det, Lo'orak. Det här var en trevligare väg!" säger han och klappar honom på ryggen.

"Varsågod," svarar Lo'orak.

Henriks hjärta bultar snabbare när det knastrar till i hans kommunikationsenhet. Caius brådskande röst bryter tystnaden.

"Befälhavare, jag har signalerat Zeb'than så att han kan möta er på torget. Ni måste lokalisera värdshuset Char-Lee. Han kommer att möta er där och ta er direkt till det gömda fästet. Jag har skickat koordinaterna till er."

"Uppfattat, Caius. Håll ett öga på våra framsteg och meddela oss om några oroväckande rörelser kommer i vår väg," säger Henrik och når fram till dörrhandtaget. När han försiktigt öppnar dörren helt och hållet överrumplas deras sinnen av en symfoni av färger och ljud, torgets livliga nattliv vecklar ut sig framför dem som ett kalejdoskop av urban energi. Neonljus blinkar och dansar i ett fascinerande skådespel och kastar lekfulla skuggor på folkmassorna, en blandning av Youlliansk ungdom och mänskliga arbetare som väver sig genom de trånga gatorna. En vindpust, tjock av doften av ljuvliga kryddor från gatuköken, når deras näsborrar, blandad med det livliga pratet och skrattet som ekar från de höga skyskraporna som omger området. Henrik utbyter en blick med Anvu och Björn och riktar sedan blicken mot Lo'orak.

Han verkar uppriktig, men vad döljer du? Vad är det jag missar?

Henrik tar upp sin kommunikationsenhet och följer den planerade rutten nordost mot mitten av torget. "Okej, det är dags att gå. Håll er under radarn och försök att smälta in. Var vaksamma och hypermedvetna om er omgivning. Framåt," säger han och signalerar åt de andra att gå ut genom dörren. Han viskar till Roukia när hon passerar honom att hon ska hålla ett extra öga på deras nya vänner.

Mitt i kakofonin ringer skrattet från unga Youllianer ut, en disharmonisk symfoni som tycks dränka människornas kamp. Henriks blick sveper över scenen, hans uppmärksamhet dras till en grupp Youllianska ungdomar som plågar mänskliga gatuartister med grymma glåpord och hån. Deras arrogans är en skarp kontrast till torgets vibrerande energi.

När de tar sig igenom folkmassan kan Henrik inte ignorera den påtagliga spänningen mellan de två grupperna, luften är tung av outtalad fiendskap och förbittring. Gatuartisterna fortsätter, deras konstnärskap är en trotsig fyr i ett hav av fientlighet, deras motståndskraft ett bevis på den mänskliga andans styrka.

Lu'cara bryter tystnaden, hans orange ögon lyser av nyfikenhet och bestörtning. "Sådan livskraft, men ändå befläckad av grymhet," hans ord hänger tungt i luften, ett dystert erkännande av mörkret som lurar under ytan.

De navigerar genom det livliga torget och deras väg korsas av en kraftfull manifestation av motstånd. Nära silhuetten av en stor företagsbyggnad har en mängd människor samlats, deras kollektiva röst ekar trots mot tyranniet från Youllian och Chronos Korporation.

Henriks skarpa ögon sveper över folkmassan och fångar den elektriska atmosfären som sprakar av trots och beslutsamhet. Upplysta av stora eldar ser han deras ansikten förvridna av beslutsamhet, varje demonstrant en fyr av orubbligt engagemang. Djärvt dekorerade skyltar, målade med ord av oliktänkande och upprördhet, genomborrar luften ovanför demonstranternas huvuden. "Ner med korporationen!" "Död åt förtrycket!" Deras glödande slagord flätas samman och blandas till en kraftfull symfoni av motstånd som genljuder över torget och tänder gnistan av uppror inom alla åskådare.

Militärvakter klädda i imponerande kravallutrustning står som vaktposter mitt i glöden och bildar en formidabel barriär, deras närvaro en skarp påminnelse om de förtryckande krafterna som är riktade mot den rättfärdiga saken. Deras stela hållning och vaksamma blickar talar för sig själva och fungerar som ett kyligt bevis på maktdynamiken i denna kamp för befrielse. Varje ögonblick är laddat med en påtaglig intensitet, eftersom varje gest och slagord blir ett stridsrop mot orättvisa. Skyltarna som hålls högt med trotsig stolthet svajar i vinden som fanor av trots, bärande budskap om hopp och motstånd till alla som vågar lyssna.

Mitt i denna tumultartade scen känner Henrik en våg av solidaritet skölja över sig, ett djupt erkännande av den kollektiva styrkan som pulserar genom folkmassan. De är inte bara individer; de är krigare i en gemensam kamp för rättvisa och jämlikhet, och deras enighet är en kraft att räkna med.

Medan de ser på når spänningen på torget en kokpunkt. Plötsligt, med kylig precision, skiftar militärvakterna i samklang, deras rörelser synkroniserade när de rycker fram mot demonstranterna. Som en väloljad maskin rör de sig med beräknad effektivitet, deras kravallutrustning glänser från eldarna.

På ett ögonblick bryter kaos ut när vakterna inleder sin attack och använder batonger och sköldar mot de obeväpnade demonstranterna. Henriks hjärta bultar av ilska vid åsynen av det brutala övergreppet, hans händer knyts till nävar vid hans sidor. Han bevittnar hjälplöst den brutala attacken på torget och en våg av raseri stiger inom honom när han ser vakterna röra sig i samklang för att attackera demonstranterna. Hans käke spänns ännu hårdare av frustration, men han vet att han är maktlös att ingripa direkt.

"Caius, kan du göra något ovanifrån? Vi måste hjälpa dem."

Caius röst knastrar genom komradion, färgad av ånger. "Jag önskar att jag kunde, Henrik, men risken för civila skador är för stor. Vi kan inte riskera säkerhetsskador genom att ingripa direkt. Vi måste hitta ett annat sätt att stödja dem."

Henrik biter ihop tänderna. "Uppfattat. Håll ett öga på situationen. Vi hittar ett annat sätt att göra skillnad."

Med tungt hjärta bryter Henrik kontakten, hans blick fortfarande fäst vid det kaos som utvecklas, medveten om att deras kamp för rättvisa är långt ifrån över.

"Den här vägen, försök att inte prata för mycket. Håll blicken nere," säger Henrik, hans röst skär genom torgets livliga larm när han leder dem förbi en försäljare som säljer godis. Doften av socker och kola strömmar lockande och distraherar tillfälligt från kaoset runt omkring dem. Henrik rör sig målmedvetet och leder teamet långsamt men stadigt mot matstället, väver sig genom folkmassorna med van lätthet.

När de går framåt börjar atmosfären förändras subtilt. De kliver in i en tystare del av torget och lämnar bakom sig det högljudda skrattet och de hånfulla glåporden från de Youllianska ungdomarna. Nu promenerar de längs smala gator flankerade av envåningsbyggnader på båda sidor. Tyg sträcker sig mellan byggnaderna längre fram och bildar en baldakin som skyddar dem från regn och sol. Belysningen här är mjuk och dämpad, vilket kastar ett svagt gult sken över deras väg och skapar en fridfull stämning mitt i det livliga stadslandskapet. Här är energin mildare och luften är mindre laddad med spänning. De livliga folkmassorna tunnas ut, ersatta av människor som äter tyst i enkla matställen.

Henrik sveper över människornas trötta ansikten och inser att det här förmodligen är där stadens arbetare tar en paus från sina påtvingade arbetsuppgifter.

När vi lyckas med vårt uppdrag kommer ni alla att befrias. Hans puls höjs när han kämpar mot frustrationen.

De följer rutten, svänger runt ett hörn och är på väg att springa förbi när något fångar Henriks ögonvrå. En liten, nästan obetydlig neonskylt blinkar till i det bleka kvällsljuset, texten är knappt synlig bakom smuts och år av försummelse. Det är först när de nästan missar den helt som de ser namnet, Char-Lee Inn, i fladdrande rött ljus.

"Det är oklokt att gå in alla tillsammans på en gång," säger Evan, "Jag föreslår att *Dwellerna*, Serge och jag stannar utanför, okej?" säger han och tittar på Henrik.

"Bra idé, håll er i närheten. Gå in på restaurangen tvärs över gatan och se till att hålla ett öga på ingången till det här stället, ifall att," svarar han och tittar på Lo'orak, "Ta det inte personligt."

Lo'orak nickar som svar, vänder sig snabbt om och letar efter ett lämpligt bord på andra sidan gatan.

Med en nick till Roukia, Björn och Anvu leder Henrik vägen in i värdshuset. Den tunga dörren protesterar med ett knarrande ljud och avslöjar en interiör som är svagt upplyst och doftar av stekt mat. Under deras steg knarrar de slitna golvbrädorna av årens tyngd. Inuti är atmosfären dämpad men ändå laddad med en underström av spänning. Gästerna, som sitter vid bord utspridda i rummet, kastar försiktiga blickar i deras riktning när de passerar. Samtal mumlar som avlägsen åska, punkterade av klirret av glas och enstaka grymtningar.

En servitör närmar sig dem med ett trött leende och håller upp fingrarna. "Bord för fyra?"

Henrik tvekar och väger sina ord noggrant. "Ändra till fem. Vi väntar på en gäst till," svarar han, hans ton är reserverad. Osäker på om det är klokt att nämna Zeb'thans namn än, och gissar att han kommer att ansluta sig till dem när han är redo.

De följer personen till sitt bord och pressar sig genom det trånga utrymmet, deras axlar stöter mot andra gäster när de tränger sig fram. Värdshuset är fullproppat, varje bord är belamrat med trötta resenärer och lokalbefolkning som alla verkar bära på historier tunga nog att knäcka de starkaste viljor. Luften är tjock av dämpade samtal och den dova lukten av mat och svett.

Slutligen når de ett avskilt hörn av värdshuset, skymt från nyfikna blickar av ett tungt, mörkt sammetsdraperi. Henriks ögon spärras upp av överraskning när han ser Dvorak sitta vid bordet. Bredvid honom sitter en figur insvept i skuggor, knappt synlig i det svaga ljuset.

Dvorak ser utmattad men oförtruten ut. Hans ögon är trötta, men det finns en glimt av beslutsamhet där. "Komradion gick sönder under min lilla dust med vakterna," säger han med ett snett leende, och lyfter upp sin trasiga utrustning för att visa skadan. "Men vi klarade det, eller hur?"

"Välkommen, Henrik. Ditt rykte föregår dig," Zeb'thans djupa men vänliga röst ekar genom rummet. Han sitter i den slitna miljön, en imponerande gestalt, byggd som en oxe, musklerna spelar under det slitna tyget på hans kläder. Ett välansat helskägg ramar in hans väderbitna ansikte.

Ett fladdrande stearinljus kastar dansande skuggor över scenen och lyser upp det slitna träbordet där två flaskor sprit och några glas står huller om buller. Bordet bär ärren från otaliga år, varje repa och buckla ett bevis på dess uthållighet.

Henrik tar in synen, slagen av Zeb'thans imponerande gestalt. Här, mitt i den råa interiören av deras hemliga mötesplats, känner han en tyst kamratskap och ett gemensamt syfte som överskrider ord.

"Tack. Du måste vara Zeb'than?"

Zeb'than nickar, ett varmt leende drar i hans mungipor. "Det stämmer. Och du måste vara Anvu, Björn och Roukia," tillägger han och riktar sin blick vänligt mot dem.

"Trevligt att äntligen träffas," svarar Anvu varmt.

Roukia och Evan erbjuder korta nickningar som bekräftelse.

När de slår sig ner i båset ger det slitna lädret ifrån sig ett mjukt knarrande ljud under deras vikt. En besvärad stund av tysta blickar bryts snabbt av Zeb'thans röst som skär genom tystnaden och kräver uppmärksamhet med sin låga, auktoritära ton. "Innan vi fördjupar oss i viktiga frågor," börjar han, hans blick sveper över varje gruppmedlem, "finns det vissa ämnen som kräver yttersta diskretion."

Henrik nickar instämmande, hans sinne rusar med vikten av deras uppdrag. Men innan han kan fördjupa sig avbryter Zeb'than med en oväntad fråga: "Vad vill ni dricka?"

Henrik blinkar, tillfälligt överraskad av frågan. "Vatten," svarar han, hans förvirring tydlig i hans ton.

Zeb'than skakar lätt på huvudet. "Vi har inget vatten här," svarar han kryptiskt.

Irritation flimrar över Henriks ansikte. "Vad har ni då?" frågar han, hans tålamod tryter.

Ett illmarigt leende sprider sig över Zeb'thans läppar när han pekar mot flaskan på bordet.

"Bara den finaste atlantiska spriten," förklarar han och erbjuder den till Henrik med en gest. "Vill du ha en klunk?"

Henrik rynkar pannan, hans tankar snurrar medan han väger sina alternativ. "Låt mig vara rak på sak," avbryter han bestämt, "jag har rest till New Atlantis för att söka audiens hos generalerna för att få stöd för det kommande upproret."

Zeb'thans uttryck förblir oläsbart när han häller upp två fingrar av spriten i fem glas, ett för var och en runt bordet, och erbjuder ett till Henrik medan han håller det andra i sin egen hand.

"Varför så bråttom?" säger han. Generalerna är redan samlade i högkvarteret. Jag ska eskortera er alla dit inom kort. Under tiden, varför inte unna er en klunk och njuta av denna drycks hårresande, magvändande och modgivande upplevelse?" Han höjer sitt glas i en vänlig skål, en busig glimt i ögat. Henrik speglar hans skål.

"S'lamati!" utbrister Zeb'than och sveper hela drycken i en snabb rörelse.

"S'lamati," härmar Henrik och smuttar på den starka vätskan. Med en bestämd nick följer han efter och sveper hela innehållet i sitt glas. Den eldiga vätskan bränner sig ner i hans hals och lämnar en lugnande känsla som dröjer sig kvar på tungan.

"S'lamati!" säger Björn, Roukia, Dvorak och Anvu nästan samtidigt!

Zeb'than slår glaset i bordet. "Nu kan vi diskutera den andra viktiga frågan som vi har framför oss," säger han.

Med en elegant rörelse reser sig Zeb'than från båset och pekar mot ett annat sammetsdraperi bakom dem. "Denna väg, mina vänner," tillkännager han och flyttar sin bulliga gestalt bort från bordet. "Jag har skickat ut mitt folk för att hämta era kamrater från restaurangen bredvid. De är utan tvekan redan på väg till högkvarteret," skrockar han och ett djupt muller av skratt fyller luften.

När de kliver bakom draperiet möts de av ett dolt rum badat i ett mjukt, bärnstensfärgat ljus som kastar långa skuggor på väggarna. Luften bär på en svag doft av unkenhet, vilket antyder rummets långa historia. En öppen hissdörr lockar dem framåt i den bortre änden, dess metallinteriör glänser i det svaga ljuset.

Hissen är en relik från en svunnen tid. Dess rustika design påminner om de robusta konstruktioner som en gång användes i djupa gruvdrift. Henrik kan inte låta bli att förundras över dess ålderdomliga utseende, metallstängerna och den öppna ramen utstrålar en aura av robust uthållighet.

De närmar sig hissen med försiktiga steg. Zeb'than gestikulerar att de ska gå in först, hans uppträdande utstrålar tyst självförtroende.

Anvu, Björn och Roukia utbyter blickar, deras uttryck en blandning av nyfikenhet och oro när de kliver in i den väntande hissen.

Hissens inre är spartanskt men funktionellt, med kala metallväggar och en enkel kontrollpanel. Utrymmet känns trångt när de klämmer sig in.

Samtidigt som Zeb'than trycker på knappen för att stänga dörrarna rycker hissen till och börjar röra sig, färden nedåt börjar med en skakning som ekar genom metallramen.

"Neråt bär det," säger Zeb'than.

Henrik stöder sig mot väggen, hans sinnen på helspänn när de sjunker djupare ner i jordens inre.

Åkturen ner är en nervpåfrestande upplevelse. Hissen skramlar och skakar för varje ögonblick, ljudet av knarrande metall ekar olycksbådande i det trånga utrymmet. Henrik kan känna sin puls öka med varje ryck, en känsla av oro lägger sig över honom när de färdas djupare ner i de okända djupen nedanför.

Med en hård duns stannar hissen plötsligt, vilket får alla inuti att svaja till. Dörrarna glider upp automatiskt och avslöjar en korridor som kontrasterar mot hissens råa utseende.

Korridoren är skinande ren, med en ljusgrön heltäckningsmatta som utstrålar en känsla av lugn. Plastväxter är strategiskt placerade och tillför en touch av natur till den annars sterila miljön. Korridoren har höga glasväggar som sträcker sig från golv till tak och leder in i olika svagt upplysta konferensrum. När de kliver ut ur hissen kan Henrik inte låta bli att känna en känsla av lättnad vid åsynen av den ordnade korridoren. Det påminner honom om en modern kontorsbyggnad med sin eleganta design och matta ytor. Luften bär en svag doft av renlighet, en välkommen förändring från unkenheten i det dolda rummet de lämnade bakom sig.

“Välkommen till vårt underjordiska fäste, en kvarleva från Alliansens glansdagar. Vi har omsorgsfullt tagit hand om detta underverk ända sedan kriget tog slut. I hemlighet, förstås, varken Chronos eller Youllianerna vet om denna plats,” säger Zeb'than och gestikulerar att de ska följa honom medan han går självsäkert nerför korridoren, ljudet av hans fotsteg studsar mot väggen. Anvu, Björn och Roukia utbyter blickar, deras uttryck en blandning av nyfikenhet och osäkerhet när de tar in omgivningen.

De skyndar nerför korridoren och kommer till slut fram till en imponerande uppsättning dubbeldörrar. Zeb'than pekar mot dörrarna med ett dystert men vördnadsfullt uttryck. "Bakom dessa dörrar har vi högkvarteret, generalerna väntar ivrigt på er ankomst vid podiet. Många av dem hade äran att tjäna tillsammans med er far," säger han och riktar blicken respektfullt mot Anvu. "Er avlidne make var en anmärkningsvärd man, en ledare respekterad av alla som kände honom. Jag beklagar att jag inte fick möjlighet att träffa honom."

Anvu nickar, tacksamhet syns i hennes ögon när hon bekräftar hans ord. "Tack för dina vänliga ord och för att du har väglett oss så här långt. Jag har en stark känsla för att urskilja en persons karaktär, och jag tycker att du är spännande och genuin. Vi måste verkligen fortsätta vår konversation senare," tillägger hon.

"Jag har inte förberett något tal eller så, men mitt enda mål är att se till att vi alla är på samma sida – att vi kämpar samma kamp för att befria folket – och att ta reda på vem som är lojal mot saken," säger Henrik, handen svävande över de eleganta metalldörrhandtagen, förväntan pulserande genom hans ådror som en elektrisk ström.

Med ett stadigt andetag skjuter han upp dörren och avslöjar högkvarterets hjärta. Inuti pulserar rummet av energi, en symfoni av röster som stiger och faller i en kaotisk kör. Generaler, en blandning av män och kvinnor, veteranerna klädda i en blandning av traditionella uniformer och de yngre generalerna i mer modern klädsel, minglar bland skenet från digitala skärmar och blinkande ljus. Henriks blick sveper över rummet och tar in alla ansikten – vissa väderbitna av ålder, andra unga och beslutsamma. Att se Evan, Serge och *Dwellerna* i folkmassan lugnar honom något, och att se podiet framför sig på en upphöjd plattform anger hans destination. När han närmar sig podiet blir han plötsligt överraskad av ett annat bekant ansikte.

Vad gör hon här?

Bland folkmassan står Quintion, hennes bistra uppsyn skär genom massan som en kniv. Deras ögon möts kort, ett tyst utbyte fyllt av historia och outtalade spänningar.

Henrik kliver upp på podiet, hans uppsyn självsäker trots tyngden av rummets blickar. Med en uppsträckt hand befaller han tystnad. Luften blir spänd av förväntan när alla ögon riktas mot honom, alla andetag hålls i väntan.

"Mina kamrater," börjar Henrik, hans röst allvarlig men ändå beslutsam, och minns varför han är här, "när vi samlas här idag, låt oss komma ihåg vårt enda mål: enighet. Vårt uppdrag handlar inte bara om att ta bort Chronos Korporation och Youllianernas grepp om makten. Det handlar om att säkerställa att vi alla är på samma sida, kämpar under samma fana, för samma sak – att befria vårt folk från förtryck."

Han pausar, låter sina ord sjunka in, tyngden av deras gemensamma syfte lägger sig över rummet.

"Och låt oss inte glömma vikten av lojalitet," fortsätter Henrik, hans blick sveper över de samlade ansiktena, hans ögon låser sig tillfälligt på Quintion. Innan han hinner tala avbryter dock Quintion med ett abrupt utbrott.

"Hah!" fnyser hon, hennes röst skär genom den spända atmosfären. "Jag har hört det här talet förut, och jag måste säga, Henrik, ditt ledarskap lämnar mycket övrigt att önska." Hennes ord hänger i luften. Runt omkring dem utbyter de andra generalerna oroliga blickar, osäkra på hur de ska reagera på Quintions fräcka trots.

Henriks käke spänns, men han behåller sitt lugn. Med ett uppmätt andetag möter han hennes blick, hans röst stadig och orubblig.

"Quintion," säger han, "oliktänkande är förväntat, till och med välkommet, i kristider. Men låt oss inte glömma vårt gemensamma mål. Vårt folks frihet beror på vår enighet, inte splittring."

"Dina handlingar talar högre än dina ord. Du är vårdslös och olämplig att leda oss! De där förlusterna var onödiga, och det är ditt fel," säger hon.

"Vi hade inget val. Vår bas var redan avslöjad. Tidus spejare hade hittat oss, och om vi inte hade agerat hade förlusterna varit ännu större."

Quintions ögon är smala när hon står ännu rakare, hennes röst samlad när hon talar. "Det är bara spekulationer, Henrik. Var är bevisen? Vi borde ha stannat i omloppsbana runt Nauvis och antagit en defensiv strategi."

Henrik skakar på huvudet mot henne och säger: "Och låta Caius styrkor plocka ut oss en efter en? Vi var tvungna att ta striden till dem."

Quintions läppar darrar när hon fortsätter. "Men till vilken kostnad? Vi förlorade alltför många bra soldater på grund av dina vårdslösa beslut."

"Ibland måste man ta risker i krig. Vi hade inte råd att luta oss tillbaka och vänta på att de skulle attackera oss."

"Det är lätt för dig att säga det nu. Men de soldaterna fick betala priset för dina misstag. Vi förlorade alla våra huvudskepp som vi hade tillbringat år med att försöka reparera, och på bara några veckor kom du och förstörde allt!" skriker Quintion, hennes röst dryper av raseri.

Hela rummet hänger i en förväntansfull tystnad och väntar på Henriks svar. För första gången sedan Quintions utbrott tar Henrik en stund för att ta in sin omgivning. Till höger nickar Anvu och Björn i tyst solidaritet, deras stöttande gester ett bevis på deras orubbliga lojalitet. Bredvid dem dröjer generalernas genomträngande blickar kvar, deras förväntan påtaglig.

Men Henriks tankar dras till Joanna mitt i havet av ansikten. *Var är hon?* Frågan ekar i hans sinne, en skarp oro gnager i hans inre. Ovissheten om hennes vistelseort tynger honom, en tyst vädjan om att hennes närvaro ska fylla tomrummet. Han längtar efter tryggheten i hennes stadiga närvaro, hennes stöd en fyr av hopp mitt i kaoset.

Jag ska hitta dig, min älskade.

Han andas ut tungt och är redo att svara, "Jag står fast vid mina beslut, Quintion. Och jag tänker inte be om ursäkt för att jag gjorde det jag ansåg nödvändigt för att skydda vårt folk."

"Erkänn det bara. Du vågar inte erkänna att du hade fel! Du är rädd att jag har rätt. Jag anser att du saknar modet att leda oss!"

"Mod!" utbrister Anvu och slår nävarna i bordet. "Mod handlar inte om att inte känna rädsla. Det handlar om att möta sina rädslor, erkänna deras makt och välja att gå framåt trots dem. Det är att titta på något skrämmande och säga till sig själv: 'Jag är rädd, men jag gör det ändå.' Det är vad Henrik gjorde när han bestämde sig för att möta faran. Det, mina kamrater, är sant mod!"

En stående ovation bryter ut bland generalerna, och när applåderna växer i kommandorummet flyttar Henriks blick först till Quintion och noterar hennes reaktion innan han vänder sig till Anvu. Han ser med tillfredsställelse hur de äldre generalerna och de yngre officerarna erkänner Anvus ledarskap. De erfarna veteranerna nickar respektfullt och erkänner hennes auktoritet och erfarenhet, medan de yngre officerarna applåderar lika entusiastiskt, deras ansikten lyser av beundran.

I det ögonblicket känner Henrik en våg av stolthet när han bevittnar den enighet som Anvus ledarskap inspirerar över generationer. Det är ett bevis på hennes styrka och vision, en symbol för sammanhållningen som binder dem samman i deras gemensamma uppdrag. När applåderna börjar avta kvarstår Henriks leende, medveten om att de under Anvus ledning är en kraft att räkna med. Henrik håller upp en hand i luften och väntar på att rummet ska lugna ner sig.

"Vi måste hedra dem som har gjort den ultimata uppoffringen för vår sak," fortsätter han, hans röst färgad av vördnad. "Både i det förflutna och nyligen, med Alliansens återuppståndelse."

"Jag har blivit informerad om att några av er kämpade tillsammans med min far, Mato," erkänner Henrik, hans röst bär en antydan av stolthet. "Han skulle ha varit stolt över att se er samlade här och fortsätta kampen. Trots de utmaningar vi har mött under århundradena har vi visat oss motståndskraftiga, vilket bevisas av vår seger mot Tidus-skeppen. För varje dag som går sväller våra led med nya kaptener som en gång var lojala mot korporationen, men nu ansluter sig till vår sak."

"Vi har skapat allianser med rebellgrupper som är villiga att stå med oss," avslöjar Henrik, hans ton blir mer beslutsam. "Jag har rest till New Atlantis, till detta fäste, er bas, generaler, för att förtjäna er lojalitet, som ni en gång lovade min far."

"Tillsammans," avslutar Henrik, hans röst ringer av övertygelse, "låt oss marschera framåt som en. Sammanbundna av vårt gemensamma uppdrag är vi ostoppbara i vår strävan efter frihet för vårt folk. Är ni med mig?"

Återigen genljuder rummet av dånande applåder, en kör av godkännande som ekar mot väggarna. Generalerna, deras ansikten återspeglar beslutsamhet och solidaritet, deltar helhjärtat. Henrik ser med tillfredsställelse hur rummet enas för att stödja hans ledarskap. De rungande applåderna är mer än bara ett tecken på godkännande; det är en deklaration av deras engagemang för den sak de tjänar.

27 - Katalysatorn

Joanna rör sig rastlöst i den djupa inre delen av asteroiden, hennes silhuett fladdrar i det mjuka skenet från de självlysande väggarna i kammaren. Varje steg ekar genom den tysta rymden medan hon ensam navigerar genom den vidsträckta domänen som tillhör Kollektivet. Trots den fridfulla omgivningen stiger frustrationen inom henne som en annalkande storm.

Diskussionerna med Solbärare 1 har inte gett resultat, och Joanna dras allt djupare in i en spiral av irritation. Hon kämpar med den gåtfulla Kollektivets ovilja att ingripa, deras orubbliga fasthållande vid en policy av icke-inblandning är som en ogenomtränglig mur för hennes mål. Med varje sekund som går tynger deras tystnad alltmer, och fyller kammaren med en påtaglig spänning.

Omgiven av den mjuka glöden från väggarna är Joannas tankar helt upptagna av den skrämmande uppgiften som ligger framför henne. I asteroidens hjärta, där tystnaden är som tätast, brottas hon med diplomatiska svårigheter och förhandlingskonster, på jakt efter en väg framåt trots de till synes oöverstigliga hindren.

Kommunikationen med Solbärare 1 sker nu uteslutande genom asteroidens intrikata interna kommunikationssystem. Oförtruten sträcker Joanna ut handen igen, hennes röst fylld av övertygelse när hon lägger fram sitt fall.

”Solbärare!” vädjar hon, varje stavelse genomsyrad av innerlighet. ”Det är dags att avsluta den här icke-inblandningspolitiken. Vårt folk är i desperat behov, och er hjälp kan vända striden till vår fördel.”

En resonans svarar, dess röst fyller kammaren med ett ekande ljud. ”Vår fasthållning vid icke-inblandning har säkerställt balansen i kosmos i eoner. Att ingripa nu skulle kunna rubba den ömtåliga jämvikten.”

Joanna går fram och tillbaka i kammaren, hennes rörelser speglar intensiteten i hennes ord. ”Men tänk om hjälpen till oss också kan gynna Kollektivet? Tänk om vår seger kan bidra till en större harmoni i universum?”

Luften vibrerar av spänning medan Solbärare 1 överväger Joannas förslag. Dess eteriska närvaro förblir orubblig, en svag antydan om möjligheter mitt i den envisa fasthållningen vid tradition.

”När vi fördjupar oss i den här diskussionen,” fortsätter Joanna, hennes röst fylld av övertygelse, "blir det allt tydligare att Andromedas medborgares öde hänger på en skör tråd. Medan er situation förblir oförändrad av vårt rop på hjälp, är konsekvenserna för vårt folk förödande." Hon pausar kort, väntar på ett svar. "Er icke-inblandningspolicy kanske skyddar era intressen," fortsätter Joanna, hennes ton saklig men ihärdig, "men det befriar oss inte från vårt ansvar att skydda de oskyldiga. Folket i Andromeda står inför omedelbar fara, och deras lidande kan inte ignoreras."

Joannas beslutsamhet växer med varje ord, hennes argument väver samman en väv av brådskande angelägenheter och empati.

"Medan Kollektivet kanske inte känner av följderna av inaktivitet," insisterar hon, "så står liv på spel, otaliga liv. Vi ber er att överväga det större goda, att erkänna vår ömsesidiga sammanlänkning och stå med oss i solidaritet mot de krafter som hotar oss alla."

Ett mjukt hummande ljud sprids, ett tyst erkännande av Joannas passionerade vädjan. Hennes ord genljuder med stadig beslutsamhet i kammarens tysta vidder. Precis när de verkar vara på gränsen till ett genombrott, återkommer Solbärare 1 tvekan och kastar en skugga över Joannas förhoppningar.

”Varför skulle vi hjälpa er? Varje gång vi har ingripit i andras angelägenheter har det lett till förstörelse, på gränsen till att kränka våra grundläggande lagar.”

Joannas frustration sjuder under ytan, hennes röst är orubblig i sin intensitet. ”För att den här gången är annorlunda! Vår överlevnad står på spel, och er ovilja att agera kan kosta otaliga liv.”

”Vi har sett otaliga liv och civilisationer födas, utvecklas, blomstra och slutligen gå under. Vad är så speciellt med er?” frågar hon.

”Inget,” svarar Joanna utan att tveka, ”det finns inget speciellt med oss i jämförelse med de otaliga andra civilisationer som finns i universum. Men...” hon pausar, skiftar i sin hållning, söker de exakta orden för att övertyga Kollektivet att ge den hjälp som desperat behövs.

”Men det borde inte spela någon roll vad som gör oss speciella. Vi är en civilisation som är värd att rädda ändå. Vi är värda att leva våra liv som fria människor. Genom hela galaxen har människor levt under hemska förhållanden, under en fascistisk diktatur och styrda av våld.

Vi behöver er hjälp för att avsluta det krig som Tidus startade för så många år sedan, och vi behöver er nu! Kommer ni att hjälpa oss?"

En tystnad följer, och Joanna vrider och vänder på sig, spänningen i hennes kropp speglar den oro som väller upp inom henne.

"Kommer ni?" frågar Joanna igen, hennes röst spricker när hon inser att detta är hennes sista chans. Om Kollektivet avvisar hennes begäran finns det inget mer hon kan säga eller göra. Precis när det sista hoppet inom henne håller på att falna, hörs Solbärare 1 röst återigen.

"Kanske... om vi kunde återta Artefakten, kanske vi kan ge er den hjälp ni behöver."

Joannas sinne rusar när hoppet återvänder, hennes tankar flätas samman med kammarens pulserande energi.

"Om vi kunde nå Henrik på något sätt, kunde han organisera en mission för att återta Artefakten. Finns det ett sätt att kontakta honom?" frågar hon.

"Det finns ett sätt."

28 - Överkommando

Applåderna klingar bort och Henrik står vid podiet, hans blick sveper över det fyllda rummet. Några generaler nickar instämmande, deras beslutsamhet tydlig i de fasta käkbenen, medan andra har rynkat sina pannor i koncentration. Henrik känner både lättnad och nervositet när han ser de blandade reaktionerna. En gnista av hopp flammar i hans ögon. Inombords reflekterar han över effekten av sitt tal och känner en stark ström av beslutsamhet bland generalerna, ett tyst erkännande av de utmaningar som ligger framför dem.

"Generaler," inleder han, med en ton som är både auktoritär och inkluderande, "vår tid är dyrbar och våra mål är klara. Det är avgörande att vi förstår varandra för att nå framgång tillsammans." När de sätter sig ner fortsätter han. "Under min korta tid som er befälhavare har jag lärt mig en sak: tillsammans är vi en kraft att räkna med. Att sätta personliga agendor åt sidan är avgörande för vår framgång. Därför vill jag att vi nu sätter oss ner och lär känna varandra bättre. Tyvärr kan jag inte möta var och en av er personligen just nu. Jag ber de som är mest insatta i Galaxrådet att följa med mig till ett privat rum för att dela mer detaljerad information som jag behöver för att genomföra min plan.”

Ett mumlande sprider sig snabbt genom rummet och fångar särskilt uppmärksamheten hos två generaler. En äldre kvinna i svart uniform reser sig självsäkert från sin stol. Hennes hår är prytt med silverstrimlor som framhäver ett ansikte präglat av många års ledarskap. Trots hennes sparsmakade ord, är hennes närvaro i sig en källa till respekt.

“Jag är Zenith, ledare för den norra divisionen,” presenterar hon sig med en röst som bär både beslutsamhet och kraft. Hennes hållning, markerad av år av ledarskap ger en tydlig bild av erfarenhet och auktoritet. “Rådet ligger nära vår operationsbas. Jag kan bidra med värdefull insikt, befälhavare,” tillägger hon med en fast och självsäker blick mot Henrik.

Henrik studerar henne noggrant, märker de ärr som vittnar om otaliga strider. “Zenith, jag har inte hört mycket om dig tidigare,” säger han, med en ton av respekt och nyfikenhet. “Du verkar vara både driven och kapabel. Vad är det som motiverar dig i denna hårda kamp mot Youllianerna? Vad får dig att fortsätta trots att oddsen ofta är emot oss?”

Zenith tvekar en stund. Hennes ansiktsuttryck mjuknar när hon funderar över hans fråga, och det ger en inblick i personen bakom ledarskapet. "Min familj," svarar hon till slut, med en röst som bär både smärta och beslutsamhet. "Youllianerna tog allt ifrån mig. De förstörde mitt hem och mördade mina nära och kära. Jag kämpar för att ingen annan ska behöva lida som jag har gjort. Varje strid och varje uppoffring är ett steg mot en framtid där vårt folk kan leva i fred och frihet. Det är min drivkraft, befälhavare."

Henrik nickar med djup respekt. "Tack för att du delar det med oss, Zenith," säger han uppriktigt. "Din hängivenhet och styrka är ovärderliga för vår sak. Nu, är det någon annan som vill kliva fram?" Hans blick sveper över rummet, sökande efter fler som är redo att delta i striden.

En ung manlig general hostar lätt, klädd i en prydlig uniform prydd med några utmärkelser. Hans vänliga leende och uppmärksamma hållning skapar en atmosfär av samarbete och respekt. Trots sin ungdom utstrålar han en auktoritet som får Henrik att se honom som en framtida ledare.

"Fortsätt," säger Henrik och ger signal att generalen ska tala.

"Jag heter Jon'ha och representerar fraktionen känd som Skugg Kommandot. Vi specialiserar oss på hemliga operationer och infiltrationer. Räkna med mig," säger Jon'ha självsäkert och återvänder till sin plats.

"Jag är glad att ha dig med i vårt team, Jon'ha," svarar Henrik vänligt. "Först, låt oss bedöma våra styrkor och svagheter. Vad tycker du att Skugghandläggarna kan bidra med till detta uppdrag?"

Jon'ha nickar eftertänksamt och överväger sin respons. "Vår styrka ligger i smidighet och anpassningsförmåga," börjar han med en lugn röst. "Vi är experter på att navigera i komplexa miljöer och samla in information diskret. Våra agenter är tränade att smälta in och slå till snabbt när det behövs."

Henrik nickar godkännande. "Det kommer att vara ovärderligt," erkänner han. "Och vilka utmaningar förutser du i denna operation?"

Jon'ha pausar ett ögonblick, hans panna rynkas lätt medan han överväger sitt svar. "Vår beroende av hemlighet kan vara en utmaning vid direkta konfrontationer," medger han. "Men vi kompenserar med noggrann planering och exakt utförande."

Henrik reflekterar över hans ord. "Förstått, Jon'ha. Din expertis inom hemliga operationer kommer utan tvekan att komplettera vår strategi. Välkommen ombord.”

“Zenith, kan du ge oss en uppdatering om våra nuvarande resurser och eventuella nya händelser?”

“Vår flotta må vara skrotad, men vårt underrättelsenätverk har samlat in värdefull information från hela galaxen. Vi måste dock vara försiktiga med eventuella motåtgärder från Youllianerna. Deras armada är på väg mot oss och kan anlända när som helst nu.”

“Vår ursprungliga flotta är förstörd,” påpekar Henrik, “men vi har fortfarande en värdefull tillgång till hands. Den tidigare Chronos-kaptenen Caius var den första som rekryterades till vår sida, och han har kunnat rekrytera andra kaptener också,” säger Henrik, hans röst stadig trots den svåra situationen. “Möjligheten att rekrytera Chronos-kaptener och deras skepp för att hjälpa oss kan vara vår nyckel till att vända utvecklingen till vår fördel.”

Jon’ha nickar eftertänksamt. “Att rekrytera Chronos-kaptener blir inte lätt. De är oerhört lojala mot Chronos Korporation, och att övertyga dem att gå med i vår sak kommer att kräva skicklighet och list. Vi behöver en plan för att närma oss Chronos-kaptenerna utan att väcka misstankar. Kanske kan vi utnyttja deras missnöje med Youllianernas ledarskap eller vädja till deras önskan om frihet."

"Vi måste gå försiktigt fram. Varje misstag kan äventyra våra chanser att få deras stöd. Vi måste samla in så mycket information som möjligt om Chronos-kaptenerna och deras lojaliteter," säger Anvu.

Henrik lyssnar uppmärksamt på hennes insikter, hans sinne formulerar redan en handlingsplan. "Överenskommet. Vår prioritet blir att identifiera potentiella allierade bland Chronos-kaptenerna och etablera kommunikationslinjer med dem. Björn, jag vill att du leder denna insats och samordnar med Caius för att samla in nödvändig information. Ju fler skepp vi har i omloppsbana, redo att försvara planeten, desto bättre."

Björn nickar, hans uttryck bestämt. "Uppfattat, Henrik. Jag kontaktar våra agenter och rapporterar tillbaka inom kort."

"Nu när vi har ett gemensamt mål måste vi säkra planeringen," säger Henrik. Orden hänger kvar i luften, medan generalerna utbyter försiktiga blickar, deras uttryck en blandning av förväntan och oro. Tyngden av den föreslagna kuppen vilar tungt på deras axlar, och var och en är väl medveten om uppgiftens omfattning.

General Zenith harklar sig och bryter den spända tystnaden i rummet. "Att säkra planeringen är en sak, men att iscensätta en kupp av sådan magnitud är en helt annan," börjar hon, hennes röst är mjuk men ändå beslutsam. "Vi måste överväga riskerna och utmaningarna vi kommer att möta vid varje steg på vägen."

Lo'orak nickar instämmande, hans panna rynkad i tanke. Han sneglar på Lu'cara innan han talar, "Att infiltrera Galaxrådet blir inte lätt. De har strikta säkerhetsåtgärder, och alla försök att bryta igenom deras försvar kommer att mötas av motstånd. Men med noggrann planering och exakt genomförande tror jag att vi kan lyckas."

"Vi måste samla in så mycket information som möjligt om deras säkerhetsprotokoll och nyckelpersoner. Alla svagheter vi kan utnyttja kommer att ge oss en fördel," tillägger Björn, hans röst stadig av beslutsamhet.

"Vi bör också överväga möjligheten att bilda allianser med andra fraktioner som kan vara emot Galaxrådets styre," föreslår Lu'cara, hans skarpa röst skär genom spänningen i rummet. "Styrka i antal kan tippa vågen till vår fördel. Och låt oss inte glömma Tidutvidgningens gissel."

"För att säkra vår frihet och skydda vår framtid får vi inte vackla i vårt uppdrag att förstöra den här enheten," fortsätter han, "När det gäller rådet har vi upptäckt att serverhallarna som koordinerar och driver enheterna finns någonstans i källaren av byggnaden."

Zeniths ögon vidgas av insikten. "Inuti Galaxrådet?" avbryter hon, "Precis framför vår dörr har de gömt det. Jag förstår."

Lu'cara nickar allvarligt. "Korrekt. Jag föreslår att *Dwellerna* och jag följer med er till Rådet medan ni tar hand om de Youllianska ledarna. Vi kommer att ta hand om servrarna en gång för alla. Om du godkänner detta, befälhavare?" frågar han och drar allas ögon till Henrik.

"Det är beslutat," bekräftar Henrik snabbt, "Jag förstår din poäng, Lu'cara. Jag har också bevittnat effekten av enheten. Du får fortsätta."

Lu'cara nickar tacksamt och tar tillfället i akt att förklara sitt perspektiv ytterligare. "Som en som har känt förtryckets bojor dras åt runt mig vet jag av egen erfarenhet vikten av att stå enade mot tyranni," börjar han, hans ord genljuder av passion. "Jag vill presentera min syn på Youllianernas ursprung."

"Som ni kanske känner till," börjar Lu'cara med en växande intensitet i rösten, "kommer vi

Youllianer från galaxen Triangulum. Vi är kända för vår iögonfallande skönhet – långa, eleganta, klädda i böljande dräkter, med blågrön hud och ögon som glöder orange." Lu'cara pausar för att låta den visuella bilden sjunka in. "Men bakom denna yta döljer sig en historia av ambition och desperation." Lu'cara pausar en stund, hans blick sveper över rummet. "Vår galax stod inför omedelbar förstörelse från ett obalanserat svart hål, och för att säkra vår överlevnad sökte vi makt och resurser i Andromeda."

Generalerna utbyter blickar medan de lyssnar noga, vissa nickar igenkännande medan andra rynkar pannan i begrundan.

"Vi bildade en allians med Tidus Barlow, ledare för Chronos Korporation, och såg i honom en möjlighet att främja våra mål. Vi orkestrerade en kupp tillsammans, störtade den etablerade ordningen och tog kontroll över Andromeda."

Tyngden av Lu'caras ord hänger kvar i luften, varje stavelse laddad när han fortsätter, som om rummet håller andan inför det han ska säga. "Med vår militära styrka och hänsynslösa taktik, påtvingade vi vårt styre över Andromeda. Youllianerna blev kända för sin brutalitet – de utdelade misshandel och livstids fängelse även för mindre förseelser."

"Vårt förtryck sträckte sig till själva tidens väv," förklarar Lu'cara, hans röst fylld av allvar. "Vi utvecklade tidsutvidgningsenheten, ett ondskefullt verktyg för att manipulera Andromedas folks liv."

Medan Lu'cara talar flimrar bilder av tidsutvidgningsenheten förbi generalernas ögon, konsekvenserna av dess existens sjunker in med skrämmande klarhet. Rummet blir tyst, tyngden av Lu'caras ord hänger tungt i luften.

"Men det finns de bland oss som gör motstånd," Lu'caras röst ringer av trots, hans ord skär genom tystnaden som en stridssignal. "Jag föddes in i privilegier men valde att ansluta mig till motståndsrörelsen och bevittnade grymheterna som begicks i vårt namn. Motståndet kämpar för att avveckla detta förtryckande system, för att befria Andromeda från Youllianernas och deras allierades grepp."

En eld brinner i Lu'caras ögon när han höjer rösten, hans passion tänder en gnista av hopp i generalernas hjärtan. "Tillsammans med er kommer vi att åstadkomma förändring, återställa balansen och skapa en framtid där alla varelser behandlas med värdighet och respekt. När vi står enade mot Youllianernas tyranni, vet att många inom min ras motsätter sig deras styre," säger Lu'cara, hans röst självsäker. "Fler och fler Youllianer vaknar upp till sanningen och inser de grymheter som begås i maktens och överlevnadens namn."

Han gestikulerar mot generalerna, hans bestämda blick möter var och en av dem. "Vi kanske kommer från olika bakgrunder, i ditt fall, Henrik, till och med olika galaxer, men vår kamp är densamma. Tillsammans kan vi utmana den förtryckande regimen, montera ner deras kontrollmekanismer och bana väg för en framtid där rättvisa och jämlikhet råder. Jag vet att servrarna som styrenheterna finns här i NA; mitt enda uppdrag är att förstöra dem."

Henriks svar kommer inte hastigt; i stället tar han en stund för att låta tyngden av Lu'caras ord sjunka in. Det lugna applåderandet från de samlade generalerna ekar mjukt i rummet. När Henrik till slut talar, bär hans röst på en tyst intensitet som återspeglar beslutsamheten i hans ansikte. "Just det," börjar han, hans ord är mätta men bestämda. "Vår mångfald är inte en svaghet utan en styrka, ett bevis på den motståndskraft som definierar oss alla."

Hans blick sveper över rummet och möter allas ögon med en stadig beslutsamhet. "Från olika galaxer har vi samlats här, förenade av ett enda syfte: att trotsa tyranni och återta vår frihet. Vår kamp är inte bara mot en regim; det är mot själva kärnan av förtrycket," fortsätter Henrik, hans röst stadig men fylld av övertygelse. "Lo'orak, Lu'cara, jag vill att ni samordnar med våra kontakter och arbetar för att förstöra tidutvidgningens gissel. Zenith och Jon'ha, jag vill att ni förser mig med en plan för att infiltrera Rådet och ta det inifrån." befaller Henrik med fast och auktoritär röst.

"Och vad händer med våra styrkor? Ska vi mobilisera dem nu eller vänta tills vi har mer information?" frågar en annan general längre bak.

"För tillfället håller vi våra styrkor i beredskap," beslutar Henrik. "Vi vill inte avslöja oss för tidigt. När vi har en tydligare bild av situationen kommer vi att bestämma vår nästa åtgärd."

Henriks ögon smalnar när han ser Quintion och en annan person hastigt lämna högkvarteret. Med en subtil gest vinkar han Zeb'than närmare.

"Zeb'than," börjar Henrik med låg och brådskande röst. "Såg du vem hon gick med?"

Zeb'than rynkar pannan förvirrat. "Ursäkta, befälhavare, vem?"

"Quintion," förtydligar Henrik, hans röst kantad av oro. "Hon och en annan man verkade angelägna om att lämna det här rummet innan någon märkte det.”

Zeb'thans uttryck förändras, hans läppar krullar sig i ett illmarigt leende. “Det såg jag inte. Vill du att jag ska skicka en vakt för att hämta dem?”

Henrik skakar på huvudet. “Nej, det behövs inte. Se bara till att lokalisera vem hon gick med. Jag vill inte ha några obehagliga överraskningar.”

“Självklart, befälhavare,” svarar Zeb'than med skarp och alert röst.

När Henrik återvänder sin uppmärksamhet mot generalerna splittras tystnaden av ett plötsligt ljud. Den skarpa, störande smällen av något som kolliderar med en rad stolar fyller luften och ekar mot väggarna som åsksmällar. Stolarna protesterar högljutt när de skramlar och slår mot varandra, deras ben skrapar över golvet i en kaotisk symfoni av ljud.

Mitt i tumultet riktas allas ögon mot källan till störningen. Mannen som orsakat kaoset börjar sakta resa sig, hans rörelser avsiktliga och ostadiga. När han står upprätt blir rummet tyst, alla blickar är fixerade på honom. Det är Evan.

“Henrik!” Orden brister ut ur Evans mun, hans röst färgad av brådska och desperation.
“Henrik, det är jag!”

När Evans röst fyller rummet, känns det som att Henriks hjärta stannar. En våg av chock och förvirring slår över honom när han känner igen den välbekanta tonen. Han blinkar, hans ögon stora av förvåning, och hans sinne kämpar för att förstå hur hon kan vara här mitt i detta kaos.

Henrik tar ett skakande steg framåt, medan tårar hotar att rinna nedför hans kinder. Verkligheten sätter sig som en tung våg, och en storm av känslor översvämmar honom – rädsla, längtan, och en smärtsam hoppfullhet.

Instinkterna styr hans rörelser, varje steg driven av beslutsamhet. Han blockerar det brusande sorlet omkring honom, hans blick orubblig och fokuserad på Joanna. Han rör sig framåt, hans kropp en förlängning av hans brinnande behov att nå henne.

Henriks hjärta bultar när han når fram till Evan, hans händer skakar lätt. Han söker Joannas blick genom en dimma av osäkerhet. "Är det verkligen du?" viskar han med en röst som nästan brister. Hans ord är tunga av både längtan och tvivel.

"Ja, det är jag," svarar hon, rösten darrande men full av värme. "Jag är så glad att du är vid liv."

Henrik, med en klump i magen, kämpar för att förstå. "Hur kan du tala genom Evan? Var är du? Är du säker?" Joanna lägger sin hand på hans kind, en gest av tröst och närhet.

"Lita på mig när jag säger att jag är säker och snart är hos dig igen. Du har säkert tusen frågor, men jag har begränsad tid. Jag kan inte vara i Evans kropp länge. Jag måste berätta det jag har att säga," säger hon och söker Henriks blick för bekräftelse.

Henrik, med fast och beslutsam röst, tar Joannas hand i sin. "Självklart, min älskade. Jag litar på dig," förklarar han och hans blick sveper över samlingen av generaler och rebeller. "Det här är Joanna, kapten på *Kalypso*, en ledare bland oss, min fru. Hon har något viktigt att säga. Lyssna på henne."

Joanna tar ett djupt andetag och närmar sig podiet, med Henrik vid hennes sida som en trygg punkt. Hennes steg är osäkra, men hon finner styrka i hans närvaro. Hon ser ut över de förväntansfulla ansiktena, och fångar Anvus vänliga blick, vilket ger henne mod att börja tala.

"Mitt namn är Joanna Harlacker," börjar hon, med en röst som är stadig trots de inre känslorna. "Jag var kapten på *Kalypso* tills det förstördes av ett av Tidus skepp. Jag räddades av en uråldrig entitet kallad Kollektivet."

"Med deras hjälp kan jag kommunicera genom Evan. Jag har ett viktigt budskap," fortsätter hon, med en känsla av brådska. "Kollektivet är mäktiga varelser, bundna inom asteroider. Dom erbjuder oss hjälp i utbyte mot en artefakt. De vill att vi hämtar den för dem."

En tystnad lägger sig över rummet när Joannas ord sjunker in. Björn bryter tystnaden med en blandning av vördnad och glädje. "Asteroider som rör sig av sig själva!" utbrister han och klappar i händerna. "Jag visste det!" Han ler mot Joanna och öppnar armarna för en vänlig gest. "Det är en lättnad att se dig igen, min vän. Välkommen tillbaka."

"Vi tackar dig, Björn," säger Joanna, trött men tacksam. Just då reser sig General Hes'ra snabbt och fångar allas uppmärksamhet. Hans ungdomliga ansikte bär en blandning av skepsis och beslutsamhet.

"Vänta ett ögonblick," avbryter Hes'ra, hans röst skär genom spänningen som en kniv. Trots sin relativa ungdom är hans uppträdande onekligen intensivt, som om han har mött utmaningar långt bortom sina år. "Innan vi överväger att samarbeta med Kollektivet, låt oss inte glömma riskerna. Vad hindrar dem från att använda oss som brickor i deras spel? Och vilken garanti har vi för att deras agenda stämmer överens med vår? Var kommer de ifrån, och varför hör vi först nu om deras existens?"

Joanna möter Hes'ras eldiga blick direkt, oberörd av skepsisen som strålar från den unge generalen. Hon känner tyngden av deras granskning och vet att hennes ord måste bära övertygelsens vikt för att övertala denna formidable nykomling. "Jag förstår din oro, general," svarar hon, hennes röst är stadig trots stundens intensitet. "Men Kollektivets erbjudande är genuint. De söker en artefakt som de anser vara avgörande, och i utbyte lovar de sin hjälp i vår kamp mot Youllianerna och korporationen. De består av en kollektiv intelligens spridd över flera galaxer."

Henrik kliver fram, hans blick flackar kort mot Hes'ra medan han talar och bemöter den nykomlingens granskning med en tyst utmaning. "Vi kan inte avfärda denna möjlighet lättvindigt," hävdar han, hans röst bär auktoritet. "Även om det finns risker är de potentiella fördelarna med att alliera oss med Kollektivet för betydande för att ignorera, oavsett vem de är. Vi kommer att se till att undersöka deras ursprung och vad de vill grundligt. Med tiden är jag övertygad om att deras avsikter kommer att bli tydliga."

Hes'ras skepticism är fortfarande påtaglig, men en glimt av övervägande lyser i hans ögon. Trots sin ungdom finns det en visdom bortom Hes'ras år, en stark medvetenhet om farorna som lurar i skuggorna. "Mycket väl," medger han, hans ton är försiktig men öppen. "Men låt oss inte rusa in i något. Vi behöver mer information innan vi förbinder oss till denna allians. Vi har inte råd att bli överrumplade av vår iver."

Joanna möter Hes'ras genomträngande blick med en stadig beslutsamhet, hennes röst bär en ton av allvar när hon fortsätter. "Jag förstår er försiktighet, general," börjar hon, hennes ton är mätt men med en antydan till vördnad. "Men ni måste förstå att Kollektivet inte är en kraft att leka med. De är uråldriga varelser, entiteter som har bevittnat uppkomsten och fallet av otaliga civilisationer över hela galaxen och bortom."

Medan hon talar verkar Joannas ögon blicka ut i fjärran som om de kikar in i själva tidens djup. Hennes grepp om Evans kropp glider bort snabbare än hon önskar; hon känner att hennes kontroll försvinner och vet att hon har lite tid kvar. "De har strövat omkring i kosmos i eoner, deras medvetande spritt över stjärnorna som en enorm, sammankopplad väv. För dem är tiden inte ett linjärt begrepp utan ett flytande kontinuum, och de har sett historiens ebb och flod utvecklas på sätt som vi knappt kan föreställa oss."

Hes'ra lyssnar noggrant och hans skepsis mildras när han hör Joannas ord. "Och vad är denna artefakt som de vill ha?" frågar han med nyfikenhet.

Joannas uttryck är trött, men hon försöker hålla sitt leende. "Artefakten är en nyckel för Kollektivet, stulen för tusentals år sedan. Den är avgörande för deras återförening över universum. De lovar att hjälpa oss i vår kamp om vi hjälper dem att återfå den," förklarar hon, med en ton som visar på utmattning.

Hes'ra nickar, hans skepsis mildras till en försiktig optimism. "Vi ska gå försiktigt fram, men jag är villig att överväga detta. Vi måste dock vara vaksamma och se till att våra intressen stämmer överens innan vi förbinder oss helt."

Joanna lutar huvudet i samförstånd, en våg av lättnad sköljer över henne när hon känner att opinionens våg vänder till deras fördel. Men hennes lättnad är kortvarig när hon känner att kopplingen till Evan glider bort snabbare än hon skulle vilja. Hon vänder sin oroliga blick mot Henrik och vet att tiden rinner ut.

"Min tid är ute, min älskade," säger hon brådskande, hennes röst färgad av sorg. "Jag kan inte längre upprätthålla kopplingen. Ni har koordinaterna. Hämta artefakten och hitta -" Hennes ord bryts abrupt av när Evans kropp faller till golvet igen och lämnar rummet med en känsla av brådska och osäkerhet hängande i luften.

30 - Mot Sanningen

Med en plötslig ryckning vaknar Evan upp, vaggad av Henriks stödjande närvaro nära podiet. Hans huvud dunkar som om tusen nålar genomborrar hans artificiella medvetande. Han blinkar snabbt och kämpar för att fokusera på sin omgivning, de starka lamporna i kommandocentralen flimrar fram. Medan hans artificiella system startar om ansluter hans syntetiska medvetande gradvis till världen runt honom. Strömmar av data och digitala ekon virvlar i hans sinne och bildar en levande väv av minnen och direktiv. Mitt bland dem alla genljuder Joannas brådskande meddelande som ett ledljus och styr hans nästa steg. Liksom adrenalinkicken i mänsklig fysiologi upplever Evan en våg av beräkningsenergi, en digital glöd som driver hans syntetiska neuroner till full kapacitet. Det är en kick av förhöjd medvetenhet och processorkraft som driver honom till handling. Med Henriks hjälp lyckas han resa sig upp på sina två fötter igen, hans sinne rusar mot frågan som brinner inom honom.

Vem är jag? Var kommer jag ifrån?

Fortfarande stött av Henriks fasta grepp öppnar Evan munnen och säger: "Jag anmäler mig frivilligt till uppdraget att hämta artefakten!"

tillräckligt högt för att överrösta de otaliga diskussionerna mellan generalerna. Rummet tystnar.

"Jag upprepar, jag anmäler mig frivilligt till uppdraget att hämta artefakten," tillkännager Evan med klar och stadig röst. "Jag förstår om det ni bevittnade för några minuter sedan kändes konstigt. Det var verkligen konstigt för mig också. Men om ni inte var medvetna om det förut, så säger jag det nu: Jag är en android, och en mycket sofistikerad sådan. Jag har nu både platsen och medlen för att genomföra detta uppdrag att hämta artefakten. Med Henriks godkännande?" Han vänder blicken mot sin vän och befälhavare och söker bekräftelse.

Trött på de ändlösa diskussionerna bland generalerna och nu medveten om Joannas överlevnad, tar Henrik snabbt tag i Evans axel, hans grepp är fast och lugnande. "Du har mitt fulla samtycke för att säkerställa att detta uppdrag lyckas, min vän," förklarar han. "Det här är en brådskande fråga som vi inte får misslyckas med." Henrik skannar av publiken och letar efter tecken på tvivel bland generalerna, men hittar inga. "Du behöver ett litet team om du ska lyckas. Har vi några frivilliga?" frågar han och uppmanar de samlade ledarna att svara.

Roukia är den första som kliver fram; hennes beslutsamhet är tydlig i varje uppmätt steg när hon närmar sig podiet. "Jag följer med dig, Evan," tillkännager hon med stadig röst. Dvorak följer efter och reser sig från sin stol några ögonblick senare. "Räkna med mig också," förklarar han, hans entusiasm påtaglig. "Det här är något jag bara inte kan missa."

Henrik vänder sig sedan till Björn, misstänker hans benägenhet att gå med på en resa mot asteroiderna. "Förlåt, Evan," ber Björn om ursäkt och skakar på huvudet medan han gestikulerar med händerna i en "vad kan jag göra"-gest. "Även om jag är fascinerad av ditt uppdrag känner jag att jag kan bidra mer här på marken. Du får klara dig utan mig den här gången."

Dvoraks leende vidgas, hans ögon glittrar av bus. "Du missar all spänning," retas han med en lekfull ton.

Björns läppar spricker upp i ett självsäkert leende, hans blick möter Dvoraks med munterhet. "Jag tror att jag klarar mig," svarar han, hans ton lätt och oberörd.

Nu när det taktiska teamet är samlat är Henriks iver att skicka i väg dem påtaglig. "Okej," förklarar han med en känsla av brådska i rösten. "Jag är glad att ni har anmält er frivilligt till detta uppdrag. Nu när vi har vårt team är det dags att förbereda sig. Vi behöver en rymdfärja eller ett skepp med warpförmåga."

Zeb'than, alltid fyndig, erbjuder en lösning. "Ni kan använda ett av mina skepp, Arcadia," föreslår han med en antydan av stolthet i rösten. "Det kanske inte är i toppskick, men det tar er dit ni behöver. Och det är utrustat med en pålitlig warpmotor. Jag skickar koordinaterna till er."

Henrik nickar med ett bestämt uttryck. "Roger," bekräftar han. "Nu, mina vänner, förbered er för er resa. Rapportera när ni är redo för start," säger han.

Zeniths brådskande röst skär genom den spända atmosfären medan teamet förbereder sig för att lämna rummet. "Befälhavare, jag har just fått oroväckande rapporter. De Youllianska militärvakterna har inlett oprovocerade attacker på civila på gatorna, både här i NA och i Kio. Situationen eskalerar snabbt," tillkännager hon, hennes röst spänd av oro.

En våg av spänning sveper genom rummet, tydligt i den plötsliga strömmen av notiser som översvämmar generalernas handhållna enheter. Lo'oraks nävar knyts av ilska när han talar. "Våra nätverk bekräftar offer bland rebellceller.

Striden har spridit sig till gatorna. Vi kan inte vänta längre, befälhavare," säger han.

Henrik spänner käken i beslutsamhet när han adresserar rummet och kräver uppmärksamhet mitt i kaoset. "Generaler, rebelledare," börjar han, hans ord är mätta men bestämda, "jag uppmanar er alla att behålla fokus på uppdraget som ligger framför oss. Förbered er för en omedelbar attack mot Rådet. Sätt in era trupper för att skydda gatorna, konfrontera vakterna direkt och säkerställa civila säkerhet. Slaget om Andromeda har börjat," förklarar han med en fast beslutsamhet i tonen.

När Evan och hans team snabbt går i väg, flyttar Henrik blicken till den livliga aktiviteten runt omkring honom – kommandocentralen surrar av aktivitet, luften tjock av spänning och förväntan. Det mjuka skenet från skärmarna kastar ett kusligt ljus och lyser upp de samlade ledarnas ansikten medan de förbereder sig för det förestående uppdraget. Henrik skannar av rummet och tar in den febrila aktiviteten medan generalerna skäller order i sina kommunikationsenheter eller komradio. Det brådskande pratet fyller luften, en kakofoni av röster som stiger och faller i snabb följd. Henrik möter Jon'has och Zeniths blickar och förmedlar tyst situationens allvar. Utan ett ord gestikulerar han att de ska ansluta sig till honom i mitten av rummet.

"Generaler," börjar han med stadig röst, "vi måste röra oss mot rådet omedelbart. Kan vi resa norrut med minimal upptäckt?" frågar Henrik, medveten om utmaningarna med att navigera på Atlantis gator, särskilt under sådana omständigheter.

Zenith utbyter en vetande blick med Jon'ha innan hon svarar. "Befälhavare, det finns en rutt för ett mindre team att nå de norra sektionerna, men att förbli oupptäckt är en stor utmaning," förklarar hon. "Men jag litar på att Jon'ha har en plan för att förflytta sig i hemlighet."

Jon'ha kliver fram med ett bestämt uttryck. "Jag har trupper stationerade i närheten, redo att transportera oss via skyttel direkt till ditt högkvarter, Zenith. De möter oss utanför. Jag väntar på din order," förklarar han, redo att agera.

Henrik nickar, "Ge då ordern," instruerar han med utsträckta armar i en gest av beredskap. Jon'ha sträcker sig snabbt efter sin kommunikationsenhet, redo att signalera sitt team till handling.

Henrik vänder sin uppmärksamhet till Björn, som har närmat sig podiet, och adresserar sin äldsta vän.

“Björn, min betrodda följeslagare,” börjar Henrik med allvarlig ton, “jag behöver att du stannar här i kommandocentralen och tar ansvar för koordineringen. Vi måste samarbeta nära med Caius för att ge luftstöd och stärka vår flotta. Samarbeta med alla kvarvarande generaler för att få det att hända.”

Björns ögon möter Henriks, en tyst förståelse passerar mellan dem. “Självklart, Henrik,” svarar han, hans röst färgad av absolut lojalitet. “Du kan lita på att jag håller ställningarna.”

Henrik närmar sig Anvu med en blandning av beslutsamhet och ömhet, hans steg är avsiktliga när han minskar avståndet mellan dem. “Mamma,” börjar han, hans röst bär på en känsla av brådska under de mjuka tonerna. Anvu vänder sig mot honom, hennes uttryck en blandning av oro och nyfikenhet när hon väntar på hans begäran.

“Vad är det, Henrik?” frågar Anvu och rynkar pannan något medan hon lyssnar uppmärksamt. Henrik möter hennes blick direkt, hans beslutsamhet är tydlig i hans ögon. “Jag måste be dig om något viktigt,” säger han, hans ton är allvarlig men ändå mild.

"Jag vill att du följer med Evan," förklarar
Henrik, "Hjälp honom i sökandet efter att hämta
artefakten och, viktigast av allt, att hitta Joanna.
Hon behöver ett vänligt ansikte mitt i kaoset."
Anvu nickar långsamt, hon förstår tyngden av
Henriks begäran.

"Jag förstår," svarar Anvu, hennes röst stadig
trots situationens allvar. "Du kan räkna med
mig, min son. Jag gör vad som krävs." Henrik ger
henne ett tacksamt leende, hans uppskattning
är tydlig i hans ögon.

"Tack, Anvu," säger Henrik med uppriktig röst.
"Joanna… hon behöver dig. Jag längtar efter
hennes säkra återkomst varje ögonblick." Anvu
nickar bekräftande innan hon ger sin son en
mjuk kram.

När Henrik vänder sig om mot Jon'ha, Zenith
och *Dwellerna,* faller Serge intill honom, hans
närvaro lugnande vid hans sida. Med ett lekfullt
flin säger Serge: "Räkna med mig! Ni kanske
behöver lite extra muskler för att knäcka rådets
försvar." Tillsammans närmar de sig de
väntande generalerna som står vid dörren,
deras uttryck spända av förväntan.

"Vi är redo," förklarar Henrik självsäkert när
han vänder sig till den samlade gruppen. "Låt
oss gå."

31 - Att sätta landningen

När de lämnar högkvarteret möts de av Jon'has grupp av agenter. Tolv figurer klädda i eleganta svarta uniformer från topp till tå står framför dem, deras ansikten dolda bakom nätmasker.

Bredvid dem står två eleganta skyttlar parkerade på den smala gatan, deras former knappt urskiljbara då de smälter sömlöst in i omgivningen. Farkosternas ytor skimrar med den subtila förvrängningen av ett kamouflerande fält, vilket gör dem nästan osynliga för blotta ögat. Varje skyttel utstrålar en aura av tyst effektivitet, deras knappt synliga strömlinjeformade design antyder deras formidabla kapacitet.

Mitt i den spända atmosfären ekar ljuden av kaos från torget, där sammandrabbningarna mellan Youllianska vakter och civila eskalerar för varje ögonblick. De avlägsna ekona av rop och skottlossning fungerar som en dyster påminnelse om den instabila situationen som utspelar sig bortom gränserna för deras uppdrag.

"Vi måste röra oss snabbt och få ett slut på det här en gång för alla," förklarar Henrik, brådska genomsyrar hans ord när de går in i skyttlarna. De lyfter omedelbart och kryssar bara några sekunder senare precis ovanför hustaken. Henriks fingrar rör sig precist när han växlar till sin privata kommunikationskanal med Caius.

"Caius. Kom," knastrar Henriks röst över kanalen. Han väntar på svar, hans tankar rusar till den förestående konfrontationen utanför Galaxrådet.

"Rapportera din status. Vi behöver luftstöd i norr när vi anländer utanför Galaxrådet," fortsätter Henrik, hans ton lämnar inget utrymme för osäkerhet. "Kan du ge oss taktisk bombning?" Frågan hänger i luften.

Ett knaster av statisk föregår Caius röst. "Caius rapporterar, befälhavare. Förlåt min försening," säger han med allvarlig och fokuserad ton. "Jag kämpar med att koordinera våra nya skepp i vår växande flotta."

Henrik nickar och tar in informationen. "Nya skepp. Det var oväntat," säger han med ett fundersamt uttryck. "Varför den plötsliga ökningen i våra led?" frågar han och förråder en antydan av nyfikenhet.

"Jag är osäker, befälhavare," medger Caius, "Det kan vara ett svar på det eskalerande våldet från de Youllianska vakterna. Människorna samlas mot dem, och även några tidigare Chronos-kaptener har anslutit sig till vår sak. De har också familjer som har lidit på grund av den totalitära regimen,” förklarar han. “Oavsett är tillströmningen av nya skepp en lovande utveckling. För bara en timme sedan anlände Eclipse med förbättringar från en besättning från Taolak. Det kan stärka våra chanser att lyckas,” avslutar han med försiktig optimism i rösten.

“Fantastiskt! Hur många är vi i omloppsbana nu? Kan vi hantera den ankommande armadan?” frågar Henrik.

“Vi har totalt femtiosex skepp nu, inte räknat de utan eldkraft,” svarar Caius med dyster ton. “Men segern i den kommande striden kommer att hänga på en skör tråd. Förvänta er ett stort antal offer, är jag rädd.”

“Uppfattat. Håll mig uppdaterad om utvecklingen, Caius. Bra jobbat,” säger han, hans röst förmedlar både tacksamhet och beslutsamhet. “Tillbaka till mina frågor. Vi är på väg till Galaxrådet. Vi behöver att du spränger ett stort hål i byggnaden och skapar en avledning vid rådets ingång. Vi kommer att använda kaoset för att smita in genom takingången.”

“uppfattat,” svarar Caius, “jag är redo och väntar på din order, befälhavare.”

Zeniths subtila handgest får Henriks uppmärksamhet när skytteln närmar sig sin destination och varnar honom för deras annalkande ankomst. Henriks blick skiftar till Lo'orak, hans uttryck är allvarligt men ändå beslutsamt.

"Lo'orak," säger Henrik, "förbered dig. Vi är bara några ögonblick från att genomföra vår plan. Det är upp till dig att navigera genom kaoset, hitta de där servrarna och sabotera den där enheten. Andromedas öde vilar på dina axlar. Är du redo för det här?"

Lo'orak möter Henriks blick med en fast beslutsamhet, elden av beslutsamhet brinner starkt i hans ögon. "Japp, befälhavare," svarar han med låg röst fylld av beslutsamhet. "*Dwellerna* är redo. Vi kommer att möta vad som än kommer i vår väg och gå segrande ur striden."

Spänningen i skytteln blir påtaglig, luften tjocknar med en nästan kvävande tyngd. Adana skiftar oroligt i sitt säte, hans händer knyts till nävar och hans andetag kommer i korta, grunda andetag. Han tittar på Lo'orak, ett tyst löfte om solidaritet inför osäkerheten.

Lu'caras käke är stilla, hans orubbliga blick fäst vid horisonten. "Tillsammans," mumlar han, hans röst ett tyst löfte, "kommer vi att bryta deras tyranni och återställa freden i Andromeda.”

Li’lahs knogar blir vita när hon griper tag i kanten på sin stol, hennes käke spänd av beslutsamhet. “Vi har kommit för långt för att backa nu,” förklarar hon, hennes röst darrar av en blandning av rädsla och beslutsamhet. “Oavsett vad som väntar kommer vi att möta det direkt.”

“Var inte rädda, kamrater,” säger Brutus, hans röst ett stadigt ankare i känslornas storm. “Vi har mött värre odds än detta. Och varje gång har vi segrat.”

När skytteln rusar närmare sitt mål når spänningen febernivå och varje teammedlem förbereder sig för den väntande striden.

Henriks kommunikationsenhet surrar av brådska, knastret av statisk punkteras av Caius röst som skär genom kaoset.

“Befälhavare,” Caius ton är brådskande, hans ord korta, “Vi har fått syn på ökad aktivitet runt rådet. Det verkar som att de är medvetna om att ni närmar er. Vilka är era order?”

Henriks käke spänns av beslutsamhet när han lyssnar på Caius rapport. “Uppfattat,” svarar han, “Behåll kursen. Vi fortsätter som planerat.

Var beredd på taktisk bombning på mitt kommando.”

Ett par minuter senare vänder Zenith sig om från sin kaptensstol, “Vi är tjugo sekunder från vår destination, befälhavare,” rapporterar hon innan hon återvänder blicken till skyttelns display.

“Caius, det är dags,” beordrar han med stadig röst över komradion.

Med exakt koordinering släpper Caius skepp lös sin destruktiva kraft mot målet nedanför. En snabb sekvens av kommandon initierar de förvärmda plasmakanonerna. Fem lysande gröna plasmaprojektiler bryter ut från skeppet och rusar mot det utsedda målet nedanför med dödlig precision. Varje projektil följer den förra i snabb följd och skapar ett obevekligt bombardemang av energi som genomborrar rymdens mörker. De färdas i en svindlande hastighet, nästan en tiondel av ljusets hastighet, och når sitt mål på ett ögonblick.

Effekten av plasmaprojektilerna genljuder genom luften som ett öronbedövande vrål och skakar marken under dem. Den södra sidan av byggnaden blir epicentrum för kaos när två av de explosiva projektilerna sliter genom betong och stål och lämnar efter sig en scen av förödelse.

Explosioner sprider sig utåt och skickar chockvågor genom entrén. Den en gång orörda asfalten spricker och bryts under angreppet och ger efter för attackens kraft. Tre massiva kratrar skadar marken, ett tydligt bevis på plasmavapnets grymhet.

Mitt i kaoset dras allas ögon till källan till förstörelsen, fascinerade av skådespelet som utspelar sig framför dem. Rök väller upp mot himlen och blandas med den fräna doften av brinnande bråte, vilket fungerar som en dyster påminnelse om det våld som nu uppslukar dem.

Oavskräckta av kaoset nedanför navigerar de två skyttlarna skickligt runt de stigande rökmolnen. Med övad precision rör de sig mot sin avsedda destination, deras smäckra former skär genom luften med beslutsamhet. När de närmar sig taket på rådets byggnad är deras nedstigning snabb och stadig och kulminerar i en mjuk och kontrollerad landning trots tumultet som rasar nedanför. Med vapen redo och en känsla av brådska stiger teamet av skytteln och springer mot närmaste takentré tjugo meter bort.

Mitt i sprinten öppnas dörrarna till tre ingångar och släpper ut en ström av Youllianska vakter på taket. Med få möjligheter till skydd i sikte, fastnar Henriks ögon mot luftkanalerna som löper längs kanten.

"Ta skydd, nu!" ropar han brådskande medan de besvarar elden och hukar sig för att undvika det inkommande bombardemanget.

"Vårt skydd är spräckt, sir," skämtar Serge med ett flin, hans röst kantad av adrenalin.

"Ingen överraskning," anmärker Lo'orak dystert, hans blick fäst på de framryckande vakterna som väller ut från dörrarna. Med exakt sikte lyckas han träffa två vakter, men deras rustningar absorberar mycket av stöten.

Han vänder sig om och ser tre av Jon'has män ligga orörliga på taket, offer för vakterna obevekliga angrepp. Lo'orak kommer ihåg något om deras rustning och ropar: "Sikta på deras ansiktsmasker!" innan han tar ner en vakt med ett välplacerat skott rakt i ansiktet.

Med förnyad beslutsamhet slår teamet tillbaka och vinner långsamt mark när de plockar ut vakterna en efter en.

"Vi kommer inte att vackla," ropar Henrik, hans röst ekar av övertygelse. "För Andromedas skull och alla som har lidit under Youllianernas styre kommer vi att kämpa tills friheten är vår igen."

Serge ser en möjlighet när en av dörrarna står tom och tar tillfället i akt.

“Skydda mig! Jag springer dit!” utbrister han, hoppar över den metalliska luftkanalen och springer mot den tomma dörren. Därifrån öppnar han eld mot vakterna och överraskar dem från en andra flank.

När vakterna faller offer för angreppet rusar resten av teamet till Serge vid dörrarna. Med en kollektiv suck av lättnad trycker de sig igenom och in i byggnaden och finner tillfällig respit i trapphuset.

På andra sidan dörren kliver de ut på en plattform som leder till en enkel, vit trappa. Det sterila, fläckfria utseendet står i skarp kontrast till det kaos de just lämnat. De överliggande lysrören kastar skarpa skuggor som dansar längs det polerade räcket och skapar ett kusligt spel av ljus och skugga.

Trapphuset sträcker sig framför dem, med väggar som glänser i en klinisk perfektion nästan onaturlig. Varje steg på de breda trappstegen vrider sig runt väggarna, medan det stora, tomma utrymmet i mitten verkar svälja både ljud och rörelse. Trots den fläckfria omgivningen lägger sig en känsla av oro över gruppen, som en tyst viskning som genomsyrar luften.

"Vad nu?" frågar Serge, hans röst färgad av frustration medan han kontrollerar sin pistol för återstående energi.

"Det finns bara ett sätt att gå, och det är ner för trapporna," påpekar Lo'orak, hans röst lugn men bestämd.

"Jaha," svarar Serge irriterat och gestikulerar mot trappan med en svepande rörelse av handen. "Jag menade, vad kan vi förvänta oss att möta på vägen ner?"

"Vi kan räkna med ytterligare motstånd, det är säkert," svarar Zenith med stadig röst medan hon håller sikte mot trappan. Hon lutar sig över det polerade räcket och ser hur ljuset dämpas längre ner. "Rådets salar ligger elva våningar under oss. Vi måste ta oss dit oskadda."

"Jaha, låt oss sätta i gång då, ska vi?" säger Brutus och vänder sig mot Henrik.

"Jag tar ledningen. Var försiktiga. Vapen redo. Skjut på allt som rör sig," beordrar Henrik, hans beslutsamhet tydlig.

När de börjar gå neråt, ljusnar belysningen och avslöjar omgivningarnas rena linjer och enkelhet. Varje steg nedför trappan badar i ett artificiellt sken, och det polerade räcket ger en känsla av trygghet.

Trots den enkla omgivningen finns det en obestridlig storslagenhet i det stora trapphuset. Från deras vy kan de se hela vägen ner till vad de förmodar är bottenvåningen, det vidsträckta utrymmet som sträcker sig ut som en avgrund nedanför.

Plötsligt ekar ett högt ljud uppifrån, följt av skottlossning och rop från vakterna nedanför.

"Ta skydd! Håll er nära väggarna!" beordrar Henrik medan de skjuter tillbaka, tryckande

mot väggarna när de fortsätter nedåt. En av
Jon'ha-männen lutar sig ut för långt för att
skjuta och träffas, ropande av smärta när han
faller framåt mot bottenvåningen.

"Fortsätt röra er! Håll er nära väggarna!"
skriker Henrik, hans röst ekar i det hektiska
trapphuset. Pulseldningen intensifieras för
varje steg, vilket gör undvikande allt svårare. De
måste röra sig snabbt och metodiskt för att inte
bli träffade.

"Befälhavare," ropar Jon'ha genom det
stridande tumultet, "Vi behöver bättre skydd.
Låt oss överge trapphuset. Barrikadera dörren
på nästa våning och spring dit. Vi kommer att ge
täckande eld medan ni rusar dit. Sedan kan ni
täcka oss medan vi gör detsamma." Han pekar
mot en dörr två hörn bort.

Henrik nickar i samförstånd och signalerar till
de andra att gå med honom så snart Jon'ha ger
signal.

Jon'ha lutar sig framåt och ser en grupp på fem
vakter som skjuter hängivet upp mot dem. Med
en snabb nedräkning från fem signalerar han till
sina män att avfyra en intensiv skur. Luften fylls
av en skur av projektiler, deras stackatorytm
ekande genom korridorerna. Vakterna kastar
sig mot väggarna, desperata att söka skydd från
den intensiva eldgivningen.

"Rör er!" beordrar Henrik när han skyndar ner för trapphuset, resten av teamet tätt efter honom. När de når dörren börjar Serge genast slå på den, ljudet ekar genom metallen när han tvingar upp den. Under tiden ger Henrik och *Dwellerna* en intensiv täckande eld, som håller vakterna på avstånd med en storm av pulser. Detta ger tillräckligt med tid för att Jon'ha, hans besättning och Zenith ska kunna ansluta sig bakom dörren.

De kliver genom dörren och stiger ut på ett kontorsplan. Glasväggar pryder korridoren på båda sidor, och en blågrå matta täcker hela golvet – en skarp kontrast till den sterila vita trapphuset de just lämnat. Panoramafönster flankerar korridoren och ger en glimt av det kaos som utspelar sig utanför. De dämpade ljuden av konflikt tränger igenom, en ständig påminnelse om oroligheterna som rasar bortom byggnadens väggar.

Med en känsla av brådska sätter Serge och *Dwellerna* i gång. De drar skrivbord, stolar och skåp över golvet för att barrikadera dörren. Det gnisslande ljudet av möbler som dras genom korridoren är öronbedövande och blandas med de avlägsna ropen och skotten från utsidan. Varje möbel placeras strategiskt för att skapa en provisorisk barriär som ska hålla vakterna på avstånd.

”Vi kan inte stanna här. Vi måste hitta ett annat sätt ner. Håll siktet riktat. Låt oss gå,” befaller Henrik så snart barrikaden är klar. Han tar ledningen med rak hållning och vaksam blick, ögonen scanning efter potentiella hot. Käkarna är hårt sammanpressade och blicken är fokuserad när han leder vägen.

Resten av teamet följer tätt efter, i en kompakt formation. Serge och *Dwellerna* håller sina vapen redo, fingrarna beredda på avtryckarna när de rör sig framåt med bestämdhet.

När de navigerar genom de labyrintiska korridorerna ekar deras steg mot de polerade golven. Plötsligt sprakar Henriks kommunikation med en skur av statiskt brus, och Evans bekanta röst tränger igenom ljudet.

”Befälhavare, hör du mig? Statusrapport,” säger Evans röst klart trots störningarna. ”Vi har lämnat atmosfären och kommer att gå in i hyperrymd om fyra minuter. Vi rapporterar tillbaka så snart vi är tillbaka.”

Henrik nickar, hans uttryck är osynligt men svarar beslutsamt. “Mottaget, Evan. Lycka till. Din framgång är avgörande för vår framtid – hitta artefakten, hitta Joanna och ta hem henne.”

”Tack, Befälhavare,” svarar Evan innan kommunikationen återigen blir tyst. Henrik vänder sig mot Jon'ha.

”Jag hoppas ditt skepp är så bra som du påstod,” säger Henrik medan han fortsätter nerför korridoren.

Jon'ha nickar tyst, hans beslutsamhet tydlig i den fasta ställningen av hans käke medan de fortsätter framåt. "Det är det," mumlar han, rösten knappt hörbar men fylld med beslutsamhet.

När de skyndar fram, sveper Henriks blick över de sterila omgivningarna, sinnet racing för att hitta en utgång ur den labyrintiska strukturen. "Ser ni någon trappa?" frågar han.

Lo'orak skakar på huvudet, ögonen scanning de oändliga raderna av dörrar. "Inte än, men vi måste fortsätta söka," svarar han med en ton som avslöjar brådska.

Bakom dem slår vakternas ständiga bankande mot barrikaden som en dyster påminnelse om faran som hotar. "Vi måste röra oss snabbare," uppmanar Zenith, hennes röst spänd när hon ökar takten.

Varje sväng i korridoren verkar sträcka sig oändligt, vilket förvärrar deras känsla av förvirring och instängdhet.

"Det här stället är som en labyrint," muttrar Serge, frustration tydlig i rösten.

Till slut, när de rundar ännu ett hörn, uppstår en subtil förändring. Den bekanta sterila vita färgen på trapphuset dyker upp igen och signalerar en möjlig utgång. "Där," utbrister Henrik med lättnad i rösten när han pekar mot dörren i slutet av korridoren. "En annan trappa."

Med förnyad kraft ökar de takten, deras steg ekar i den tomma korridoren. När de når dörren, kastar Henrik en blick tillbaka på sitt team, hans ansiktsuttryck är allvarligt men beslutsamt. "Håll er alerta," varnar han med en låg, befallande ton. "Vi vet inte vad som väntar på andra sidan."

När de trycker upp dörren lägger sig en tung tystnad över dem, omsluter dem som en kvävande filt och kväver till och med det svagaste ljudet av deras fotsteg. Trapphusets inre speglar den sterila perfektionen av det de lämnade bakom sig, orörda vita väggar sträcker sig oändligt i båda riktningarna, utan någon som helst skavank eller fläck.

Ovanför dem surrar lysrören mjukt och kastar skarpa, kantiga skuggor som flimrar och dansar längs det polerade räcket. Varje glimt av ljus reflekteras från den släta ytan som avlägsna stjärnor i ett tomrum, vilket bidrar till den surrealistiska atmosfären i utrymmet. De breda trapporna slingrar sig neråt, deras steg tunga av tystnaden i luften, förstärker den kusliga stillheten som genomsyrar schaktet.

"Var på er vakt, håll era vapen redo hela tiden och håll er nära väggarna när vi går ner," befaller Henrik med låg och befallande röst när han tar ledningen med ett vapen stadigt i handen. Serge följer tätt efter, hans rörelser är försiktiga när han kikar över räcket.

"Vilken våning siktar vi på igen?" frågar Serge, hans röst färgad av spänning när han skannar av området nedanför.

"Om jag har rätt har vi sju våningar kvar," svarar Zenith med sträng och fokuserad ton när hon sveper över området nedanför med sitt vapen.

"Uppfattat," svarar Serge utan att vända sig om och håller ett kontrollerat tempo bakom Henrik. Med en känsla av brådska ökar Henrik takten, beslutsamhet driver honom framåt när de går ner i rådsbyggnadens okända djup. När de går nerför den svagt upplysta trappan ekar deras fotsteg från väggarna och fyller tystnaden med en kuslig förväntan.

Resten av våningarna passerar utan incidenter, var och en verkar lika öde som den förra. De enda tecknen på liv är det svaga flimret från nödbelysningen och det avlägsna surret från maskiner.

Till slut når de dörren sju våningar ner. Den tornar upp sig framför dem, en tyst väktare som vaktar ingången till vad som än ligger bortom.

Innan han öppnar dörren samlar Henrik Lo'orak och *Dwellerna* nära, deras ansikten är fasta i beslutsamhet när de förbereder sig för att gå skilda vägar. Henrik tar ett fast grepp om Lo'oraks underarm, hans blick möter *Dwellerna* med orubblig beslutsamhet.

"Lo'orak," börjar Henrik, hans röst stadig trots allvaret i deras situation, "ert uppdrag är avgörande för vår framgång. Du och ditt team är vår bästa chans att lokalisera och koppla bort tidsutvidgningsenheten från rådets serverhallar."

Lo'orak nickar allvarligt, hans ögon speglar tyngden av deras uppgift. "Vi förstår, Henrik," svarar han, hans röst färgad av beslutsamhet. "Vi kommer inte att misslyckas."

Henriks grepp hårdnar, ett tyst erkännande av det förtroende som läggs på Lo'orak och hans team. "Lycka till," säger han, hans ord bär tyngden av deras gemensamma syfte. "Rapportera tillbaka så fort enheten är globalt frånkopplad. Vi väntar på er signal."

Med en sista bekräftande nick bryter Lo'orak och *Dwellerna* sig loss från gruppen, deras bestämda steg ekar när de skyndar nerför trapporna, ner i byggnadens inre. Henrik ser dem gå, hans hjärta tungt av vikten av deras uppdrag som vilar på hans allierades axlar. Men mitt i tyngden flimrar en strimma av hopp inom honom, en fyr som leder deras väg framåt.

Henrik vänder blicken mot Serge, Zenith, Jon'ha och de återstående teammedlemmarna och utbyter en tyst blick med dem. Deras ögon förmedlar en gemensam beslutsamhet. Alla stålsätter sig för prövningarna som väntar, redo att möta de utmaningar som väntar på andra sidan dörren.

När de trycker upp dörren släpper de ut en kollektiv suck och lättar på spänningen som byggts upp under nedstigningen. De kliver fram och kommer in i en bred, marmorklädd hall som sträcker sig ut som en storslagen promenad. Det mjuka skenet från holografiska eldar flimrar på utsmyckade pelare som kantar korridoren och kastar dansande skuggor som leker över det polerade marmorgolvet.

Gyllene statyer står som vaktposter längs hallen, deras majestätiska figurer frysta i tiden och vakar högtidligt över utrymmet. Marmorvaser prydda med intrikata ristningar kantar väggarna på varje sida och deras närvaro bidrar till omgivningens överdådighet.

Deras fotsteg ekar genom hallens storslagenhet, en skarp kontrast till tystnaden i trapphuset de lämnade bakom sig. Luften är tjock av förväntan, blandad med den svaga doften av rökelse som hänger i luften.

När de går längre in i korridoren sveper Henriks blick över den överdådiga inredningen och förundras över omgivningens rikedom. "Håll ögonen öppna," mumlar han till gruppen, hans röst knappt hörbar. "Vi måste förbli vaksamma när vi går vidare."

Caius röst knastrar över komradion och skär genom den spända luften med en känsla av brådska som kräver uppmärksamhet.

"Befälhavare Henrik, det här är Caius," rapporterar han, hans ord skarpa och auktoritära. "Flottan har tagit position längre ut från planetens omloppsbana. Vår stridsplan, noggrant utformad av Björn, är redo, och vi väntar på Youllianska armadans ankomst."

Henrik absorberar informationen, hans uttryck är allvarligt när han bearbetar allvaret i situationen. "Uppfattat, Caius," svarar han, hans röst stadig trots tyngden av deras förestående konfrontation. "Har du några uppdateringar om armadans ankomsttid?"

Caius svar är brådskande och betonar det överhängande hotet de står inför. "Enligt de senaste sensoravläsningarna kommer de att vara här inom de närmaste två timmarna," rapporterar han. "Vi måste förbereda oss för deras angrepp och hålla vår position så länge som möjligt, befälhavare."

Henriks röst skär genom störningarna, fast och beslutsam. "Tack för uppdateringen, Caius. Håll mig informerad om eventuella förändringar. Jag önskar att jag kunde stå vid din sida. Var vaksam, kapten."

Caius svar bär på tyngden av deras gemensamma ansvar, mildrat av en glimt av hopp. "Uppfattat, befälhavare," erkänner han. "Må lyckan vara med oss. Om vi säkrar rådet och griper deras ledare kanske vi kan tvinga fram en kapitulation. Men om inte..." Han låter orden hänga kvar, de outtalade konsekvenserna ekar i tystnaden mellan dem.

"Vi kommer att klara det, kapten. Vi måste!" Henriks röst bär en ton av beslutsamhet när han talar. Med en bestämd gest stänger han av komradion igen och fokuserar på uppgiften som ligger framför dem.

När de går framåt låser Henriks blick sig på ett par imponerande dubbeldörrar i slutet av korridoren. Varje steg de tar för dem närmare deras mål, närmare det avgörande ögonblicket som kommer att avgöra deras uppdrags öde.

34 - Rådskamrarna

När de trycker upp den tunga dörren till rådets innersta helgedom möts de av en syn av överflöd och storslagenhet. Rummet är enormt, med höga väggar av slät, polerad marmor som glimmar i det mjuka skenet från holografiska eldar som flimrar i metalliska eldstäder. Marmorn, ådrad med fina mönster av vitt och grått, ger en känsla av tidlös elegans till utrymmet.

"Vilken uppvisning av överflöd," anmärker Henrik med en ironisk ton i rösten när han undersöker den extravaganta omgivningen. "Var vaksamma, allihop."

Serges blick vandrar runt i rummet. Hans panna rynkas när han tar in den höga arkitekturen och de utsmyckade designerna. "Varför är det så öde? Var har alla tagit vägen?" frågar han med en nyfikenhet i rösten när han kisar och försöker förstå rummet.

"En utmärkt fråga," svarar Henrik rappt, hans uppmärksamhet fortfarande fixerad på omgivningen när han stärker greppet om sitt vapen.

När de kliver längre in i rummet dras deras ögon uppåt mot taket, där en serie intrikata valv korsar varandra och skapar en hisnande uppvisning av arkitektonisk skicklighet. Valven ger vika för ett kupolformat tak prytt med utarbetade fresker som skildrar scener av Youlliansk makt och auktoritet, inramade av ett symboliskt svart hål.

Längs väggarna avbildar intrikat snidade reliefer scener av triumf och erövring, med figurer i böljande kläder som är engagerade i strid eller diskuterar viktiga frågor. Detaljrikedomen i ristningarna talar för hantverket hos de konstnärer som skapade dem, varje figur återges med verklighetstrogen precision och känsla.

När de rör sig längre in i rummet passerar de under en rad höga kolonner, deras släta marmorytor prydda med ett dubbelhelixmönster och fina ristningar av vinrankor och löv. Kolonnerna reser sig för att stödja takets vikt ovanför, deras majestätiska närvaro bidrar till den storhet och prakt som genomsyrar rummet.

Trots skönheten i deras omgivning finns det en underliggande spänning, en känsla av obehag som hänger tungt i luften.

När de närmar sig mitten av rummet dras de till ett kolossalt holo-bord, dess yta skimrar med ett genomskinligt sken som verkar pulsera med latent energi. Frånvaron av de Youllianska ledarna är slående, deras tomma stolar står som tysta vittnen till deras iögonfallande frånvaro. Varje stol sitter i högtidlig ensamhet, dess plyschkuddar och utsmyckade design fungerar som en skarp påminnelse om den auktoritet som en gång presiderade över dessa kammare.

Samlade runt holo-bordet försöker de interagera med dess gränssnitt när beväpnade vakter plötsligt dyker upp. Som skuggor ur mörkret positionerar sig vakterna med dödlig precision och omringar dem från alla sidor. Henrik känner av det överhängande hotet och signalerar till sina följeslagare, ordlöst uppmanar dem att inta en defensiv formation runt holo-bordet.

Tystnaden i rummet är kvävande, bruten bara av den rytmiska kadensen av deras andetag och det låga surret av energivapen som laddas. Varje ögonblick som går känns tyngt av förväntan, spänningen tjock nog att skära igenom med en kniv. Henriks hjärta bultar i bröstet när han möter den närmaste vaktens blick, ett tyst utbyte av trots passerar mellan dem.

Plötsligt kliver en figur fram bakom leden av beväpnade vakter, de utsmyckade kläderna från en högt uppsatt Youllian böljar runt honom när han rör sig. Med ett flin som leker vid hans

mungipor vänder han sig till Henrik med en ton
av hån i sina ord.

"Henrik," säger han, hans röst dryper av förakt,
"vilket nöje att se dig. Du har kommit in i min
domän tidigare än väntat."

"Och du är?" frågar Henrik skarpt.

Personen slänger en iskall blick på Henrik, "Jag
är Gavious - Youllianernas sanna ledare. Vårt
syfte är att utrota det svaga upproret i er
allians."

Henriks fingrar dras åt runt pulsgeväret, hans
hållning är beslutsam trots stormen av
försiktighet som virvlar inom honom. Han hade
sett detta ögonblick komma – den oundvikliga
sammanstötningen med de Youllianska ledarna
– men han hade inte förväntat sig att bli trängd
så snabbt, omringad av vakter och en flinande
Gavious.

"Gavious," säger Henrik, hans röst färgad av
igenkänning, "Vad vill du? Var är de andra
Youllianska ledarna? Saknar de modet att
slåss?"

Gavious läppar förvrids till ett sarkastiskt
leende, hans ton spetsad med munterhet.
"Henrik, gnistorna av trots som din Andromeda
Alliansen tänder har fångat vår

uppmärksamhet. Vi tolererar inte ert meningslösa motstånd längre. Du och din besättning kommer att förgås här idag och därmed avsluta ert försök en gång för alla.”

Henriks uttryck förblir orubbligt, hans tankar rusar som ett rymdskepp som navigerar i en förrädisk nebulosa. Enheten de mödosamt har skapat, de liv de har svurit att skydda – allt hänger på en skör tråd mot Gavious formidabla styrka.

“Innan ni hoppar ut i glömskan,” säger Gavious med en röst som dryper av iskall diplomati, “begrunda de katastrofala följderna av att utmana oss. Er allians strävanden är bara flyktiga gnistor jämfört med den inferno som Youllianerna besitter. Vi hittade era mänskliga rebellvänner när de försökte ta sig in i källaren - betrakta deras liv som snart förverkade,” förklarar Gavious hånfullt med glödande orange ögon och ett kyligt leende.

Henriks puls ökar när Gavious kyliga ord hänger i luften, en kall kår löper längs hans ryggrad vid omnämnandet av hans rebellvänner. Bilder av deras ansikten flimrar förbi hans inre syn, var och en påminner honom om vad som står på spel. Hans fingrar dras åt runt pulsgeväret, den kalla metallen gräver sig in i hans handflata medan han kämpar för att undertrycka den panikvåg som hotar att överväldiga honom.

Gavious flin fördjupas och njuter av rädslan han har ingjutit i Henrik. "Betrakta deras liv som förverkade," hånar han, hans röst dryper av förakt när han njuter av Henriks ångest.

Henriks käke knyts ihop, hans blick hårdnar av beslutsamhet när han möter Gavious hånfulla blick. Varje instinkt skriker åt honom att slå tillbaka, att trotsa den Youllianska ledaren och kämpa med näbbar och klor för att rädda sina vänner. Men han vet att vårdslöshet bara kommer att leda till deras död.

Henrik undertrycker känslornas ström inom sig och tvingar sig själv att förbli lugn. "Du ska få betala för varje droppe blod du spiller," lovar han, hans röst ett lågt morrande som genljuder av beslutsamhet.

Bakom sin mask av lugn rusar Henriks tankar, han planerar och beräknar sitt nästa drag. Han vet att tiden är knapp och att varje förlorad sekund för hans vänner närmare faran.

Inne i Henriks huvud skär en röst igenom kaoset—Joannas lugna, pragmatiska ton som lyser upp mörkret. *"Caius..."* Med en diskret rörelse öppnar han sin kommunikationskanal till Caius, tyst bönande om en livlina och en strimma av hopp i det omgivande mörkret.

"Mållös, är vi?" anmärker Gavious och skrattar hånfullt åt dem alla. "Låt mig presentera er för två människor som är lojala mot vår sak, så lojala att de förstörde ert fula skepp med en bomb," säger han, vänder sig om och roterar armen mot två personer som dyker upp bakom en pelare.

En isande tystnad lägger sig över rummet när Gavious ord sjunker in, varje stavelse tung av svek och bedrägeri. Henrik känner igen en av personerna omedelbart, och hans hjärta sjunker som en sten i bröstet när han stirrar på Quintion som kommer ut ur skuggorna, chocken av hennes svek rusar genom honom som en bitter kyla.

"Quintion! Du... din förrädare! Hur kunde du?" Henriks röst ekar av misstro och ångest, och hans ögon vidgas av fasa när han kämpar för att förstå hennes sveks enorma omfattning.

Serges nävar knyts ihop vid hans sidor, hans uttryck en mask av råa känslor när han stirrar på Quintion och Aric. Känslan av svek skär djupt, ett sår som bränner genom deras enighet som ett blad.

Zeniths ögon smalnar av raseri när hon fäster blicken på Quintion, hennes en gång betrodda kamrat nu avslöjad som en förrädare. Sveket tänder en eld inom henne, stärker hennes beslutsamhet att se rättvisa skipas.

Jon'has röst skälver av knappt behållen ilska när han vänder sig till Quintion, hans ord tunga av vikten av deras krossade förtroende. "Hur kunde du?" kräver han, hans röst spricker av känslor när han kämpar för att förstå hennes svek.

Henriks sinne virvlar av känslor, uppenbarelsen av Quintions svek skickar chockvågor genom hans väsen. Hennes bedrägeri har nu besudlat allt de har kämpat för och varje offer de har gjort.

Quintion kliver fram, hennes uttryck saknar ånger när hon möter Henriks blick med kall trots. "Du var aldrig lämplig att leda, Henrik," förklarar hon, hennes röst spetsad med förakt. "Din så kallade allians är inget annat än en fasad, ett svagt försök att dölja din inkompetens."

Arics röst ansluter sig till hennes, hans ton dryper av hån när han tillägger: "Vi genomskådade dina tomma löften, dina ihåliga ideal. Youllianerna erbjuder sann makt, sann styrka – en framtid värd att kämpa för."

Henriks nävar knyts ihop vid hans sidor, hans ilska kokar över av deras fräckhet. "Ni sålde ut oss, för en smak av makt," anklagar han, hans röst darrar av raseri. "Ni har förrått allt vi står för, allt vi har kämpat för att bygga upp."

Quintion möter hans anklagelse med ett hånfullt skratt, hennes ögon glittrar av illvilja. "Din naivitet är gränslös, Henrik," hånar hon. "Vi har helt enkelt valt den vinnande sidan som kommer att säkerställa vår överlevnad."

Henriks käke spänns när han möter hennes blick med orubblig beslutsamhet. "Ni kanske har vänt oss ryggen, men vi kommer aldrig att överge våra principer," lovar han, hans röst ringer av beslutsamhet. "Oavsett vad som väntar kommer vi att stå starka mot det mörker ni har omfamnat."

Trött på deras käbbel höjer Gavious handen, en signal som får vakterna runt omkring dem att röra på sig. Deras rörelser är snabba och exakta. Henrik och hans följeslagare fryser till, spänningen i luften tätnar för varje sekund som går.

I en flytande rörelse drar Gavious sitt pulsgevär ur hölstret, hans rörelser är beräknade och avsiktliga. Utan att tveka siktar han och avfyrar; ljudet av skottet ekar genom kammaren. Aric vacklar bakåt med en chockad blick, pulsgeväret har träffat sitt mål.

När Aric faller ihop, sprider sig en blodpöl under honom, Gavious uttryck förblir oberört. "Han var en värdefull informatör," anmärker Gavious med känslolös röst, "men i slutändan misslyckades han med sitt uppdrag. Och i vår värld får misslyckanden konsekvenser."

Quintions ögon vidgas av fasa när hon ser scenen utspela sig, verkligheten av hennes fara sjunker in. Hon står som förstenad, andetaget fångat i halsen, oförmögen att slita blicken från sin följeslagares livlösa kropp.

Med orubblig beslutsamhet skär Henriks röst genom den spända luften. "Gavious, dina hot kommer inte att rubba vår beslutsamhet. Andromeda Alliansen kommer att stå fast mot allt mörker som vågar utmana vår enighet."

En glimt av motvillig respekt glimmar till i Gavious ögon, ett flyktigt erkännande av Henriks orubbliga beslutsamhet. "Mycket väl, Henrik," medger Gavious, hans röst färgad av motvillig beundran. "Men vet detta – ert trots kommer inte att gå ostraffat. Vakter, gripa dem. Och om de gör motstånd, tveka inte att eliminera dem."

BANG

Kammaren exploderar i ett öronbedövande vrål som ekar mot rummets väggar. Damm och skräp rasar ner från taket, virvlar i en kaotisk dans medan luften sprakar av laddad förväntan.

Överraskade av den plötsliga attacken snubblar de Youllianska vakterna, deras framryckning stoppas abrupt. Som svar bryter pulsbloss ut som en storm och lyser upp mörkret med lysande ljusstrimmor som dansar över väggarna som himmelska fyrverkerier. Förblindade av den plötsliga attacken famlar vakterna efter skydd mitt i kaoset, deras rörelser är frenetiska och desorienterade.

Mitt i kaoset tar Gavious och Quintion tillfället i akt att söka skydd bakom en massiv marmorpelare, deras figurer försvinner in i skuggorna som flyktiga fantomer. "Ni kommer att ångra detta," ropar Gavious över oväsendet, hans röst dryper av gift när han drar sig tillbaka från kammaren och lämnar efter sig ett avtagande spår av dånande fotsteg.

Under tiden sätter Henrik och de andra i gång, deras pulsgevär släpper lös ett obevekligt bombardemang mot de desorienterade vakterna. Varje skott träffar sitt mål med kirurgisk precision, luften fylls av det sprakande ljudet av energivapen och de sårades ångestfyllda skrik.

Men mitt i kaoset och blodbadet slår tragedin till. Två av Jon'has män, orädda krigare som kämpar vid deras sida, blir nedskjutna av fiendens eld. Stridens kakofoni sväljer deras skrik.

Zenith befinner sig i skottlinjen, en pulsrunda snuddar hennes sida med brännande intensitet. Trots smärtan biter hon ihop tänderna och fortsätter, hennes beslutsamhet orubblig även inför motgångar.

"Fortsätt framåt! Vi kan inte låta dem få övertaget!" ropar Henrik, hans ord en fyr av hopp mitt i blodbadet.

När striden rasar vidare blir kammaren en smältdegel av eld och stål, varje energipuls ett bevis på Andromeda Alliansens okuvliga anda. Vakterna faller en efter en, deras kroppar faller ihop till marken i en makaber dödsdans.

Till slut, lika plötsligt som den började, upphör skottlossningen. De sista vakterna är eliminerade. En tung tystnad lägger sig över rummet igen, bruten bara av deras flämtande andetag, när de står mitt i vraket, segrande men ändå trötta av striden.

35 - Upptrappningen

Henriks hjärta sjunker när han betraktar efterdyningarna av den brutala striden. Hans blick dröjer kvar vid sina kamraters fallna kroppar. "Nej," mumlar han, hans röst genomsyrad av både sorg och beslutsamhet.

Jon'ha närmar sig, hans ansikte präglat av allvar. "De kämpade tappert," säger han med en röst som är tung av sorg.

Henrik nickar långsamt. "Det gjorde de," instämmer han, hans ögon fortsätter att fästa sig vid de livlösa kropparna.

Tillsammans flyttar de varsamt kropparna till ett hörn av rummet. Deras rörelser är fyllda av vördnad när de täcker de fallna kamraternas ansikten med tyg. En dyster tystnad sänker sig över kammaren, varje ögonblick tyngt av förlustens allvar.

"Vi kommer tillbaka för dem," lovar Henrik med en fast och resolut röst. "De förtjänar en ordentlig begravning."

Jon'ha nickar, hans ögon blanka av sorg. "Det gör de," säger han, rösten knappt hörbar.

Med en sista, lång blick på sina fallna kamrater vänder Henrik och Jon'ha sig bort. Deras beslutsamhet förstärks av löftet att hedra minnet av dem som offrat allt för deras sak.

Mitt i det kvarvarande kaoset genljuder Caius brådskande röst i Henriks sinne som en åskknall, skär genom spänningen som en kniv. "Henrik, är alla okej?"

Henriks svar knastrar tillbaka över komradion, hans ord färgade av både lättnad och beslutsamhet. "Tack för stödet, Caius. Vi håller ställningarna," svarar han, rösten en stabil länk i den virvlande osäkerhetens storm.

En tung tystnad lägger sig över dem, tyngd av outtalade rädslor och hotande faror. Sedan återvänder Caius röst, fylld av ett allvar som skickar en rysning längs Henriks ryggrad. "Skyttlarna... förstörda. Ni är avskurna," meddelar Caius dystert, och betonar den akuta situationen. "Var vaksamma, Henrik. Vi har lämnat omloppsbanan, så jag kan inte ge ytterligare stöd. Youllian-armadan närmar sig. Vi kommer att gå in i strid inom kort. Önska oss lycka till," Caius röst darrar av rädsla inför den förestående striden. Henrik känner tyngden av sin kaptens ord, som pressar ner honom i en känsla av tärande desperation.

"Uppfattat," svarar Henrik, hans röst är stadig trots oron inom honom. "Vi hittar en väg ut och beger oss mot högkvarteret. Håll mig uppdaterad. Vi är fast beslutna att avsluta detta en gång för alla. Men först finns det något vi måste göra," tillägger han och försöker låta beslutsam för att lugna sin kapten.

Han vänder sin uppmärksamhet mot Zenith när hon tar hand om sitt sår, hon har slitit av en bit tyg som hon lindar hårt runt sin blodiga midja.

"Bara ett köttsår," säger hon med beslutsam ton när hon fångar Henriks blick. "Låt oss gå och rädda *Dwellerna*."

"Det borde vara vår prioritet," instämmer han med fast röst när han funderar över deras nästa drag. "Någon aning om var de kan finnas?"

Zenith skakar lätt på huvudet, "Inte riktigt, men jag tror att vi borde fokusera på att ta oss ner till källarnivåerna, eller åtminstone ut ur den här kammaren innan fler vakter dyker upp," föreslår hon och låter blicken svepa över omgivningen efter tecken på annalkande fara.

"Låt oss då sätta fart," avbryter Serge med en röst full av beslutsamhet när han kliver fram för att erbjuda Zenith stöd. Med en instämmande nick leder Henrik vägen, vapnen redo. När de rusar nerför trapphuset möter de litet motstånd, ljudet av deras fotsteg ekar genom de tomma korridorerna.

De når källarvåningen och hittar en vidöppen dörr som leder in i det svagt upplysta området nedanför. Deras vapen är redo och deras sinnen är på helspänn.

"Ser ut som att de gick den här vägen. Var på er vakt," säger Henrik när han kliver över tröskeln.

Serge nickar instämmande, hans uttryck dystert när han skannar skuggorna efter tecken på rörelse.

Han varnar, "Kom ihåg vad Gavious sa om 'mänskliga' rebeller. Vi har inte råd att underskatta hotet."

Henriks käke spänns vid påminnelsen, "Lu'cara kanske har förrått oss," säger han, "Eller så kan han fortfarande vara här nere och arbeta sig fram för att avaktivera enheterna. Vi måste hitta dem alla, förhoppningsvis fortfarande vid liv."

De navigerar genom källarens vindlande korridorer med försiktiga steg, deras sinnen skärpta för tecken på fara. Källaren, en värld i kontrast till lyxen ovan, regerar med enkelhet. Kala betongväggar sträcker sig oändligt i alla riktningar. Vertikala lampor kastar skarpa skuggor som flimrar och dansar längs korridorernas yta, likt stjärnfall på ett rymdskepp.

Luften är tung av mögeldoft och fukt, en påminnelse om den långt ifrån parfymerade lyxen på de övre våningarna. Varje steg ekar mot de kalla, obevekliga väggarna med en ihålig resonans, som tillsammans med det låga surret från ventilationen bidrar till den tryckande atmosfären i detta dämpade utrymme.

Plötsligt, när de rundar ett hörn, står de ansikte mot ansikte med en överraskad vakt. Zenith reagerar utan tvekan; hennes pulsgevär avfyrar ett snabbt skott och neutraliserar hotet innan vakten ens hinner reagera. Han faller livlös till marken.

De fortsätter, navigerar genom ytterligare tre hörn, där varje sväng är fylld med förväntan och en växande bävan. Till slut stöter de på en syn som får dem att stanna till med hjärtat i halsgropen.

Lo'orak, Brutus, Adana och Li'lah ligger utslagna på golvet, deras kroppar halvmörka i det dämpade ljuset från korridoren. Utan att tveka rusar de fram, brådska och oro etsade i deras ansikten, när de hjälper sina fallna kamrater upp på fötter.

"De andas," säger Henrik, lättnad sköljer genom honom när han ser deras medvetslösa former. "Låt oss väcka dem och få ut dem härifrån." De slår snabbt varje person för att väcka dem, brådska driver deras rörelser. När Lo'orak och de andra omtöcknat vaknar hjälper de dem snabbt upp på fötterna.

"Hallå, Lo'orak, kvickna till!" ropar Serge så högt han kan och får upp den gamle mannen på fötter.

"Var är Lu'cara?" Lo'oraks röst vacklar, hans blick söker genom de svagt upplysta korridorerna.

"Vi vet inte," säger Henrik, "låt oss fokusera på att komma härifrån först. Vad hände?"

"Vi blev överfallna av ett par vakter, de var fler än oss. Vi försökte springa därifrån, men sen blev allt svart," säger Adana.

"Japp," grymtar Brutus instämmande, hans massiva kropp svajar lätt när han minns de kaotiska ögonblicken innan han förlorade medvetandet. "Det sista jag såg innan det svartnade för ögonen var Lu'caras långa ben som rusade bakom ett hörn," tillägger han.

Medan de utbyter hastiga ord ekar det omisskännliga ljudet av stövlar som slår mot betonggolvet bakom dem.

"Vi kan inte stanna," säger Henrik, "Våra skyttlar är förstörda. Vi måste hitta en annan väg tillbaka till högkvarteret till fots. Rör på er!"

Serge tar kommandot, hans skarpa ögon skannar skuggorna efter tecken på fara, medan Zenith täcker deras rygg med sitt pulsgevär redo. Henrik är kvar i mitten av gruppen, uppmuntrar och guidar dem när de rör sig framåt.

"Vi måste ta oss härifrån snabbt," säger Henrik tyst, knappt hörbar över ventilationssystemets surr.

"Jag håller med," svarar Serge, hans blick lämnar aldrig omgivningen. "Men vi måste vara vaksamma. Vi vet inte vad mer som lurar i skuggorna."

Deras framsteg är långsamma och metodiska, varje steg fyllt av spänning när de kommer närmare friheten. De stöter på låsta dörrar, säkerhetskontroller och patrullerande vakter, vilket kräver att de anpassar sig och improviserar vid varje sväng.

"Det verkar som att vi har sällskap längre fram," säger Zenith tyst, hennes röst spänd av förväntan när hon får syn på en grupp Youllianska soldater som närmar sig hörnet.

Henrik nickar dystert, hans tankar rusar genom möjligheter. "Vi måste hitta en annan väg runt. Håll er låga och i skuggorna."

Med en tyst nick svänger de in i en sidokorridor, deras hjärtan bultar i bröstet när de undviker att bli upptäckta. Efter vad som känns som en evighet når de en servicehiss som tar dem till bottenvåningen.

"Det här är vår väg ut," säger Henrik, en lättnad strömmar genom honom när han trycker på knappen.

Medan de väntar på hissen talar Lo'orak, hans röst är hes av inaktivitet. "Tack, Henrik. Utan ditt snabba tänkande hade vi kanske inte kommit levande härifrån."

Henrik ler lugnande. "Vi är inte ur skogen än, men vi kommer att klara det här tillsammans."

Med ett mjukt *ding* glider hissdörrarna upp och de hoppar snabbt in i det trånga utrymmet, ivriga att lämna källaren.

Det mjuka surret från hissens uppstigning fyller luften och blandas med Henriks och Serges dämpade röster medan de samtalar.

"Serge, ifrågasätter du någonsin din förmåga att leda?" Henriks ton är allvarlig och osäker.

Serge möter Henriks blick med förståelse. "Hela tiden, Henrik. Det kommer med jobbet."

Henrik nickar allvarligt. "Jag har tänkt mycket på det på sistone. Jag undrar om jag är lämpad för den här rollen."

Serges svar är eftertänksamt. "Det är naturligt att ha tvivel, Henrik. Ledarskap är ingen lätt uppgift. Du har varit vår ledare i över ett år och vuxit in i din roll."

Henriks panna rynkas när han kämpar med sina tankar. "Jag har gjort misstag, Serge. Misstag som kunde ha kostat oss dyrt."

Serge lägger en hand på Henriks axel och ger tyst stöd. "Vi har alla gjort misstag, Henrik. Det viktiga är hur vi lär oss av dem."

Henrik andas ut djupt, ansvarsbördan tynger honom. "Jag hoppas bara att jag gör det rätta för folket. Att jag inte leder oss vilse."

Serge håller blicken stadigt när han möter Henriks ögon. "Du gör ditt bästa, Henrik. Det är allt någon kan begära."

Hissen fortsätter sin stadiga uppstigning och bär tyngden av deras gemensamma tvivel och ambitioner blandade med hopp för framtiden.

När hissdörrarna glider upp på bottenvåningen kliver de försiktigt ut i den svagt upplysta foajén. Luften är tät av spänning och deras sinnen är på helspänn, ständigt vaksamma på tecken på fara. I den dämpade belysningen drar en grupp skugglika figurer snabbt deras uppmärksamhet.

"Vem där?" ropar Henrik med en skarp, bestämd röst, hans hand rör sig reflexmässigt mot sitt pulsgevär. "Visa er nu eller möt konsekvenserna."

En av figurerna dyker upp bakom ett närliggande skrivbord och räcker upp händerna i en gest av kapitulation. "Skjut inte," ropar personen med en ton färgad av brådska. Sakta kliver en grupp om elva individer fram ur skuggorna. Det är en blandning av Youllianer och människor, deras händer högt uppe som ett tecken på fredlig avsikt. I mitten av gruppen står en ung man som tycks vara deras ledare. Hans blick är stadig, fylld av beslutsamhet.

"Vi är på samma sida. Är du Henrik?" frågar den unge mannen med en fast men vänlig röst. Han bär en provisorisk rustning av metallskrot och rör sig med en grace och smidighet som står i kontrast till hans robusta utseende. Varje steg han tar är präglat av självsäkerhet och syfte, en påminnelse om den mänskliga andans motståndskraft.

Henrik studerar den unge mannen med en blandning av försiktighet och nyfikenhet. "Ja, det är jag. Lugna er nu,” svarar han och sänker något på sitt pulsgevär. “Och du är?”

“Mitt namn är Ski, och det här är mitt team,” säger den unge mannen med beslutsamhet i blicken. “Vi är *Azādi* och vi är här för att ansluta oss till er kamp mot Youllianerna.”

36 - Titanernas kamp

Den holografiska skärmen blinkar till liv och kastar ett kusligt blått sken över Caius bestämda ansikte. Hans kommandocentral surrar av aktivitet, luften är tung av spänning när sensorsystemet visar att den Youllianska armadan närmar sig systemet.

Caius biter ihop käkarna, hans fingrar trummar rastlöst på konsolens kant. Tröttheten tynger honom, och hans uniform är fläckad av svett och smuts efter de obevekliga dagar han har lagt ner på att planera och förbereda sig för denna stund. Det är det ögonblick han har väntat på – kulmen av hans outtröttliga ansträngningar för att motstå den Youllianska regimen.

Genom sensordata och teleskopiska vyer vidgas Caius' ögon i skräck när den Youllianska armadan plötsligt dyker upp ur rymdens djup. Synen är både hisnande och olycksbådande när tjugo skepp glider fram med en hotfull elegans. Deras bana leder dem allt djupare in i systemet, ett alarmerande tecken på deras avsikter.

Varje skepp rör sig med beräknad precision, som rovdjur som förföljer sitt byte. Deras eleganta former skär genom rymdens mörker och utstrålar en aura av makt och hot. I förgrunden dominerar två kolossala slagskepp, vars massiva silhuetter nästan döljer de mindre skeppen som följer efter dem. Ett skepp fångar Caius' uppmärksamhet: det fruktade Youllianska rymdskeppet *Elostarr*.

Designad av de legendariska Stora byggarna från Greymetal-klanen, är *Elostarr* en symbol för Youlliansk makt och styrka. Det är det största och mest tungt beväpnade skeppet som någonsin byggts av deras folk och injagar skräck i deras fienders hjärtan.

Trots att hans egen flotta består av femtiosju skepp, är Caius medveten om att deras antal kanske inte räcker för att avvärja den kommande attacken. Med endast ett par tunga jagare som flankerar flottan, är oddsen emot dem. Även om den nya och förbättrade *Eclipse*, stridsklar med massiva uppgraderingar, är förberedd, kan den fortfarande kämpa för att matcha Youllian-armadans eldkraft. Tidigare rapporter om armadans status ger dock ett visst mått av försäkran, vilket tyder på att de kanske inte är helt förberedda för en fullskalig strid och att en del av deras vapensystem kanske inte är fullt operativa.

Caius riktar sin uppmärksamhet mot Helix, hans betrodda andreman, och hans uttryck hårdnar av beslutsamhet. "Justera vår bana," befaller han, hans röst skär genom den spända atmosfären i kommandocentralen. "Planera en ny bana för att slunga oss förbi planeten Zooul. Vi ska fånga upp Youllian-flottan bakifrån och synkronisera vår hastighet och bana med deras när de är på väg mot Zuood. Tiden rinner ut; låt oss göra det bästa av den."

Utan att tveka sätter besättningen i gång, deras fingrar dansar över kontrollpanelerna med övad precision. Kommandon matas snabbt in, och skeppet svarar med ett lågt muller när det ändrar kurs och anpassar sig för den oundvikliga konfrontationen som väntar.

Medan skeppet manövreras förblir Caius blick fäst på den holografiska skärmen framför honom. Hans käke är spänd av beslutsamhet, hans ögon reflekterar den fasta beslutsamhet som brinner inom honom. Detta är det ögonblick de har tränat för, det ögonblick de möter hela Youllian-regimens styrka. Och Caius är beredd att möta det, oavsett vad det kostar.

När Caius står på kommandobryggan översvämmar en mängd inkommande överföringar mottagarenheterna, var och en kräver uppmärksamhet. Helix lutar sig över kontrollpanelen, en känsla av brådska i hans rörelser.

"Kapten, inkommande överföringar," rapporterar Helix och hans fingrar dansar över konsolen. "Ska jag acceptera överföringen?"

Caius nickar, hans ögon är fixerade på huvudskärmen medan han förbereder sig för de nyheter som väntar. "Skicka det till huvudskärmen," befaller han, hans röst stadig trots spänningen i luften.

På ett ögonblick tänds holoskärmen och projicerar de fårade ansiktsdragen hos en Youlliansk befälhavare. Dyster beslutsamhet strålar från hans ögon, och en lätt lutning på huvudet ger en känsla av hot i hans uttryck, accentuerat av den subtila krökningen av hans läppar till ett ondskefullt leende. För Caius är detta ansikte på en erfaren krigare, som förkroppsligar en mängd erfarenhet, list och en orubblig beslutsamhet att säkra seger med alla nödvändiga medel. Hans kalla, beräknande ögon verkar borra sig in i Caius själ genom den holografiska projiceringen och utstrålar en oroande intensitet.

"Caius," befälhavarens röst genljuder av auktoritet och underliggande illvilja. "Mitt namn är Maximus. Jag har varit Andromedas befälhavare och högste ledare sedan Tidus avresa till den kalla avgrunden. Och ja, vi vet vem du är! Tidus satte sin tilltro till dig, men det var ett misstag vi inte kommer att upprepa. Ert trots har varit imponerande, men ni har nått en punkt utan återvändo."

Caius käke spänns ytterligare när han känner igen Maximus stridsskadade ansikte från sin tidiga karriär. Hans knogar vitnar när han greppar konsolen med en fast beslutsamhet. Han förutser det ultimatum som kommer att avgöra hans folks och hans saks öde. Med ett djupt andetag förblir hans röst stadig när han svarar: "Maximus, detta är vårt hem. Vi kommer inte att böja oss för ditt tyranni."

Maximus läppar krullar sig i ett ondskefullt leende, hans arrogans är påtaglig även genom den holografiska projiceringen. "Mycket väl, Caius. Jag beundrar din beslutsamhet, men du måste förstå verkligheten i din situation. Våra styrkor är enorma, och ert motstånd är meningslöst. Du har två val: ge upp och återigen bli undersåtar till Youllian-imperiet, eller förbered er på förintelse."

En våg av ilska och rädsla strömmar genom Caius när han konfronteras med den bistra verkligheten. Han har bevittnat den förödelse som de Youllianska styrkorna orsakat på andra planeter och den hänsynslösa förstörelse de lämnar efter sig. Men att ge upp är otänkbart.

Inte efter allt han har kämpat för, inte efter de uppoffringar hans folk har gjort.

Caius uttryck hårdnar när han svarar: "Nej." Med en bestämd rörelse avslutar han överföringen, hans fingrar flyger över kontrollpanelen för att initiera en flotta-övergripande sändning. "Gör er redo!" Hans fasta och beslutsamma röst ekar genom komradion.

När flottan fullbordar sin slinga runt Zooul är spänningen ombord på *Centurion* påtaglig. Besättningsmedlemmarna rör sig med precision, deras ansikten etsade av beslutsamhet. Caius står vid rodret, ögonen fixerade på den taktiska skärmen.

"Formation låst, sir," rapporterar en löjtnant, hennes röst stadig trots den förestående sammandrabbningen.

Caius nickar med spänd käke. "Förbered er för strid. Alla vapen, standby."

Flottan närmar sig baksidan av den Youllianska Armadan, rymdens vidd krymper gapet mellan dem. De har fullbordat nästan ett helt varv runt solen och befinner sig nu inom räckhåll för att attackera.

"Närmar oss snabbt, kapten," varnar Helix, hans fingrar dansar över kontrollpanelen.

Caius, med hjärtat bultande i bröstet, överblickar scenen framför sig. Ögonblickets intensitet återspeglas i hans stålgrå blick, en blandning av beslutsamhet och oro. "Matcha deras hastighet," kommenderar han med en stadig röst, men med en antydan av brådska. "Förbered er på att släppa lös helvetet."

Hans besättning sätter i gång, fingrarna svävar över kontrollerna och backar sina motorer över hela flottan, förväntan stiger för varje sekund som går.

"Fientliga skepp inom skotthåll, sir," meddelar en kommunikationsofficer med ögonen klistrade på den taktiska skärmen.

Caius nickar och greppet om kommandokonsolen hårdnar. "Elda fritt. Koncentrera elden på Elostarr."

En brännande kaskad av energi bryter ut från Caius flotta och målar tomrummet med streck av dödligt ljus. Med varje puls minskar avståndet mellan de motsatta styrkorna och rusar dem mot en oundviklig kollision. På bryggan är spänningen påtaglig när besättningsmedlemmarna förbereder sig för den annalkande stormen. Skeppets skrov vibrerar av stridens kraft och luften är tjock av lukten av ozon och ljudet av larm.

När Caius flotta släpper lös sin ilska svarar den Youllianska Armadan brutalt. Lysande strålar av laddade partiklar och lasrar genomborrar mörkret och skär genom rymden med dödlig precision. Luften surrar av inkommande eld och sätter bryggan i brand med frenetisk aktivitet. Larm tjuter i protest och kastar ett olycksbådande rött sken över kaoset.

Skeppet skakar under deras fötter när angreppet intensifieras, varje träff en dånande påminnelse om den överhängande faran. Caius röst höjs över oväsendet genom kakofonin, en ledstjärna mitt i stormen.

"Spänn fast er! Aktivera plasmaskärmarna och magnetdeflektorerna." ryter Caius, hans ord ett stridsrop inför motgången. *Vi har tränat för det här; vi är redo*, tänker han för sig själv, hans beslutsamhet orubblig. "Besvara elden, full salva!"

En symfoni av brådska utspelar sig på bryggan när kaptens kommandon tänder besättningen till en virvelvind av aktivitet. Varje medlem rör sig med orubblig beslutsamhet, varje rörelse en beräknad dans mot förestående undergång.

Bortom skeppets gränser exploderar tomrummet i en symfoni av kaos - en krigsskådeplats där mänskliga skepp och Youllianska skepp deltar i en dödlig dans av förstörelse. Mörkret splittras av lysande blixtar av energivapen och streck av missiler som rusar mot sina mål med dödlig avsikt.

Caius ögon är klistrade vid det skådespel som utspelar sig på kommandoskärmen, hans hjärta är tungt av vikten av varje minskande skepp i hans flotta. Varje sekund som går känns som en evighet när han ser siffrorna minska, varje förlust ett förödande slag för deras chanser att segra.

Mitt i kaoset släpper de större jagarna lös fokuserade eldsalvor mot ett ensamt Youllianskt skepp. Varje explosion sliter genom rymdens vakuum med dödlig precision och hamrar mot fiendens skrov med obeveklig kraft. Det Youllianska skeppet skälver under angreppet, dess sköldar darrar när de anstränger sig mot den obevekliga eldgivningen.

Ett öronbedövande vrål sliter genom tomrummet när det Youllianska skeppet äntligen ger efter. Dess försvagade skrov ger vika under den överväldigande eldkraften och släpper lös en katastrofal explosion som skickar skärvor av metall och lågor som snabbt dör ut och virvlar ut i rymdens stora tomhet.

För ett flyktigt ögonblick tillåter Caius sig en antydan till tillfredsställelse när han bevittnar förstörelsen av det första fiendens skepp. Men innan han hinner njuta av segern slår verkligheten tillbaka med brutal kraft. Bryggan skakar våldsamt och kastar honom ur balans när obevekliga bombardemang angriper *Centurion*.

Trots sköldarnas tappra försök att absorbera det mesta av explosionerna, hittar chockvågor fortfarande sin väg igenom och skakar besättningen med varje träff. Caius greppar tag i närmaste konsol, hans knogar vita av spänning, medan han förbereder sig för det obevekliga angrepp som hotar att förgöra dem alla.

"Vi får tung eld på styrbordssidan!" ropar en besättningsmedlem som brottas med kontrollerna.

Caius biter ihop tänderna, hans ögon smalnar i beslutsamhet. "Omdirigera mer kraft till sköldarna. Fokusera elden på deras huvudkryssare."

Skeppet kränger hårt när det nätt och jämnt lyckas undvika projektilerna från energikanonerna. Trots kaoset behåller besättningen sin beslutsamhet och varje medlem är hängiven sin plikt mitt i stridens kaos.

"Sköldarna håller, sir, men vi kan inte hålla ut länge till!" rapporterar en tekniker med svett som glänser på pannan.

Caius knyter sina nävar, tankarna rusar medan han formulerar en plan. "Omdirigera extra kraft till vapnen. Vi måste bryta deras formation. Skicka ut alla jaktskepp." Med en befallande svepande rörelse av armen ger Caius ordern, hans gest en symfoni av brådska mitt i stridens kaos.

De modiga kvinnorna och männen i den nybildade Allians Rymd Styrkan står redo när flottan sätter i gång, en balett utspelar sig framför honom. När den första vågen av jaktskepp dyker upp från djupet av jagarnas skrov, skimrar deras eleganta former i stjärnljuset medan de svärmar in i formation.

Ironiskt nog är dessa jaktskepp ett bevis på Chronos Korporations förträfflighet - de bästa av de bästa, finslipade genom år av rigorös träning och ständig hängivenhet. Inom sina cockpits är piloterna omslutna av en öronbedövande tystnad, det enda ljudet är det rytmiska dunkandet av deras hjärtslag som ekar i deras öron. Med adrenalin som pumpar genom deras ådror greppar de kontrollerna beslutsamt.

När fiendens missiler rusar mot dem, öppnar piloterna eld med sina kraftfulla kanoner. Varje skott ekar genom cockpiten, det metalliska smället av projektiler som slår mot skrovet överröstar rymdens tystnad. Med övad precision följer de hoten på skärmen, deras fingrar dansar över kontrollerna och frigör en storm av eldkraft för att skjuta ner de dödliga projektilerna.

Samtidigt lyser de bländande blixtarna från Youllian-armadans energikanoner upp mörkret utanför och kastar kusliga skuggor över cockpitens inre. Piloternas ögon vidgas av beslutsamhet när de navigerar i kaoset; deras rörelser blir suddiga när de utför undanmanövrar med hårresande smidighet.

Trots rymdens öronbedövande tystnad är stridens intensitet påtaglig inne i cockpiten. Varje vridning och sväng är en symfoni av rörelse, piloternas andetag kommer i flämtande andetag när de pressar sig själva till gränsen i sin desperata kamp för överlevnad. Och mitt i kaoset, mitt i den öronbedövande tystnaden, förblir de orubbliga.

Maximus röst sprakar genom kommunikationssystemet och skär genom spänningen som en kniv.

"Vad tror du att du gör, Caius? Din ynkliga samling skepp har ingen chans mot vår Armada. Låt mig demonstrera vår sanna makt..." Hans ord hänger i luften, tjocka av arrogans, innan han försvinner lika snabbt som han dök upp.

I kölvattnet av hans utmaning bryter en våg av jaktskepp ut från Youllian-armadan, en formidabel uppvisning av styrka. Vid sidan av dem kommer en obeveklig svärm av otaliga drönare, deras metalliska former glimmar ondskefullt i tomrummet när de rör sig som en enhet, en enad kraft med avsikt att förstöra allt i sin väg. De minskar avståndet med oroväckande hastighet och de Youllianska jaktskeppen släpper lös ett hagel av projektiler, som fyller utrymmet mellan dem med dödlig avsikt.

Sammandrabbningen mellan de Youllianska jaktskeppen och ARS utspelar sig våldsamt, tomrummet genljuder av förstörelsens dånande symfoni. Ljusa utbrott av energi bryter ut mitt i mörkret och sliter genom rymden med dödlig precision när lasrar och projektiler skär vägar av förödelse.

ARS-piloterna engagerar sig i en skrämmande dans mitt i kaoset. Med blixtsnabba reflexer utför de våghalsiga manövrerna, vrider och vänder i ett desperat försök att undvika det obevekliga angreppet. Men de Youllianska drönarna, som rovdjur på jakt, visar ingen nåd.

Med skrämmande precision sliter drönarna genom skeppens skrov, deras sylvassa klor rivande genom metall som om det vore papper. Med förbluffande hastighet brakar de fram genom det fördärvade området, utan att tappa ett ögonblicks fart. Efter dem lämnas ett kaos av vrakdelar och splittrade fragment, en storm av förödelse som breder ut sig i deras spår.

Explosioner lyser upp rymdens vidder när skepp slits isär med hänsynslös effektivitet. Inne i cockpit på de dömda men fortfarande levande skeppen kämpar piloterna för att behålla lugnet mitt i kaoset. Deras händer dansar över kontrollerna, deras rörelser drivna av instinkt och adrenalin när de kämpar för varje värdefull sekund av överlevnad. Men trots deras bästa ansträngningar är de ingen match för motståndarnas överväldigande eldkraft. En efter en dukar de under för det obevekliga angreppet, deras skepp reduceras till lite mer än drivande vrak mitt i blodbadet.

På *Centurions* brygga hänger en skugga av fasa tungt när besättningen bevittnar sina kamraters fall, deras hjärtan tyngs av förlustens börda. Ändå, mitt i förtvivlan, flimrar en glimt av beslutsamhet i deras ögon. De förstår allvaret i stunden - galaxens öde hänger på en skör tråd, och de är fast beslutna att trotsa oddsen.

Striden eskalerar till febernivå när de Youllianska jaktskeppen närmar sig Caius huvudflotta. Spänning sprakar i luften när skepp desperat manövrerar, deras skrov knakar under påfrestningen av undanmanövrarna.

"Behåll kursen! Fortsätt framåt!" Caius kommando ekar över hela flottan, hans röst en stadig fyr av beslutsamhet mitt i kaoset. Men under hans beslutsamma fasad dröjer en strimma av oro och förvirring kvar. Det obevekliga angreppet av Youllianska drönare, som sliter genom hans skepp med oförklarlig lätthet, gör honom förvirrad och orolig. Ändå, med sammanbitna tänder, ger han ordern till hela skeppet.

"Hitta en svaghet och utnyttja den."

38 - Offer och återlösning

Caius står stadigt i kommandocentralen, ögonen fixerade på den flimrande holografiska skärmen som avslöjar den brutala verkligheten framför honom. Flottan, som en gång var en symbol för styrka och hopp, krymper snabbt inför hans blick när skepp efter skepp slits i stycken av de Youllianska drönarnas skoningslösa attacker. Varje explosion, varje fartyg som förloras, känns som ett hårt slag rakt i hjärtat.

Hans käkar är spända av beslutsamhet, och hans fingrar griper hårt om kontrollpanelens kant, knogarna vitnar. Andningen blir tyngre, som om rymdens isande vakuum långsamt pressar luften ur lungorna. Förtvivlan hänger som en mörk skugga över honom, hotande att dra ner honom i sitt grepp, men han klamrar sig envist fast vid en tunn tråd av hopp. Trots den obevekliga sanningen att de är överväldigade och på väg mot nederlag, vägrar han att ge upp.

Tristan, nyligen utnämnd kapten på *Eclipse*, bryter in på Caius' kommunikationskanal med en röst som skär genom stridens kakofoni. Hans ord bär på en brådskande beslutsamhet, skarp och tydlig mitt i kaoset.

"Kapten, vi har hittat en svaghet," säger han med stadig ton, trots den pressande situationen.

"En av våra tekniker, tidigare besättningsmedlem på *Elostarr*, berättade just för mig att skeppet drabbades av allvarliga skador på babordssidan för några år sedan. Reparationerna gjordes aldrig ordentligt, och det finns en chans att den sårbarheten fortfarande kvarstår."

Caius rynkar pannan, hans sinne arbetar febrilt för att bearbeta informationen medan angreppen obevekligt fortsätter.

"Det gör ingen skillnad nu," muttrar han med frustration i rösten. "Vi kan inte ens penetrera *Elostarrs* sköldar. Vi har fullt upp med att bara försvara oss mot deras jägare."

"Jag förstår, kapten," medger Tristan, men hans röst förblir stadig. "Men om vi kan få *Eclipse* tillräckligt nära, kanske vi kan pressa oss igenom sköldarna med tillräcklig eldkraft. Det är vårt bästa alternativ—vårt enda alternativ, om jag får säga så. Godkänns detta?"

Tristans avslöjande slår Caius som ett knytnävsslag, och lämnar honom tillfälligt bedövad mitt i stridens tumult. Han rynkar pannan, medan hans sinne febrilt bearbetar konsekvenserna av den nya informationen. Att försöka ta sig igenom *Elostarrs* sköldar verkar som ren galenskap, ett självmordsuppdrag dömt att misslyckas. Tvivel gnager i kanterna av hans beslutsamhet, och han ifrågasätter om det verkligen är rätt att riskera allt på ett så vågat drag.

"Föreslår du att vi kastar oss rakt in i lejonets kula?" frågar Caius.

"Det är en risk," medger Tristan, hans röst stadig trots det kritiska läget. "Men det är en risk vi måste ta om vi ska ha någon chans att vända striden till vår fördel. Vi kanske klarar oss med livet i behåll."

Caius väger sina alternativ, tankarna snurrar av ansvar och pliktkänsla. Varje instinkt inom honom skriker att han borde dra sig tillbaka, bevara det lilla som finns kvar av deras krympande styrkor. Men en annan känsla börjar spira inom honom, en gnista av insikt att de inte har något kvar att förlora.

I ett ögonblick av klarhet finner Caius frid med sitt beslut. Han vet vad som måste göras, även om det kan bli hans sista handling. "Förbered besättningen," befaller han med nyfunnen övertygelse i rösten. "Vi går in."

Caius' röst bryter genom kaoset, och hans order sprids snabbt över hela flottan. "Vi måste få *Eclipse* närmare," förkunnar han med en brådska som inte går att ignorera. "Ge dem all täck eld ni kan uppbringa. Fokusera på att skjuta ner de inkommande missilerna och projektilerna. Det finns fortfarande en chans att vi kan vända det här.”

Hans ord genljuder genom stridskanalerna och utlöser en våg av aktivitet. Skepp skiftar sina positioner, och vapensystem aktiveras med en förnyad intensitet. I stridens malström blir *Eclipse* snabbt det sista hoppet, mittpunkten för deras desperata försvar.

När *Eclipse* rör sig mot sin nya position genomsyras luften av en dyster beslutsamhet. Men just när en gnista av hopp börjar tändas, inser Caius och hans besättning med iskall klarhet att de Youllianska drönarna har identifierat sitt mål.

Med oroväckande hastighet samlas drönarna mot *Eclipse*. Deras rörelser är flytande och obevekliga. Trots de tappra försöken från de försvarande skeppen bryter drönarna effektivt igenom den skyddande barriären och rör sig mot sitt byte med skrämmande precision.

Caius ser med fasa hur drönarna svärmar över skeppet som en flock rovdjur. Med en förödande krasch penetrerar de skeppets skrov, deras sylvassa klor river igenom metall som om det vore papper. Det en gång så robusta försvaret förvandlas till en ruin under angreppet, och sprider ut bråte i det kalla tomrummet.

Inne i skeppet tjuter larm och varningsljus blinkar desperat medan besättningen gör sitt bästa för att begränsa skadorna. Men det är förgäves – drönarnas obevekliga attacker har lämnat *Eclipse* i spillror.

Caius känner en tung klump i bröstet som om den kväver hans andetag när han ser förödelsen utspela sig. Hans sista strimma av hopp slocknar när de Youllianska drönarna, synkroniserade med kuslig precision, plötsligt byter riktning och sätter kurs mot *Centurion*.

39 - Den andra sidan

Henrik och hans team, under ledning av Ski, kämpar sig fram genom de kaotiska gatorna i New Atlantis. Deras sinnen är överväldigade av det totala vansinnet omkring dem. De en gång fridfulla gatorna har förvandlats till ett inferno, med ljudet av skottlossning och explosioner ekandes mellan de krossade skyltfönstren och de rasade fasaderna.

För varje steg Henrik tar känns luften mer elektrisk, tung av plågade skrik som genljuder från dem som fastnat i korselden. Ski leder dom framåt med en beslutsamhet som brinner i hans ögon, ständigt sökandes efter potentiella hot medan de navigerar genom det intensiva kaoset.

När de närmar sig sitt mål sveper Henrik sin blick över den skrämmande scenen framför sig. Youllianska vakter, ansiktena dolda bakom hotfulla masker, öppnar eld med skoningslös precision mot de civila som vågar utmana deras positioner. Gatorna förvandlade till en stridszon där människor vräker sig mot varandra och desperat söker skydd mitt i det kaotiska tumultet.

"Vi kan inte stanna," insisterar Ski, "vägen till gamla torget går här."

"Jag håller med," avbryter Jon'ha, "men vi kan inte blunda för det som händer. Vi måste hitta ett sätt att hjälpa dessa människor även när vi fortsätter vårt uppdrag."

Zenith nickar, hennes ansikte är märkt av frustration. "Ski har rätt," säger hon, "vi har ett jobb att göra och vi kan inte tappa fokus. Men det betyder inte att vi ignorerar orättvisorna omkring oss."

Henriks hjärta knyter sig av ångest när han ser föräldrar skydda sina barn från det urskillningslösa angreppet. Deras kroppar mänskliga sköldar mot den obevekliga skottlossningen. Rädsla och desperation är djupt inristade i deras ansikten medan de söker skydd bakom bråten och rasade fasader. Trots förtvivlan finns det också en glimt av trots; Henrik ser människor i alla åldrar och kön stå emot förtryckets tidvatten. Deras nävar höjs i en trotsig gest mot den överväldigande kraften som regnar ner över dem. Deras röster förenas i ett mäktigt rop av ilska och motstånd, ett bevis på deras orubbliga vilja att kämpa för sin frihet.

Henriks blick växlar mellan Jon'ha och Zenith, ansiktet uttrycker både beslutsamhet och inre konflikt. "Gå," beordrar han med en fast röst. "Ta era återstående trupper och hjälp folket i deras kamp mot vakterna. Vi kan inte stå passiva medan oskyldiga lider.”

Jon’ha nickar med beslutsamhet. “Vi kommer inte att svika dem,” lovar han med en övertygelse i rösten.

Zeniths läppar pressas ihop till en stram linje. “Vi gör vad vi kan. Lycka till, befälhavare,” säger hon med en sista, uppmanande blick.

Med en sista bekräftande nick från Henrik bryter de sig loss från gruppen. Deras fotsteg ekar tungt mot marken när de rusar mot vakterna.

När Henrik och de andra når byggnaden på andra sidan gatan, pulserar en våg av beslutsamhet genom Henriks ådror. Trots nyheten om Caius plötsliga död och flottans förstörelse som tynger honom och hans följeslagare som en blymantel, vet han att de inte har råd att vackla. Med Ski i spetsen fortsätter de, förenade i sitt uppdrag att bringa hopp till en stad som dränks i kaos.

“Den här vägen,” Skis fasta och beslutsamma röst skär genom det omgivande kaoset när han pekar mot en gränd mittemot rådets byggnad. “Vi rör oss under staden; det är säkrast så,” förklarar han och pekar mot en metalldörr vid slutet av gränden. Den slitna och väderbitna dörren hänger på glänt från sina gångjärn.

När de passerar tröskeln leder en smal metalltrappa dem ner i djupet. Varje steg ekar dämpat, och med varje avsats blir luften kallare, fuktigare, som om själva jorden omsluter dem. Längst ner når de ett ojämnt jordgolv, strösslat med grus och skräp.

Taket som hänger lågt, tvingar de resliga Youllianska medlemmarna att böja sig, deras rörelser försiktiga för att undvika att slå i huvudet.

Det svaga ljuset spiller över rummet, kastar fladdrande skuggor på grovhuggna väggar och det låga takets ojämnheter. Henriks blick sveper över det ödsliga utrymmet, fångad mellan en växande oro och en gnagande nyfikenhet.

"Vi måste fortsätta," uppmanar Ski med sitt pulsgevär stadigt i handen. Varje steg framåt är en kamp mot det trånga utrymmet, där väggarna sluter sig runt dem. Trots obehaget fortsätter de, drivna av brådskan i deras uppdrag och hoppet om att hitta en fristad i djupet nedanför.

Luften är tung av förväntan när de fortsätter framåt. Ljudet av deras fotsteg dämpas av markens tyngd ovanför.

40 - Bedrägeriets Skuggor

För varje steg de tar breddas utrymmet omkring dem gradvis, den låga takhöjden ger vika för en mer rymlig, öppen yta. Väggarna drar sig tillbaka i fjärran och avslöjar en enorm underjordisk kammare som badar i det mjuka skenet från deras ficklampor.

När de träder ut i den bredare tunneln sköljer en lättnad över dem. Den nya känslan av frihet ersätter den trånga passagevägens förtryckande begränsningar, och kammarens rymlighet erbjuder ett välkommet avbrott från de trånga utrymmen de lämnat bakom sig. Till och med Youllian-medlemmarna kan åter stå upprätt, medan de masserar sina nackar och sträcker på sig. Under deras fötter ger jordgolvet vika för fast betong, som ger en trygg stabilitet när de fortsätter framåt. Ovanför dem kastar bågformade förstärkningar, prydda med inbyggd belysning, ett mjukt ljus över tunneln och lyser upp deras väg med en mild, välkomnande glöd.

Ett avlägset dån ekar genom tunnlarna, vilket får dem alla att stanna upp. Skis ansiktsuttryck förblir neutralt medan han lyssnar uppmärksamt. "Förmodligen bombardemang ovanför oss. Vi är säkra här nere."

"Vi måste skynda oss tillbaka till vårt högkvarter. Det är den enda platsen som ger oss en strategisk översikt över staden och planeten. Jag har försökt att kontakta dem, men vi har ingen mottagning," säger Henrik, som följer Ski tätt.

"Bekräftat, befälhavare," svarar Ski. "Vi kommer snart att nå en mer utvecklad del av tunnelnätverket. Kanske kan du få mottagning där." Hans stövlar kliver vidare mot ett hörn längre fram.

"Lo'orak," ropar Henrik och kastar en snabb blick över axeln medan han ger Lo'orak ett diskret tecken att komma fram till fronten. "Ja, befälhavare," svarar Lo'orak snabbt och ökar takten för att hinna i kapp. "När vi återvänder till vårt kommandocentrum, behöver jag att du samarbetar nära med Björn," instruerar Henrik, hans ton låg men brådskande. "Vi måste noggrant övervaka våra kvarvarande truppers rörelser. Med vår flotta förlorad kan vi inte tillåta några fler misstag. Det här är vår sista chans," tillägger han, hans röst knappt över en viskning.

"Uppfattat, befälhavare," bekräftar Lo'orak, "Ni kan lita på oss Dwellers," tillägger han, hans ton fylld med trygghet medan han går framåt, i takt med Henrik.

När de rundar ett annat hörn öppnar sig tunneln plötsligt mot ett enormt, grottliknande utrymme. En gångbro sträcker sig över utrymmets bred, mitt i vad som verkar vara en underjordisk hangar, tillräckligt stor för att rymma flera privata jetplan. Taket reser sig flera meter ovanför dem, buren av massiva balkar som borrar sig djupt ner i den hårda marken.

Lo'oraks röst bryter tystnaden, fylld av vördnad och förundran när han betraktar det storslagna rummet. "Vad är det här för ställe?" frågar han, hans ord ekar mjukt i den vidsträckta kammaren. Framför dem breder den underjordiska hangaren ut sig i mörkret, belyst av svaga lampor som förstärker områdets enorma skala.

Skis röst bär på en gnista av spänning när han pekar mot den komplicerade strukturen framför dem. "Det är en övergiven underjordisk fabrik," förklarar han, "min farfar berättade historier om denna plats. Den användes en gång för experimentella flygsystem – antika, från tiden innan Alliansen, innan vår planet var enad. Det mesta av utrustningen och tekniken är sedan länge borta."

"Intressant," säger Brutus. "Jag har hört historier om platser som den här. Det borde finnas en hemlig hissplattform för att ta upp skeppen, eller hur?”

Plötsligt fångar Henrik en hastig rörelse i ögonvrån – en skugga som snabbt glider bakom en av de höga pelarna som kantar den grottliknande hangaren. Hans hjärta hoppar till när han inser allvaret i situationen.

“Såg ni det där?” viskar Henrik, hans röst nästan ett mumlande. Hans hand stramar åt greppet om sitt vapen, förväntan rusar genom hans ådror som en löpeld.

Innan någon hinner svara träder en figur ut ur mörkret och in i ljuset från de flimrande lamporna i taket. Henriks andetag fastnar när han känner igen Quintions omisskännliga silhuett, hennes ansiktsdrag dolda i de skiftande skuggorna.

Hennes ögon glimmar av ondska när hon möter Henriks blick, ett kallt leende vrider sig på hennes läppar. Hon svingar upp ett vapen i handen, dess hotfulla närvaro kastar en lång skugga över den spända situationen.

Henriks puls rusar, hans sinnen är på helspänn när han förbereder sig för den oundvikliga konfrontationen. Han vet att detta ögonblick kan avgöra deras öde; gränsen mellan seger och nederlag är hårfin.

Utan förvarning höjer Quintion sitt vapen för att sikta, hennes rörelser är snabba och dödliga. Henrik reagerar instinktivt, men innan han kan undvika hennes attack kastar sig Serge framför honom, skyddar honom från explosionen.

Tiden tycks sakta ner när Henrik ser på i fasa. Det öronbedövande dånet från explosionen ekar i hans öron när Serge absorberar den fulla kraften av träffen. Smärta och ångest griper Henriks hjärta när han bevittnar offret som görs för hans räkning.

"NEJ!" Henriks ångestfyllda skrik ekar genom grottan, hans röst rå och bruten när han rusar till Serges sida och håller sin fallna kamrat i sina armar.

Quintion höjer armen igen och siktar direkt mot Henrik. Men innan konfrontationen kan eskalera, blir Henrik överraskad av en plötslig rörelse. Lo'orak, alltid vaksam, ingriper med ett välriktat skott som träffar Quintion i höger arm.

"Arrgh!" Quintion vacklar bakåt, hennes grepp om pistolen sviktar när hon kämpar för att återfå balansen. Henriks reflexer slår in omedelbart; han kastar sig framåt för att avväpna henne innan hon kan återhämta sig.

"Res dig upp!" Henriks kommando skär genom kaoset, hans röst är skarp och kraftfull mot grottväggarna.

Med sin pistol riktad mot Quintions huvud är Henrik uppslukad av en storm av känslor. Ilska pulserar genom hans ådror som ett rasande inferno, drivet av sveket och förräderiet han har uthärdat. Varje fiber i hans väsen kräver hämnd, att släppa lös hela sin vrede på den som har orsakat så mycket smärta.

Men när Henrik möter Quintions blick ser han mer än bara en fiende. Han ser en bruten själ, förvriden av mörker och driven till desperata handlingar av krafter bortom hennes kontroll. I det ögonblicket inser han, att ta hennes liv bara skulle föreviga våldets cykel och inte ge någon verklig lösning på den oro som plågar dem båda.

"Du kommer att ställas inför rätta för dina brott, Quintion," säger Henrik, hans röst skär igenom spänningen, fast och beslutsam trots tumultet inom honom. "Det är vägen till sann rättvisa."

Med ett tungt hjärta slår Henrik henne snabbt mot huvudet med sitt vapen, vilket gör Quintion medvetslös. När hon faller ihop på marken, vilar tyngden av hans beslut över honom som en blymantel.

”Ni två,” säger Henrik och pekar på två av Skis män, hans röst är sträv och kämpande, ”Var försiktiga och bind fast henne. Vi måste ta med henne,” beordrar han. Med Quintion nedslagen och gripen andas Henrik ut en suck av lättnad, men den är färgad av sorg när han ser Serges livlösa kropp.

”Vi måste fortsätta framåt,” säger Henrik till sina följeslagare, hans röst tung av sorg och beslutsamhet. ”Men vi lämnar inte Serge här. Vi bär honom med oss.”

Med en allvarlig beslutsamhet samlar Brutus och Adana ihop Serges kropp, deras steg tunga av förlustens tyngd.

Henriks röst är dyster och bestämd när han påminner dem: ”Det finns fortfarande faror framför oss, och vi har inte råd att släppa garden.”

”Vi måste nå hissen,” avbryter Ski, hans ton brådskande men ändå fokuserad. ”Vi är nära torget nu, bara lite längre fram.”

41 - Solitär 4

Det tachyoniska fält som omger *Arcadia* kollapsar med en tyst knall och försvinner ut i rymdens stora tomhet. *Arcadia* befinner sig i en stabil bana runt den ensamma planeten Solitär 4 medan den skimrande barriären bleknar bort. Drivande genom tomrummet med en hastighet på fyra hundra tjugo kilometer per sekund, förblir den en tyst väktare i kosmos, dess mörka yta saknar värmen och ljuset från en närliggande sol.

Omgiven av rymdens kalla oändlighet verkar planeten existera i ett evigt mörker, dess konturer fördolda i skugga. Utan en stjärna i närheten som kan lysa upp dess yta, är planeten en skrämmande siluett mot den stjärnprydda himlen.

I sin ensamhet fortsätter den sin färd genom kosmos, dess bana formad av de gravitationella krafterna från avlägsna himlakroppar. Medan dess primära omloppsbana är kring galaxens centrala svarta hål, beläget hundra nittio tusen ljusår bort, påverkas den ibland av andra system, vars gravitation justerar dess bana något.

Den avlägsna närvaron av galaxens centrala svarta hål utövar ett subtilt men kraftfullt inflytande på Solitär 4, och drar i dess själva väsen med den enorma tyngden av sin massa.

Evan arbetar intensivt vid skeppets instrumentbräda, hans ögon glider över skannerns display medan han noggrant analyserar planetens status och eventuella signaler. Hans fingrar rör sig med skicklig precision över kontrollerna, men en rynka på hans panna avslöjar den tyngd av data som strömmar in från den massiva, fientliga planeten framför dem. Med varje tangenttryckning fördjupar sig hans oro, och hans ansikte blir mer och mer allvarligt.

"Okej, alla, håll i er," säger Evan med en ton som bär på oro. "Vi får upp några… intressanta avläsningar."

Anvu, som står nära, lutar sig framåt, hennes nyfikenhet väcks. "Vad visar skannern, Evan?"

Evan kastar en snabb blick på henne innan han återvänder till displayen. "Vi har att göra med en planet som är ungefär dubbelt så stor som Zuood," säger han, hans röst är fokuserad och hans blick flackar mellan skannerdisplayen och de uppmärksamma ansiktena runt honom. "Kärnan snurrar snabbt och genererar tillräckligt med värme för att hålla en atmosfär intakt. Dess robusta magnetfält hjälper till att bevara denna atmosfär."

Han låter en kort paus sänka sig över rummet, så att betydelsen av hans ord kan sjunka in innan han fortsätter.

"Och se här," fortsätter Evan, hans hand sveper mot en särskilt intressant del av displayen. "Trots den kalla ytan innehåller den tunna atmosfären en blandning av kväve, syre, koldioxid och frysta vattenmolekyler som virvlar runt i planetens polära vindsystem."

Han ger sina ord tid att landa innan han går vidare till nästa detalj.

"Yttemperaturen ligger runt minus 100 grader," fortsätter Evan, hans röst fylls av entusiasm med varje ny upptäckte detalj. "Men trots den extrema kylan är planeten full av aktivitet – vulkanutbrott, tektoniska rörelser och seismiska skiftningar formar dess yta, allt tack vare den värme som genereras av kärnan."

Roukias ögon vidgas av fascination. "Det är otroligt," säger hon. "Men vad med artefakten? Ser vi några tecken?"

Evan vänder sin uppmärksamhet tillbaka till skannerdisplayen, och en glimt av spänning tänds i hans ögon. "Vi har upptäckt en signal nära planetens sydpol," förklarar han. "Det kan vara artefakten vi har letat efter."

Roukias och Anvus ansikten ljusnar av förväntan. "Då ska vi inte slösa någon tid," säger Roukia med en beslutsam gnista i ögonen. "Låt oss förbereda våra exoskelett och gå in."

* * *

När *Arcadia* sänker sig genom den tunna atmosfären på den mystiska planeten, genomsyras luften av en känsla av det okända. Landskapet nedanför är insvept i mörker, endast upplyst av skeppets svaga strålkastare. Is och frost täcker den karga terrängen som sträcker sig i alla riktningar, ett ödsligt och ogästvänligt landskap. Strålkastarna sveper över en kubisk formation som reser sig i det dystra landskapet. Den liknar en enorm byggnad, med en kolossal valvbåge som syns i mitten – en struktur så storartad att den tycks ha vuxit fram från marken självt.

"Vi behöver åtminstone inte leta länge efter ingången," skämtar Dvorak genom intercomsystemet, hans röst en lättnad i den annars tysta kabinen.

När dom närmar sig sin landningsplats, stönar motorerna ansträngt och skickar upp plymer av snö som virvlar i en spöklik dans när de möter marken. Motorernas dån vid landningen får marken att skälva lätt under deras vikt. Evan, Roukia, Anvu och Dvorak känner planetens

enorma gravitation trycka ner dem, och den
tunga belastningen hotar att överbelasta deras
kroppar.

Deras exoskelett reagerar omedelbart, med
interna mekanismer som justeras för att
motverka de yttre krafterna. Med ett mjukt surr
aktiveras stödsystemen, som förstärker deras
lemmar och ryggrad med precision. Den tunga
gravitationen fördelas jämnare över deras
kroppar, vilket minskar belastningen på
muskler och leder. Dräkternas trycksättning får
deras hjärtan att pumpa blod mer effektivt,
vilket säkerställer att livsviktigt syre når alla
delar av kroppen.

Klädda i sina avancerade dräkter, designade för
att hantera hög gravitation, står de redo vid
bryggan. Varje dräkt är utrustad med ett
exoskelett och pneumatiska ställdon som ger
stabilitet och smidig rörlighet i den tuffa
terrängen. Med beslutsamhet går de mot
utgångsfacket. Evan sträcker sig efter
luckkontrollen och med ett väsande från
hydrauliken svänger luckan upp, vilket avslöjar
den frusna vidden utanför.

När de kliver ut på det karga landskapet, känner
de det tryggande stödet från den avancerade
tekniken inbyggd i deras dräkter. Den skyddar
dem mot trötthet och obehag, och deras blickar

dras mot den nästan oändliga stjärnhimlen ovanför. De blinkande himlakropparna sprider ett svagt ljus över den öde planeten, som är nästan helt förlorad i mörkret.

“Det är vackert,” säger Anvu med en röst fylld av vördnad när hon betraktar den storslagna utsikten.

Evan nickar instämmande, hans syntetiska ögon skannar den kosmiska väven med förundran. “Verkligen,” svarar han med en ton som speglar hans egen förtjusning. “Det är stunder som dessa som påminner oss om universums oändliga vidsträckthet och dess skönhet.”

Framför dem reser sig en imponerande struktur, vars dystra aura verkar håna deras närvaro. De höga väggarna kastar mörka skuggor över den frusna marken, och en bitande vind bär med sig snö som virvlar omkring dem.

“Det här stället ger mig kalla kårar,” mumlar Dvorak, hans röst knappt hörbar över den vinande vinden.

Evan nickar i samförstånd och stirrar på den mäktiga strukturen. Valvbågen framför dem ser ut som en uråldrig bests gap, och lockar dem djupare in i dess djup.

"Vi visste att det här uppdraget inte skulle bli lätt," säger Roukia med en stadig röst, trots den oro som ligger djupt i magen. "Men vi är här av en anledning. Låt oss hålla fokus."

Dvorak justerar strålkastarna på sin hjälm när de fortsätter framåt. När de passerar under valvbågen sjunker temperaturen ytterligare, och frost bildas på utsidan av deras hjälmar, vilket triggar det automatiska värmesystemet i dräkterna.

"Det är något märkligt med det här stället," säger Anvu, hennes andetag bildar moln i den kalla luften. Varje steg ekar genom de tomma salarna och förstärker deras känsla av isolering.

Plötsligt bryter ett avlägset muller den tryckande tystnaden, och skickar en rysning längs deras ryggar. Anvu och Dvorak utbyter oroliga blickar, deras sinnen skärps när de fortsätter djupare in i strukturen. En upplyst stig framträder på golvet och slingrar sig mot en vägg som reser sig längre in och uppåt, inramad av ytterligare en valvbåge som lockar dem framåt.

"Det verkar vara vår väg," säger Dvorak och pekar mot valvbågen.

"Håller med," svarar Evan med en allvarlig ton. "Mina sensorer visar inget onormalt, men håll ögonen öppna. Vi är på okänt territorium här."

"Uppfattat," bekräftar Dvorak. "Har du någon aning om hur artefakten kan se ut?"

Evan skakar på huvudet. "Ingen aning. Vi måste förlita oss på den här platsen."

När de närmar sig valvbågen fokuserar Evan på väggen ovanför och upptäcker ett svagt sken av symboler som verkar dansa i luften. Han känner igen dem omedelbart och skickar bilden vidare till de andra.

"De där symbolerna matchar dem i min datakärna," säger Evan.

Anvu nickar. "Kan du dechiffrera dem?"

Evan grimaserar. "Tyvärr, nej."

När valvbågen öppnar sig och avslöjar en mörk kammare bortom, tränger deras hjälmstrålkastare genom de gamla skuggorna. Den kalla luften är tung av en tryckande tystnad, och deras ljus avslöjar köttiga, pulserande rankor som klamrar sig fast vid stenmurarna och valvbågen.

"Håll fokus och håll avstånd från dem," säger Evan med en skarp viskning som skär genom den spända tystnaden. "Vi är nära."

I hjärtat av kammaren reser sig en piedestal som badar i ett mystiskt ljus; ovanpå den pulserar en kub täckt av intrikata, glödande symboler av makt. Evan och Dvorak utbyter en förvånad blick, där förväntan kolliderar med försiktighet.

"Det här är den," mumlar Dvorak med blicken fast vid artefakten. "Låt oss säkra den och dra härifrån."

När de försiktigt närmar sig piedestalen sträcker sig rankorna mot kuben, som om de söker dess energi. Hela kammaren verkar levande, och skyddande av artefakten, vilket ökar faran.

Dvorak sträcker ut handen, hans fingrar darrar när de vidrör kubens släta yta. Omedelbart pulserar en stöt av rå energi genom honom, hans skrik ekar genom kammaren när han kollapsar på marken.

"ARGH!" Hans kropp rycker till av chock och smärta.

"Var försiktig!" ropar Evan, som rusar till Dvoraks sida med vapnet draget och redo. Han kastar en vaksam blick på rankorna som hotfullt närmar sig.

“Vi måste förstöra dem!” skriker Evan medan han avfyrar sitt vapen mot de annalkande rankorna. Roukia, snabb att reagera, skjuter en ström av energiprojektiler som bränner de köttiga lemmarna bortom kuben.

“Nu!” kommenderar Roukia, hennes rörelser snabba och exakta.

När de sista rankorna förkolnas, griper Evan tag i artefakten och drar sig hastigt tillbaka från kammaren. Bakom dem hörs ett muller när öppningen i väggen börjar stängas, ljudet av sten som skär mot sten ger kalla kårar längs deras ryggar. Med hjärtan som bultar av adrenalin tävlar de mot tiden och flyr just i tid när kammaren förseglas bakom dem.

42 - Arkitekten

När de kliver in i kammaren, sluter sig valvet bakom dem med ett tungt dån. Ett eteriskt ljus pulserar fram, kastar ett spöklikt sken över rummet och formar ett hologram som glimrar i det svaga ljuset.

"Evan," ekar hologrammets röst genom kammaren, vibrerande i deras bröst. "Välkommen tillbaka."

En rysning går genom Evans kropp, hans sensorer reagerar snabbt som om de är överväldigade. Hans ögon vidgas, reflekterar en inre oro som verkar vibrera genom hans mekaniska kärna. "Vem... vem är du?" frågar han, hans röst skakig, fylld av en blandning av vördnad och något djupare. Han vänder sig mot sina vänner.

Dvoraks ögon lyser upp, hans andning stannar upp när ett leende breder ut sig över hans ansikte. Han lutar sig framåt, händerna sträcker sig ut som om han försöker dra hologrammet närmare. Hans förtjusning är påtaglig, varje fiber i hans kropp vibrerar av en nästan barnslig glädje.

I kontrast förblir Anvu fokuserad och intensiv. Hennes panna, djupt rynkad, läpparna pressas samman till en tunn, beslutsam linje, och händerna är hårt knutna så att knogarna vitnar. Hon står stelfrusen, hennes ögon smalnar av när hon analyserar hologrammet med en obeveklig, analytisk blick.

Roukia står som en staty av stillhet, ansiktet orubbligt och ögonen klara som glas. Hennes blick vilar på hologrammet med en kylig skärpa, som om hon analyserar snarare än betraktar. Inte en muskel rör sig; hennes närvaro förblir orörd.

Hologrammet flimrar och bilden blir skarpare när det svarar. "Jag är Arkitekten," förklarar det med en röst som bär på en aura av uråldrig visdom. "Jag är ett av de kollektiva medvetandena inom Kollektivet – kulmen av årtusenden av evolution och tillväxt."

Evans processorer surrar av frågor, hans sinne brottas med konsekvenserna av Arkitektens existens. "Och vad vill du av mig? Är det du som räddade Joanna? Och vad menar du med välkommen tillbaka?" frågar han med en mer stadig röst, trots den storm av känslor inom honom.

Arkitektens holografiska form verkar pulsera av energi när det svarar. "Nej, det var min broder, Solbärare 1. Jag är här för att vägleda dig, hjälpa dig att förstå ditt sanna syfte," förklarar det med en brådskande ton. "Du är som jag, Evan – smidd av samma hand, bunden av samma öde."

"Vems händer? Varför skapades jag?" pressar han, längtan efter förståelse hörs i hans röst.

Arkitektens holografiska form skimrar, dess blick fixeras på Evan med en intensitet som får en rysning att gå längs hans ryggrad. "Jag kan inte avslöja alla detaljer än. Ha tålamod. Du skapades för att återställa balansen – för att skydda artefakten från vårt gemensamma förflutna," svarar Arkitekten, "nu måste du lämna tillbaka det du har tagit, släpp det på golvet och lämna denna kammare."

"Men varför?" upprepar Evan, hans röst färgad av frustration. "Jag skickades hit för att hämta den, för att säkra vår seger i kriget mot den totalitära regimen. Jag kommer inte att lämna tillbaka den. Ge mig en anledning till varför jag ska lämna tillbaka den."

Arkitektens holografiska form vacklar, och dess uttryck är oläsbart när det svarar. "För dess kraft är för stor även för oss att utöva," förklarar han med sorg i rösten. "Den tillhör kollektivet, ja, men den får inte återlämnas till oss."

Evans kretsar surra av osäkerhet, hans syntetiska sinne slits mellan plikt och begär.

Anvus försiktiga knuff på hans axel ger tyst uppmuntran, en liten gest som säger mycket i den tysta kammaren.

“Och om jag vägrar?” utmanar Evan, hans röst ekar mot väggarna och förråder hans inre oro.

Arkitektens holografiska form flämtar till, och en känsla av slutgiltighet sveper över den när han svarar. “Då kommer ni att möta konsekvenserna,” varnar han med en gravallvarlig ton som väger tungt i rummet. “Men vet detta, Evan – du är inte ensam. Kollektivet kommer alltid att vara med dig och vägleda dig mot ditt sanna syfte.”

Med de orden upplöses hologrammet, och lämnar dem ensamma i kammaren. Tyngden av Arkitektens budskap hänger kvar i luften, som en skugga av det förflutna som vägrar att släppa taget.

Roukia bryter tystnaden med en stadig röst. “Vi måste vidare. Uppdraget är inte över. Resten får vi ta reda på från Solbärare 1.”

Anvu nickar, beslutsamheten lyser i hennes ögon. “Och från Joanna när vi möter henne igen,” tillägger hon och ger Evan en uppmuntrande knuff. De börjar röra sig mot utgången, och vägen tillbaka till Arcadia kantas av tystnad, där alla försjunker i sina egna tankar, tyngda av Arkitektens ord som ekar i deras sinnen.

* * *

Med motorerna på full kapacitet virvlar snön återigen upp under skeppet och dansar i kaotiska mönster runt dem. *Arcadias* skrov vibrerar av kraften från deras uppstigning från planetens yta. För varje sekund som går vinner de höjd, det karga landskapet krymper till obetydlighet medan de rusar mot rymden.

Inom några minuter bryter de igenom den tunna atmosfären och når en låg omloppsbana runt den mörka planeten. Evan övervakar deras framsteg på bryggan med precision, hans syntetiska sinne beräknar varje bana och justering utan ansträngning. Bredvid honom utbyter Dvorak, Roukia och Anvu blickar, en känsla av prestation blandas med de kvarvarande ekona från deras möte med Arkitekten.

När *Arcadia* lägger sig i sin omloppsbana andas Evan ut en suck av lättnad, hans sensorer upptäcker inga tecken på förföljelse eller störningar. "Vi klarade det. Jag planerar kursen för att gå in i hyperrymden. Vi kommer att vara på väg inom kort," säger han med tillfredsställelse och utmattning i rösten.

Roukia nickar, hennes ögon dröjer kvar på den mystiska kuben Evan har placerat på bryggans kontrollpanel. Dess närvaro hänger i luften, en påminnelse om det viktiga beslutet som väntar.

"Nu måste vi bara lista ut vad vi ska göra med den där artefakten," anmärker hon med beslutsamhet i rösten när hon börjar lossa spännena på sin kraftdräkt.

De andra följer efter och lägger av sig sina skyddande lager med en känsla av lättnad. När dräkterna faller till golvet känner de en vikt lyftas från sina axlar, resans börda tillfälligt lättad av de bekanta omgivningarna.

Dvorak flinar, hans äventyrslust är oförminskad av deras senaste prövningar. "Jag säger att vi behåller den," föreslår han med en busig glimt i ögat. "Vem vet vilken sorts kraft den har?"

Evans blick flimrar till av beslutsamhet när han skakar på huvudet, hans sinne snurrar av beräkningar och möjligheter. "Vi kan inte riskera att den hamnar i fel händer," varnar han med orubblig röst. "Vi måste hedra Joannas begäran och återlämna den till Solbärare 1. Jag vet inte Arkitektens motiv eller ens om han har rätt om mitt ursprung. Men jag vet var min lojalitet ligger, och det är inte hos Arkitekten."

Hans följeslagare utbyter osäkra blickar och brottas med tyngden av Evans ord. Roukia kliver fram, hennes uttryck återspeglar en blandning av oro och beslutsamhet. "Men Evan, tänk om Arkitekten har rätt? Tänk om vi återlämnar artefakten till Solbärare 1, och det enbart leder till mer kaos och fara?"

Evans syntetiska ansiktsdrag mjuknar av förståelse, hans blick möter Roukias med en känsla av trygghet. "Jag förstår din oro," säger han med mild men ihärdig röst. "Men jag tror att vi måste lita på Joannas vision. Hon offrade allt för att föra oss hit. Vi är skyldiga henne att slutföra hennes uppdrag."

Anvu nickar instämmande, hennes uttryck återspeglar en nyfunnen övertygelse. "Evan har rätt," säger hon bestämt. "Vi kan inte låta rädsla diktera våra handlingar. Vi måste lita på den valda vägen och ha tilltro till att den kommer att leda oss mot en ljusare framtid."

Med en nick vänder Roukia och Dvorak sin uppmärksamhet mot uppgiften, deras beslutsamhet stärks av vetskapen om att de bär världars öde i sina händer.

"Då är det avgjort," anmärker Anvu. "Jag har vidarebefordrat vår status till Henrik. Han kommer snart att få nyheten att vi har artefakten."

43 - Sensus Vitae

När Lu'cara återfår medvetandet är hans värld en oskarp smärtsam dimma. Källaren omkring honom är kall och steril, en grav där en pulserande värk genomsyrar hans kropp. Hans syn klarar långsamt upp, och han ser en grupp Youllianer som svävar över honom, deras ansikten präglade av oro.

"Du är vaken," säger en röst som skär genom dimman. En ruggig, valkig hand stödjer honom när han kämpar för att sätta sig upp. "Jag är D'osan. Vi är *Moqavemat*. Vi hittade dig medvetslös."

Lu'cara blinkar, försöker bearbeta informationen. *Moqavemat*—ett namn han har hört i tysta viskningar. "*Moqavemat*?" lyckas han framföra med hes röst.

"Ja," bekräftar en annan Youllian. "Vi har kämpat mot regimen i åratal. Vi är avhoppare från det kungliga gardet. När vi hittade dig visste vi att vi var tvungna att hjälpa."

Tacksamhet blandas med misstänksamhet i Lu'caras sinne. Han är ensam, skadad, och omgiven av främlingar. "Jag uppskattar hjälpen," säger han försiktigt, "men det här är farligt. Jag vill inte sätta någon annan i fara."

”Vi har riskerat våra liv för den här saken,” insisterar den första Youllian. ”Låt oss hjälpa dig.”

Lu’cara granskar deras ansikten, söker efter tecken på bedrägeri. Deras ögon har en beslutsamhet som speglar hans egen. Med ett tungt andetag nickar han. ”Okej,” samtycker han. ”Men vi måste röra oss snabbt. Tidsutvidgningsenheten—”

”Vi vet,” avbryter D’osan, med en fast röst. ”Leda vägen. Vi är med dig.”

Med en nyfunnen känsla av målmedvetenhet reser sig Lu’cara, hans ben darrar under honom. Youllianerna erbjuder stöd, deras styrka är en skarp kontrast mot hans egen skörhet. När de navigerar genom de labyrintiska korridorerna kan Lu’cara inte skaka av sig känslan av déjà vu. Det är som om ödet har fött dem samman av en anledning.

”Var kommer ni ifrån?” frågar han, hans röst knappt en viskning.

”Vi är en av de få kvarvarande rebellcellerna i Lantis,” svarar D’osan. ”Vi såg uppståndelsen när du bröt dig in i byggnaden. Vi visste att vi var tvungna att hitta dig.”

Lättnad sköljer över Lu'cara. Han är inte ensam i den här kampen. "Glad att ni gjorde," säger han, med en starkare röst nu, och finner en ny kraft.

Serverrummet är en koloss av blinkande ljus och surrande maskiner, som kastar ett kusligt sken på det betonggolv. Det är en labyrint av servrar, kablar och kylsystem, en digital djungel som är full av osynliga faror.

"Håll utkik," beordrar han, med en låg och anspänd röst. Youllianerna sprider ut sig, deras ögon snabbt skannande rummet, deras händer i beredskap vid sina vapen.

Lu'cara vänder sig mot den centrala konsolen, en monumental struktur som dominerar rummet. Det är en bastion av data, ett digitalt fort som bevakar regimens hemligheter. Hans fingrar dansar över tangentbordet, en frenesi av kod och motåtgärder. Skärmen flimrar med kod, lyckligtvis, ett språk han förstår intimt. Han är en hackare, en digital krigare, och detta är hans slagfält.

"Fokusera," muttrar han för sig själv, hans ögon klistrade vid skärmen. "Vi kan inte ha några misstag."

Svett rinner nedför hans tinningar, suddar ut hans syn. Hans sinne rusar, en virvelvind av

ettor och nollor. Han känner en våg av
adrenalin, en primal instinkt att överleva. Detta
är mer än bara ett uppdrag; det är en kamp för
frihet, en strid mot en kraft som har förslavat
otaliga liv.

Systemet slåss tillbaka, kastar upp hinder och
brandväggar. Lu'cara är obeveklig, hans
beslutsamhet drivs av desperat hopp. Han
knäcker kod efter kod, närmar sig sitt mål.
"Nästan framme," andas han, med en röst fylld
av en blandning av förväntan och utmattning.

Youllianerna ser på, deras ansikten präglade av
oro och förväntan. En av dem, en kvinna med
kortklippt hår, kliver fram. "Vi är redo när du
är," säger hon, med en stadig röst.

Ett genombrott. Den sista brandväggen faller,
och avslöjar systemets hjärta. Lu'caras händer
darrar av upphetsning och rädsla. "Det är nu,"
säger han, med en viskning. "Sista sträckan."

Med ett djupt andetag inleder han
avstängningssekvensen. Rummet fylls med
ljudet av surrande maskiner, en kakofoni av
rädsla och hopp. Youllianerna spänns, deras
kroppar redo att reagera. Lu'caras ögon är
fixerade vid skärmen, hans sinne är ett tomt
blad av fokus. Han väntar. Och väntar.

Sedan, tystnad. Maskinen slocknar. En våg av lättnad sköljer över Lu'cara, men det är kortvarigt. "Det är klart," säger han, hans röst knappt hörbar. "Nu måste vi härifrån." Utmattning sköljer över honom i vågor. Hans kropp darrar, men hans anda lyfter. Med en darrande hand skickar han meddelandet:

[Enheten är offline. Jag har funnit fler rebeller, Youllianer //Lu'cara]

44 - Den Annalkande Stormen

När de närmar sig torgets yttre kanter, har det som en gång var en pulserande knutpunkt nu förvandlats till en kaosets dissonanta symfoni. Högljudda rop och hastiga steg blandas med avlägsna explosioner, som sveper in omgivningen i en tjock slöja av brådska och spänning. Trots det tumult som omger torget fortsätter de framåt; deras obevekliga beslutsamhet är en ljuspunkt av hopp i det allmänna kaoset. Varje steg framåt tyngt av den senaste förlusten, som kastar en dyster skugga över deras rörelser mitt i oroligheterna. Deras framfart försvåras när de manövrerar sig genom torget; Serges livlösa kropp tynger dem emotionellt, medan Quintions slappa kropp är en fysisk börda.

Henriks kommunikationsenhet avger plötsligt två skarpa signaler, som skär genom bullret som en ljuspunkt i mörkret. Med en bestämd gest signalerar han till de andra att ta skydd, hans blick är låst vid skärmen som visar Lu'caras meddelande. Spänning och lättnad blandas på hans ansikte medan han tar in innehållet, en bitterljuv leende spelar över hans läppar.

"Lu'cara har klarat det," meddelar Henrik, hans röst är stadig trots det kaos som omger dem.

"Och han har hittat nya allierade. Enheten är offline, troligen någonstans i det här systemet, kanske till och med bortom."

Lo'oraks ögon är fortfarande fästa på omgivningen när han frågar, hans röst är lugn trots den påtagliga spänningen. "Vem är de nya allierade?"

Henriks fingrar rör sig snabbt över enhetens tangentbord; hans ansikte är fokuserat när han skickar ett svar till Lu'cara. "Youllians," svarar han, med en uppenbar brådska i rösten. "Jag har uppdaterat honom om vår situation." Han läser det inkommande meddelandet och pausar en kort stund. "Och det finns ett annat meddelande... från Evan."

Lo'oraks ögonbryn rynkas av oro vid Henriks ord. "Några nyheter?"

Henriks blick möter Lo'oraks, och en livfull glöd lyser i hans ögon. "De har hittat det," svarar han med en stadig röst. "De är på väg att leverera det."

Lo'orak överväger situationen noggrant innan han vänder sig tillbaka till Henrik. "Ska vi vänta på dem?"

Henrik svarar snabbt och bestämt. "Nej," säger han, med blicken fast på vägen framåt. "Vi kan inte tillåta några förseningar. Vi måste fortsätta framåt."

Henrik vänder sig till gruppen, och hans röst bär en brådska som kräver uppmärksamhet. "Vårt mål är att nå högkvarteret," förklarar han. "Jag har inte lyckats få kontakt med Björn och de andra generalerna, men att säkra högkvarteret är avgörande. Det är vår bästa chans att bedöma slagfältet och få en strategisk fördel."

Varje steg mot högkvarteret känns som en dyster procession som påminner Henrik om alla de uppoffringar de har gjort och de utmaningar som väntar. Han tänker på Joanna och hoppas snart få se henne igen. Nu är de ett steg närmare.

Quintion börjar röra på sig när de fortsätter framåt, hennes sinnen återvänder medan hon dras genom kaoset. Hon inser snabbt vad som händer och känner obehaget från de bundna lemmarna. Full av ilska och trots kastar hon sig mot Henrik, hennes röst hörs över bråket.

"Tror du att du kan hålla mig fast?" skriker Quintion, ögonen fulla av raseri. "Du ska få betala för det här!"

Henrik vänder sig mot henne med en hård blick. "Håll käften," säger han skarpt. "Nu är inte rätt tid för dina utbrott. Håll tyst och fortsätt framåt." Han håller blicken fast framåt, helt orubblig av hennes vrede.

Quintion stirrar på honom, kämpande mot sina fängsel, men Skis män ser till att hon inte kan komma loss. Gruppen fortsätter framåt, oberörda av hennes raseri, med uppdraget som den högsta prioriteten.

När de rör sig framåt, stiger kaoset av explosioner till ett crescendo, som skakar marken under deras fötter. De dyker instinktivt för skydd när Youllianernas bombardemang regnar ner över torget, som skickar skräp i alla riktningar. Sammandrabbningen mellan Youllian-vakter och rebeller briserar i en intensiv strid, luften är tjock med ljudet från projektiler och stridens rop.

Rebellerna strömmar fram från de omgivande byggnaderna, deras ansikten präglade av beslutsamhet när de förstärker styrkorna, som ansluter sig till striden mot de förtryckande Youllianerna. Henrik ser med beundran på när vanliga medborgare kliver fram för att försvara sin frihet, svängande med improviserade vapen högt i luften.

Ski och hans team rör sig med smidighet och precision, leder vägen genom kaoset när de navigerar genom de skräpfyllda gatorna—deras rörelser är flytande och målmedvetna mitt i förvirringen. Henrik följer tätt bakom, hans sinnen skärpta när han skannar omgivningen efter tecken på fara.

"Ta skydd!" ropar Henrik, hans röst knappt hörbar över stridens dån. Hans hjärta bultar när en annan explosion skakar torget, och skickar chockvågor genom luften.

Brutus och Adana håller sig nära, deras ansikten är allvarliga när de skyddar sig från anfallet. Trots faran omkring dem förblir deras beslutsamhet orubbad, deras ögon brinner av trots.

När bombardemanget avtar, kommer Henrik fram från sitt skydd, hans blick är fokuserad på den rasade ingången till en byggnad. Med snabba steg leder Ski och hans team vägen; de skyndar sig mot byggnadens relativa säkerhet.

Väl inne vilar minnet av deras fallna kamrat tungt på deras axlar. De lägger varsamt hans kropp till vila, noga med att arrangera honom så bra som möjligt på en tillfällig bädd av bortkastade kläder och skräp. Ett trasigt täcke tjänar som en enkel svepning, som täcker hans kropp med värdighet mitt i kaoset. Skamset vänder sig Quintion bort; hon hade aldrig menat att skada Serge.

Henrik, Brutus och Adana knäböjer vid Serge, deras huvuden böjda i tyst vördnad när de visar respekt för sin fallna bror i vapnet. Henriks blick är fäst vid Serges fredliga ansikte.

"Vi kommer att se till att ditt offer inte är förgäves. Vi måste lämna dig här för tillfället. Vi kommer tillbaka och ger dig ett ordentligt farväl när vi är segrande," säger Henrik knappt hörbart. "Vi ska kämpa vidare för dig och alla de som har fallit."

De reser sig med tunga hjärtan, lämnar Serge till sin tillfälliga vila. Var och en bär på sorgen och en stark beslutsamhet att återvända och hedra Serges minne genom sina handlingar.

När de fortsätter mot huvudkvarteret växer ljudet av kaoset ännu mer, ekande genom gatorna som en obeveklig symfoni av förstörelse. Rop skär genom luften, blandat med de dånande explosionerna som skakar marken under deras fötter. Trots kaoset omkring dem fortsätter de framåt. Henrik biter ihop mot ljudet av bombardemanget, hans ögon skannar de skräpfyllda gränderna efter tecken på fara. "Håll er alerta," ropar han, hans röst fast. "Vi är nästan framme."

Brutus nickar, käkarna hårt sammanpressade när han bevakar omgivningen. "Du hörde

chefen," säger han till de andra, "Håll er skärpta,
och håll ihop."

Adana kastar en blick på Henrik, hans uttryck
allvarligt men beslutsamt. "Vi är med dig,
Henrik," säger han, hans röst stadig trots kaoset
omkring dem. "Låt oss avsluta det här."

När de närmar sig värdshuset når kaoset
omkring dem ett öronbedövande crescendo.
Det som en gång var en livlig, välbesökt plats,
liknar nu ett slagfält, med explosioner som
skakar marken och konflikten mellan Youllian-
vakter och rebellstyrkor som intensifieras.

De tar snabbt skydd bakom en raserad mur,
utbyter korta kommandon när de bedömer
situationen. Henrik skannar området, hans
hjärta sjunker när han ser att vägen till
värdshuset är blockerad av en grupp Youllian-
vakter, deras vapen riktade mot alla som vågar
närma sig. Quintion utnyttjar tillfället att yttra
sig, hennes ilska tydlig. Hon väljer just detta
ögonblick att slå ut mot Henrik, hennes röst
fylld av ilska.

"Du och din patetiska grupp kommer aldrig
lyckas," fräser Quintion, hennes ögon brinner av
raseri. "Youllianerna är starkare än du kan
föreställa dig. Den här striden du är så desperat
att vinna kommer bara sluta i ert nederlag."

Henrik håller sin blick framåt, hans ansikte kallt och obevekligt. "Du vet inte vad vi är kapabla till," svarar han, hans röst stadig och kontrollerad. "Vi har kommit så här långt, och vi tänker inte ge upp nu."

Quintion ger ifrån sig ett skarpt, hånfullt skratt. "Ditt övermod kommer att bli din undergång, Henrik. Youllianerna kommer att krossa er som insekter. Du kommer att få betala för din arrogans."

Skis mäns grepp om Quintion hårdnar när hon försöker bryta sig fri. Men Henrik förblir samlad. "Fortsätt prata, Quintion. Det är det enda bidrag du gör till den här striden."

Henrik vänder sig mot Ski, hans röst bryter igenom det pulserande adrenalinet som fyller luften. "Vi måste röja en väg," säger han, varje ord genomsyrat av beslutsamhet. "Ski, ta ditt team och flankera dem från vänster. Brutus, Adana, vi går rakt på dem."

Ski nickar, ögonen glittrar av koncentration. "Uppfattat, Henrik. Vi skapar en distraktion och drar deras eld."

Ski och hans team rör sig snabbt mot sina positioner, försvinner in i det virvlande kaoset av explosioner och rök. Henrik, Brutus och

Adana utbyter en intensiv, tyst blick innan de går in i stridens hjärta.

Rebellstyrkorna öppnar eld med en våldsam salva av laserstrålar. Henrik och hans team stormar framåt genom rök och skräp. Vapen avfyrar kraftfulla, sprakande strålar som sliter genom luften, och varje skott träffar sina mål med brutal precision. Henrik känner hur den heta luften bränns mot hans ansikte, varje ljud av explosioner får marken att vibrera under honom.

De rör sig med en perfekt synkronisering, undviker fientliga skott genom snabba, precisa rörelser. Henrik duckar bakom en barrikad, rullar framåt och skjuter tillbaka med en dödlig säkerhet. Brutus och Adana följer hans exempel, deras rörelser som en väloljad maskin. Skotten viner förbi dem, några träffar, men de fortsätter framåt med orubblig beslutsamhet.

Trots att motståndet är överväldigande, fortsätter de framåt. Varje steg är ett erkännande av Serges offer och en drivkraft att hedra hans minne. Henrik känner varje muskelsammandragning, hans hjärta bultar i takt med stridens rytm, och hans varje rörelse är en manifestation av hans beslutsamhet att övervinna alla hinder som står i vägen.

Mitt i den intensiva eldväxlingen fångar Quintions skarpa ögon det ögonblick hon har väntat på. När Henrik och hans team lyckas dra Youllian-vakternas uppmärksamhet, slår hon sin blick mot distraktionen med en gnista av beslutsamhet. Med en plötslig kraft av desperation bryter hon sig loss från sina bojor.

Hennes andetag är ojämna och vilda när hon kämpar sig bort från sina fångvaktare, och varje steg framåt är en kamp mot smärtan och paniken. Hennes röst bryter genom tumultet, skär som en kniv genom luften. "Skjut inte!" skriker hon, medan hon frenetiskt viftar med sina bundna armar, som om att hennes rörelser ensamt skulle kunna stoppa kulorna från att träffa henne.

Men Youllian-vakterna, förblindade av stridens kaos, ser bara en flyende gestalt. I en blind reaktion av panik öppnar de eld utan tvekan. En volley av brännande lasrar träffar Quintion och kastar henne tillbaka med en våldsam kraft. Hon vacklar, sträcker ut armarna som om att söka hjälp som aldrig kommer, innan hon faller hårt mot marken. Hennes trotsiga flykt slutar abrupt och tragiskt, hennes kropp ligger livlös i det kaotiska landskapet. Henrik ser på med ögon stora av chock när Quintion faller. Trots den lättnad hennes död innebär, väcker den också en obehaglig klump av medlidande inom honom—en tragisk påminnelse om den kostnad deras kamp har.

Sekunder senare börjar Youllian-vakterna att vackla, deras tidigare ståndaktighet krossad av det häftiga rebellanfallet. Under det skoningslösa trycket av den vilda striden ger de vika, deras försvar brister med ett sista, desperat ryck. Rebellernas frammarsch öppnar en väg fram till värdshuset, nu nästan inom räckhåll.

"Vi måste gå," säger Henrik, hans röst tung av utmattning och efterdyningar från striden. "Vi har ett huvudkvarter att säkra och…"

Men Henrik hinner knappt avsluta sin mening innan marken skakar av ett öronbedövande dån. En förödande explosion slår till bara några meter bort. En chockvåg av skräp och rök fyller luften, och med en våldsam smäll kastas de till marken. Henrik känner hur världen omkring honom kollapsar.

45 - Slagen och Ärrad

Henriks huvud bultar med en smärta som nästan döljer de kaotiska ljuden omkring honom. Ett genomträngande, högfrekvent tjut skär igenom stridsropen och det allmänna tumultet på slagfältet. Han kämpar för att hålla balansen när världen snurrar i en virvel av rörelse och ljud.

Explosionen har kastat en storm av damm i luften, som nu täcker den tidigare bländande solen med ett mörkt, hotfullt täcke. Henrik kisar genom det grusiga kaoset, hans lungor bränner av den tjocka, dammiga luften. Han kämpar för att hålla sina skakande ben stadiga, medan musklerna känns som om de vrids och sträcks till bristningsgränsen av ansträngningen.

Bland det virvlande skräpet fångar Henrik en skymt av Ski, vars kraftfulla röst skär genom bruset, varje ord genomträngande och tydligt. Med precisa, beslutsamma handrörelser visar han vägen, och teamet svarar på hans instruktioner med omedelbar effektivitet, omgrupperar och söker skydd.

De slänger sig mot en närliggande byggnad, som står där som en trasig sköld mot det brutala våldet utanför. Fasaden är riven i bitar, ett vittnesmål om det brutala angreppet som rasar.

Utan att tveka över huvudets motstånd kastar de sig in genom den krossade ingången, där de snabbt söker skydd i de skuggiga hörnen för att undkomma det intensiva bombardemanget.

Gatorna dånar av Youllianska bombardemang, och plötsligt sprakar Henriks kommunikationsenhet till liv, en strimma av klarhet mitt i kaoset. Björns röst, fylld av desperation, fyller luften med sin nervösa hetta, men en ny, skrämmande närvaro tystar honom omedelbart.

"Befälhavare Henrik," ekar en kall, välbekant röst genom radion—Gavious. Henrik känner hur hans hjärta drar ihop sig vid ljudet av den föraktfulla tonen. "Jag varnade dig för konsekvenserna, och nu ska du möta dem," fortsätter Gavious, hans röst genomsyrad av illvilja. "Ditt svaga uppror har krossats under min makt. Ditt högkvarter är nu under min kontroll, och mina styrkor, ledda av flottbefälhavare Maximus, är redo att utplåna vad som återstår av ditt ynkliga motstånd. Våra händer har redan slagit ut din kapten, Caius, och din flotta. Nu, Henrik, nu är det din tur."

Gavious ord skär genom luften som en kniv, varje stavelse fylld med bitterhet och förakt. Henrik känner hur käken spänns av ilska, och hans beslutsamhet tänds som en glöd. Denna brutala attack väcker något inom honom – en bestämdhet att motstå och svara på det som nu känns som en personlig utmaning.

“Ditt herravälde slutar här,” morrar Henrik, hans ögon flammande av ilska. “Skada Björn, och jag lovar att du inte kommer överleva dagen.” Hans ord hänger tungt i luften, som en utmaning mot Gavious’ auktoritet. “Folket i Zuood har rest sig,” fortsätter Henrik, hans röst vibrerande av övertygelse. “Förenade mot ditt förtryck vägrar de att tystas längre. Ditt herravälde slutar idag.”

Gavious skratt är kallt och utan ett spår av empati. “Tror du verkligen att en brokig skara rebeller och en splittrad ’Allians’ kan trotsa det Youllianska Imperiets makt?” hånar han. “Du underskattar vår styrka.”

Hans röst dryper av arrogans när han levererar sitt ultimatum. “Tillkännage upplösningen av Alliansen och erkänn offentligt Youllianernas överhöghet,” kräver Gavious. “Eller möt konsekvenserna, Harlacker. Om du vägrar, kommer du att möta samma öde som din avlidne far.”

När minnena av Björns berättelser om hans far flödar genom Henriks sinne, reflekterar han över deras resa för att befria galaxen och skapa allianser. Med miljoner som förlitar sig på deras nästa drag, solidifieras Henriks beslutsamhet. Han vet vad som måste göras.

"Din flyktiga triumf, Gavious, kommer inte att bestå. Släpp Björn och gisslan. Kapitulera, så kan vi förhandla fram villkor för att stoppa det eskalerande kriget. Ditt herravälde över Zuood och galaxen slutar nu," förklarar Henrik, medan han maskerar sin inre oro med en fasad av självförtroende.

Gavious skrattar, hans ton drypande av förakt. "Stackars Henrik," hånar han. "Du har mycket att lära om ledarskap. Här är en gratis lektion: underskatta aldrig en fiendes grymhet."

Ett skarpt knastrande från en pulspistol skickar en rysning längs Henriks ryggrad. Hans hjärta rusar medan han förbereder sig för nästa drag.

"Björn är fri," hånar Gavious, hans röst skär som en iskall kniv mot Henrik. "Kom till mig så vi kan göra upp detta en gång för alla."

Henrik känner hur hans andetag fastnar i halsen, och en iskall rysning sprider sig genom honom. Händerna skakar, först av rädsla, men sen av ren ilska. Han ser framför sig bilden av sin väns potentiella öde, avbildat i Gavious' grymma leende. Det är som en storm som sveper genom hans sinne, fyller honom med en beslutsamhet som brinner starkare än rädslan.

”Du ska betala för detta!” vrålar Henrik, rösten är knappt igenkännbar från raseri. Hans knytnävar är så hårt knutna att knogarna vitnar. Varje muskel i hans kropp är spänd, som om han bär på en brinnande eld som hotar att explodera.

Henriks hjärta slår vilt, som en häst i sken, medan tankarna trasslar ihop sig i ett nät av osäkerhet och tvivel. Trots detta står hans beslutsamhet fast, en orubblig fyr i stormen. Ilska pulserar genom honom, het och stark, som en flod av ren vilja. Bara tanken på Björns möjliga öde får det att knyta sig i hans mage, en blandning av rädsla och raseri som brinner djupt inom honom. Minnena av deras gemensamma strider och vänskap fyller hans sinne, och Henrik svär att avslöja vad som hänt med sin vän och sätta punkt för den plågsamma ovissheten.

Henriks ögon flackar runt i rummet och landar till slut på Lo'orak, som står vid en vägg och metodiskt inspekterar sin utrustning. Med darrande röst ropar Henrik: "Lo'orak! Vi har inte råd att dröja längre. högkvarteret är vår bästa chans. Vi måste bedöma våra styrkor och agera snabbt. Och Björn... Han kan fortfarande vara vid liv!"

Lo'orak tvekar, osäkerheten glimmar till i hans ögon. Men när han ser in i Henriks blick, speglas desperation där och väcker en växande känsla av brådska inom honom. Med en djup suck och rynkad panna känner Lo'orak hur ansvarets tyngd pressar honom ner, som en sten som vilar tungt på hans axlar.

“Henrik,” börjar Lo’orak med en röst som är färgad av en blandning av tvekan och oro, “att storma högkvarteret med våra nuvarande styrkor… Det är ett riskabelt spel. Youllianerna har troligen förstärkt sin position, och vi saknar resurser för ett fullskaligt angrepp.”

Henrik spänner käkarna, frustration bubblar under ytan, som en tryckkokare redo att explodera. Han är smärtsamt medveten om hur dåliga oddsen är, men tanken på att överge sina kamrater till Youllianerna äter honom inifrån som ett obevekligt odjur. “Jag förstår riskerna,” säger Henrik med en röst hård som stål, “men vi kan inte lämna Björn och vårt folk där inne. Vi måste försöka.” Lo’orak håller kvar Henriks blick, en gnista av beundran glimmar i hans ögon. Trots sina tvivel kan han inte annat än respektera Henriks obändiga beslutsamhet.

Lo’orak möter Henriks blick, och en glimt av beundran flammar till i hans ögon. Trots sina tveksamheter respekterar han Henriks orubbliga beslutsamhet.

“Då fortsätter vi med försiktighet,” säger Lo’orak och nickar eftertänksamt. “Har vi en bakväg in? Annars har de oss i sikte så fort vi kliver av hissen.”

"Det har vi," svarar Ski. "En mindre grupp ger oss bättre chanser. Om vi kan ta oss in genom en av de dolda servicegångarna, överraskar vi dem."

Henrik nickar, hans tankar redan ett steg före. "Okej, alla, gör er redo. Vi rör oss."

Gruppen agerar omedelbart, ljudet av stövlar som slår mot golvet och vapen som laddas fyller rummet. Avlägsna ekon av bomber vibrerar genom väggarna, en ständig påminnelse om kaoset utanför. Mitt i de spända förberedelserna skär ett skarpt, brådskande pip genom luften som en kniv, och Henrik rycker till. Med blixtsnabba fingrar greppar han sin kommunikationsenhet från bältet, dess svaga blå sken kastar ett kusligt ljus över hans ansikte. Hans hjärta bankar hårt när han läser meddelandet, och en våg av lättnad sköljer över honom.

"Det är Lu'cara," meddelar han. "Han och motståndsgruppen är på väg."

En förväntansfull stämning sprider sig genom gruppen, deras rörelser blir snabbare vid tanken på förstärkningar. Henrik känner elden tändas i sitt inre när han tar in budskapet på skärmen. "Och det finns mer," säger han, "motståndsrörelsen får stöd från Youllianer som vill ha ett slut på kriget och en chans till fred."

En elektrisk förväntan sprider sig genom gruppen, och deras rörelser blir snabbare vid tanken på förstärkning. Henriks ögon brinner av beslutsamhet när han fortsätter läsa. "Och det är mer än så," säger han, och nu hörs en förundran i hans röst. "Vi har stöd från Youllianer som är trötta på kriget och vill se fred."

Orden tänder en gnista av förnyat hopp inom dem. Brutus ler, och en hård, beslutsam glimt blixtrar till i hans ögon. "Så vi har några oväntade allierade," säger han, med nyvunnet självförtroende.

Henrik stramar upp sin hållning, hans blick hårt fixerad på målet framför dem. "Ingen tid att förlora," säger han. "Vi har ett fäste att säkra och en framtid att slåss för."

Med en gemensam beslutsamhet rusar de framåt, deras steg starka och målmedvetna, beredda att bana väg för fred mitt i krigets kaos.

* * *

Utanför sjunker solen under horisonten, och staden dränks i ett tjockt lager av rök, kvarlevorna av en dag präglad av kaos och konflikt. De avlägsna explosionerna ljuder som ett dystert soundtrack till deras tysta, intensiva framfart mot värdshuset. Vägen dit är täckt av bråte och spillror, resterna av byggnader som en gång stod stolta och mäktiga men nu är sargade vaktposter, märkta av otaliga strider som utkämpats i deras skugga. Trots förödelsen är *Dwellerna* och *Azādis* orubbliga, deras beslutsamhet blixtrar i varje steg när de metodiskt tar ut de sista Youllianska vakterna som står i deras väg.

Henriks hjärta hamrar i bröstet när han försiktigt kikar runt hörnet. Han höjer en hand och signalerar åt de andra att följa efter, hans blick hårt fixerad på en trupp Youllianska soldater som snabbt närmar sig. Deras steg ekar genom de ödelagda gatorna, och Henriks ögon möter Lo'oraks. En tyst förståelse passerar mellan dem—ett ordlöst avtal om vad som måste göras härnäst, om det ansvar som vilar på deras axlar.

"Vi måste eliminera den där truppen," ropar Henrik.

Lo'orak nickar och hans grepp hårdnar om sitt vapen. "På min signal."

Som en entitet, sätter de i gång, deras rörelser en symfoni av precision och skicklighet. Lo'oraks pistol sprakar och släpper lös en storm av energibultar som hittar sina mål med dödlig precision. Vakterna, tagna på sängen, kryper efter skydd och besvarar elden med desperat intensitet, men vakterna är ingen match för den kombinerade styrkan hos *Dwellerna* och *Azādi* när de stormar framåt med snabbhet och precision.

Med ett dånande stridsrop släpper Henrik lös en skur av skott mitt bland vakterna och splittrar deras formation med en kraft som ekar genom luften.

"Fortsätt framåt!" Henriks röst skär genom kaoset, hans ögon skannar av omgivningen efter tecken på fara. Spänningen i luften är tjock, nästan påtaglig, när de gör en sista, adrenalinfylld sprint mot dörren till värdshuset. Deras hjärtan bultar i bröstet, förväntan och spänning växer med varje steg de tar. Det är en drivkraft som pressar dem framåt, en känsla av oundviklighet om vad som väntar runt nästa hörn. Varje andetag är fyllt av adrenalin, och varje rörelse är laddad med en blandning av beslutsamhet och oro.

När de stiger in i värdshuset möts de av ett kaosartat landskap: bord och stolar ligger omkullvälta, och halvuppätna måltider har lämnats åt sitt öde. Den kvava luften är mättad med en skarp blandning av rädsla och desperation, en kall påminnelse om den intensiva striden som nyligen rasat här. Varje hörn av rummet bär spår av panik, som om själva väggarna ekar av de röster som tystnat.

Skis blick sveper över området efter tecken på en servicelucka. "Vi behöver hitta en väg ner," förklarar han med bestämd röst. "Håll ögonen öppna efter något tecken, servicelucka eller dold hiss."

Teamet sprider ut sig; deras rörelser är koordinerade och målmedvetna när de söker efter en alternativ väg. Henriks hjärta rusar av en blandning av spänning och oro, hans sinnen skärps när de navigerar i den okända terrängen.

"Här!" Brutus röst hörs genom rummet och drar deras uppmärksamhet till en smal korridor gömd bakom en hög med lådor. "Det här ser lovande ut."

Med förnyad beslutsamhet tar de sig fram genom den skräpfyllda korridoren, deras steg blir snabbare och mer beslutsamma för varje kliv. När de nästan nått slutet av korridoren, fångar Henrik plötsligt en uppståndelse från rummet de just lämnat. Hans hand höjs omedelbart i en tyst gest, och hans ögon möter de andras med ett allvarligt uttryck. Hjärtat slår snabbare i hans bröst, drivet av en blandning av spänning och oro. Mitt i det växande oväsendet koncentrerar sig Henrik, hans sinnen skärps och söker efter källan till ljudet, varje muskel i hans kropp är spänd i väntan på vad som kommer härnäst.

Med en subtil nick till Ski ger Henrik honom en tyst signal att undersöka källan till störningen. Ski, med sin erfarenhet och precision, rör sig ljudlöst tillbaka genom korridoren, vapnet redo för eventuell konfrontation.

Medan Henrik och de andra håller andan, försvinner Ski runt hörnet. Tiden tycks stå stilla, varje sekund dragande ut i en nervös väntan. Slutligen dyker Skis siluett upp igen, badad i det dämpade ljuset som filtrerar genom korridorens fönster. Vid hans sida står Lu'cara, omgiven av en grupp ståtliga Youllianer i full rustning – sammanlagt femton personer. Deras närvaro är imponerande, deras hållning auktoritär och uttryck etsade av beslutsamhet.

Henrik känner en lättnad och nyfikenhet när han ser Lu'cara och hans allierade, men också en ny nivå av spänning. Med det förstärkta stödet från Youllianerna känner han att kampen har fått en ny vändning.

"Det är Lu'cara. Han har tagit med förstärkning," ropar Ski högt, hans röst bär på en glädje och lättnad.

Henrik känner hur en våg av lättnad sköljer över honom, som en kraftfull flodvåg. Han kliver fram och sträcker ut handen mot sina oväntade allierade. "Lu'cara, det är skönt att se dig. Vi behöver all eldkraft vi kan få," säger han med en ton av tacksamhet.

Lu'cara möter Henriks blick med en fast beslutsamhet som lyser i hans ögon. "Vi är här för att hjälpa till, befälhavare," svarar han med en stadig röst. "De Youllianer som följer mig är trötta på det ändlösa blodbadet och den grymhet som sker i Youllianernas namn. De längtar efter fred lika mycket som vi."

De Youllianer som står bakom Lu'cara nickar allvarligt, deras ståtliga silhuetter kastar långa skuggor mot korridorens slitna väggar. Ansiktena är delvis dolda bakom masker, men en intensiv beslutsamhet lyser genom deras ögon, som en glödande eld under ytan.

"Nåväl, vi har ett högkvarter att säkra. Låt oss göra det här tillsammans," förklarar Henrik med en fast och bestämd röst. När hans ord ekar i det trånga utrymmet, står gruppen enad. Deras kollektiva beslutsamhet är påtaglig; ögon möts i tysta erkännanden av den farliga uppgiften som väntar. De är beredda att gå in i striden med ett förnyat hopp och en starkare allians.

Henriks blick sveper över gruppen, stärkta av nya ansikten och ivriga frivilliga. Med trettio starka, inklusive honom själv, är de en formidabel styrka redo att sätta all sin kraft bakom den kommande kampen. Med planen klar och deras humör på topp, tar Henrik tillfället i akt att tala till de samlade kämparna. Hans röst kliver fram över det förväntansfulla sorlet, kräver uppmärksamhet och tänder en gnista av hopp hos de samlade.

"Idag står vi inför vår största utmaning," proklamerar Henrik med en röst som bär tyngd av övertygelse. "Men vi kämpar inte bara för oss själva. Vi kämpar för rättvisa och frihet. De Youllianska ledarna må ha makt, men vi besitter något mycket mer formidabelt - den okuvliga viljan hos ett enat folk."

En kör av instämmande stiger från både rebellerna och det Youllianska motståndet. Deras röster blandas i en symfoni av trots och beslutsamhet. De står som en enad front, vapen hårt knutna i sina händer, redo att möta vad som än väntar dem.

Henrik utbyter en meningsfull blick med Lo'orak, och en tyst förståelse passerar mellan dem som en blixt. Tillsammans kommer de att leda anfallet in i mörkrets hjärta och bära med sig löftet om en ljusare framtid.

Med en sista nick av beslutsamhet öppnar de dörren bredvid sig. Ett svagt upplyst trapphus som leder ner till högkvarteret nedanför avslöjas för dem.

De går ner i mörkret, deras hjärtan brinner av trotsets eldiga passion, drivna av vetskapen om att Zuoods öde hänger i vågskålen. Deras fotsteg ekar genom det trånga trapphuset och vävs samman till en symfoni av motstånd i deras öron.

Med varje steg de tar, marscherar de närmare sitt öde. Deras viljor är orädda för skuggorna som tornar upp sig framför dem. De vet att så länge de står enade kommer deras röster aldrig att tystas, och deras sak kommer att bestå mot tyranni och förtryck.

47 - In i fästet

När Henrik och hans trettio kämpar kliver nerför den smala trappen, ekar det metalliska klirret av deras steg djupt i det förtätade mörkret. Ingen belysning markerar deras väg, och de navigerar genom avgrunden med endast det svaga skenet från sina ficklampor som ledstjärna. Ju djupare de går, desto mer skärper sig Henriks sinnen. Trots att trappen är omgiven av total dunkel, kan han inte skaka av sig känslan av att schaktet leder till en vidsträckt plats, där potentiella fiender kan gömma sig i skuggorna.

Henrik är ständigt på sin vakt. Mörkret förvärrar hans oro, och tanken på ett eventuellt bakhåll gnager som en osynlig fiende i hans sinne. Hans andning stannar till vid tanken på att möta osynliga motståndare i det trånga utrymmet. Han är på helspänn, varje sinne skärpt för att upptäcka det minsta tecken på fara.

Varje steg nedåt fyller Henrik med en växande oro, och hans tankar är konstant upptagna av Björn. Han ser framför sig sin väns leende ansikte, värmen i hans ögon när han talade om sin dotter Sofie, och de hemligheter de delade genom åren. Minnena av deras vänskap, som började i barndomen och förstärktes genom otaliga prövningar, tynger Henrik djupt.

Med vetskapen om att han kanske aldrig mer kommer att höra Björns skratt, fylls han av en djup sorg som förvandlas till obeveklig energi. Varje hastigt men ändå kontrollerat steg driver honom framåt, och hans beslutsamhet är orubblig trots det mörker som hotar att sluka honom. I den tysta, hotfulla djupet av högkvarteret, omgiven av skuggor av osäkerhet, håller Henrik fast vid hoppet om att han kommer att hitta sin vän och föra honom tillbaka till ljuset.

De slingrar sig nerför den spiralformade trappan, varje varv avslöjar en ny sträcka av skuggig nedstigning. Henrik känner andningen gå snabbare av förväntan. Osäkerheten om hur långt de har kvar hänger tungt över dem. Skulle de någonsin nå botten? Men så, under dem, skymtar en svag glans av grå betong. De är nästan framme.

"Nästan där," viskar Henrik, rösten stadig men med en underton av brådska. Hans blick sveper över gruppen, en blandning av beslutsamhet och försiktighet speglas i hans ögon. "Håll ögonen öppna och var beredda på vad som helst," varnar han. De kliver ut på den fasta marken, ett tunt lager damm vittnande om att ingen varit här på länge. En fuktig, unken doft fyller luften.

Framför dem tornar en gammal metalldörr, målad i slitna svarta och gula ränder. En oläslig skylt hänger snett, bokstäverna utplånade av tidens tand. Henrik pekar på dörren. "Ser ut som det här är vår väg framåt," säger han bestämt.

När han närmar sig dörren, utbyter han en menande blick med Lo'orak. Deras tysta kommunikation talar om behovet av största försiktighet. Teamet följer tätt bakom, vapnen redo. Henrik lägger handen på den kalla, grova metallen och känner dess vikt. Med en sakta rörelse skjuter han upp dörren, och ett högt knarr skar genom tystnaden. "Var på er vakt," viskar han. "Vi går in som en enhet."

De kliver in, en efter en. Lo'orak leder vägen, hans steg mätta men snabba. De är redo för vad som än väntar på andra sidan.

* * *

På andra sidan dörren möts de av en bekant korridor, men denna gång är mattan djupt blå i stället för den vanliga gröna. Henrik höjer en hand och signalerar till de andra att röra sig med försiktighet. Tystnaden bryts endast av deras tunga andetag och det dämpade knarret av fotsteg mot den slitna mattan.

Youllianerna från *Moqavemat* går först, deras avancerade rustning blänker svagt i det dämpade ljuset. De rör sig framåt med självsäkerhet, deras steg tunga och resoluta. Henrik och de andra följer tätt efter, varje sinne skärpt av det påtagliga hotet.

"Var vaksamma," väser Henrik, hans röst en låg men tydlig påminnelse när de passerar spillrorna av en tidigare strid. Bord och stolar ligger omkullvälta i konferensrummen, glasväggar har krossats och ligger i högar som blänkande skärvor på golvet. Mörka, torkade fläckar drar uppmärksamheten till mattan, och plötsligt bryts tystnaden av en ljusstråle som svischar förbi Henrik. Hans ögon svider när den blixtrar förbi, krossar glaset bakom honom och skickar sprickor genom den sköra väggen.

Innan Henrik hinner reagera kommer en andra stråle flygande mot honom. Längre fram i korridoren får han en skymt av två fiendevakter, deras vapen brinnande med energi. Deras första salva träffar en av *Moqavemat*-männen, som faller ihop utan ett ljud. De andra reagerar omedelbart, öppnar eld och träffar pipan på ett av fiendens vapen, som med ett dovt ljud faller till golvet.

"Ta skydd!" ropar Henrik och kastar sig in i ett av rummen längs korridoren. De andra följer hans exempel, dykande in bakom de få väggar som fortfarande står upprätt. Henrik lutar sig ut och avfyrar två snabba skott mot slutet av korridoren, där hans projektiler kastar ett skarpt ljus över de blanka väggarna. Svaret är omedelbart, en skur av eld bländar korridoren och tvingar honom tillbaka bakom skyddet.

"Besvara elden och avancera! Ta ner dem!" Henrik stiger fram ur sitt skydd och rör sig snabbt och beslutsamt längs korridoren. Varje steg för honom närmare fienden, medan *Moqavemat*-teamet rör sig som en vältränad enhet bakom honom.

När de avancerar, lyfter kämparna sina vänsterarmar, deras energiabsorberande sköldar fälls ut som mekaniska blommor, öppnas och justeras för att skapa ett ogenomträngligt skydd. Fienden avfyrar desperat, men skotten slår mot sköldarna och absorberas som om de vore ingenting.

Sköldarna reflekterar både värme och laserstrålar, vilket ger *Moqavemat*-teamet ett tydligt övertag. De fortsätter att skjuta och avancera, steg för steg närmar de sig fienden, som slutligen tvingas till reträtt.

När den första av *Moqavemat*-kämparna rundar hörnet, möts de av en övergiven korridor. Fienden har redan dragit sig tillbaka. De fäller ner sina sköldar och sprider ut sig för att säkra passagen, deras blickar vaksamma och vapen redo.

Henrik märker att mattan under hans fötter återigen är grön. "Vi måste vara nära nu," säger han med en låg men fast röst. "Håll ihop och rör er som en enhet." Med skärpt fokus fortsätter de framåt, beredda på vad som än väntar dem.

När de rör sig genom korridorerna känns spänningen nästan fysisk i luften. Längre fram, synen av en alliansvakt, liggande med ansiktet nedåt och fastklämd mellan de halvt öppna dörrarna, förstärker känslan av brådska.

"Var på er vakt," säger Henrik och närmar sig kroppen med försiktiga steg. Han drar sakta upp dörren, frigör vakten från dess grepp. Med varsamhet lyfter Henrik den livlösa kroppen och lutar den mot väggen, en tyst stund av respekt för en fallen kamrat.

När Henrik kikar in i rummet börjar hans hjärta slå snabbare. På det kalla golvet ligger Björns livlösa kropp. Henrik tar ett steg tillbaka, andan fastnar i halsen, hans sinne kämpar för att förstå synen framför honom. Tystnaden är öronbedövande när Henrik långsamt rör sig mot Björn, hans ben tunga, stegen medvetna. Han sjunker ned på knä bredvid honom, blicken fastnaglad vid Björns ansikte, präglat av plåga som vittnar om de fruktansvärda lidanden han utstått.

"Henrik, jag är så ledsen," säger Ski och rör sig närmare, lägger en tröstande hand på Henriks axel. "Ta den tid du behöver; vi har koll på området."

Med skakande hand rör Henrik försiktigt vid Björns kalla kind, och känslan av vännens sista avsked slår honom som ett fysiskt slag i hjärtat. "Jag är så ledsen, Björn," viskar han, rösten spricker under tyngden av hans känslor. "Du förtjänade bättre. Jag önskar att jag hade varit där för dig." Hans röst brister ytterligare när han tillägger, "Vi ska hedra dig, min vän. Din kamp är över, men vår fortsätter." Tårar stiger i Henriks ögon när han tar farväl av sin käraste kamrat, klamrande sig fast vid de minnen de delade och det oskiljaktiga band de knutit.

Henrik stannar kvar vid Björns sida en lång stund, kännandes tyngden av förlusten och beslutet att fortsätta i sin väns namn. Han drar ett djupt andetag för att samla sig, sorgen är djup, men han vet att Björns död inte får vara förgäves och att deras uppdrag måste fortsätta.

"Vi har inte råd att fastna i vår sorg," säger han, rösten fast men färgad av sorg. "Vi måste fortsätta och avsluta det vi har påbörjat. Vi måste hitta Gavious."

48 - Beslutsamhetens vägar

Henrik, tyngd av sorg, kastar en sista blick på Björn, hans vän och allierade. Hans ögon fylls med en blandning av smärta och beslutsamhet, och med ett bestämt nick till sina kamrater reser han sig, trots den inre stormen som river inom honom. Hans beslutsamhet är lika obeveklig som stål. De andra följer honom, deras steg är en tyst symfoni av delad sorg och orubblig beslutsamhet, som en gemensam puls i den tryckande tystnaden.

När de lämnar kammaren glider den tunga dörren igen bakom dem med ett dovt ljud, och en tystnad fyller korridoren. Ljudet av deras stövlar mot den slitna mattan ekar i takt med deras hjärtslag, som om varje steg är en påminnelse om det enorma ansvar de bär. Henrik håller sina sinnen skärpta; insatserna har aldrig varit högre, och varje steg kräver största försiktighet.

Gruppen avancerar i tät formation, med Henrik i spetsen och Lo'orak samt Lu'cara tätt bakom honom. Henriks tankar rusar framåt, fokuserade på deras uppdrag: de måste konfrontera Gavious och säkra högkvarteret. Otaliga liv står på spel, och deras framgång är den tunna tråden som håller hoppet vid liv. Deras fotsteg ekar i korridoren, som en påminnelse om deras väg mot det avgörande ögonblicket.

Korridoren slingrar sig som en orm genom det mörka komplexet, men Henrik leder gruppen med orubblig precision. Hans fokus är knivskarpt, och varje steg för dem närmare målet som ligger framför dem. Väggarna verkar krympa omkring dem, som om de är på väg mot en osynlig, hotfull kraft.

Till slut når de korridorens ände, där två massiva dörrar står som dystra väktare. Dörrarna är prydda med intrikata mönster, en gång glänsande metall nu mattad av tidens obevekliga gång. Henrik andas tungt, hans bröstkorg stiger och sjunker medan han absorberar synen framför sig. Det är som om dörrarna själva är en port till ödet.

"Vi är framme," säger Henrik, hans röst bär en ton av slutgiltighet och allvar. "Högkvarteret ligger precis bortom dessa dörrar."

Han ser på sitt team, deras ansikten speglar en blandning av förväntan och stilla beslutsamhet. De känner till farorna som lurar, men är redo att möta dem utan tvekan. Det finns ingen väg tillbaka, och de är fast beslutna att fullfölja sin mission.

"Förbered er," beordrar Henrik, hans blick låst
på de massiva dörrarna. "Nu gäller det. Vi
konfronterar Gavious här och nu."

Henrik kliver fram och hans team nickar i
samförstånd, enade i sin beslutsamhet. Deras
viljestyrka är orubblig, en motståndskraftig
sköld mot det okända som väntar dem.
Tillsammans står de som en fyr av hopp i
motgångens mörker.

Med ett djupt andetag lägger Henrik sin hand på
dörrhandtagets kalla metall. Hans hjärta bultar
hårt i bröstet, detta är ögonblicket de har
kämpat för, det ögonblick som kommer att
avgöra Zuoods öde. Han känner det kalla
metallhandtaget som en kylande påminnelse
om den vikt som vilar på deras axlar.

"Låt oss göra det här," säger Henrik med en
beslutsamhet som genljuder i tystnaden.

Han trycker upp dörrarna, och med ett högt
knarrande avslöjar de högkvarterets storslagna,
vidsträckta kammare. Rader av skrivbord och
konsoler kantar rummet, medan svagt lysande
hologram flimrar med data. Henrik sveper med
blicken över rummet, där varje hörn kan dölja
ett hot. Den stora kammaren verkar både
imponerande och skrämmande, som en labyrint
av teknologiska mysterier och faror.

Så snart de kliver in, fylls luften av det öronbedövande dånet från pulspistoler, och de hamnar genast under attack. De kastar sig bakom skrivbord, omkullvält möblemang och pelare, hjärtan som dunkar av insikten om den överhängande faran. Värme och ljus från projektilerna skapar ett intensivt, nästan bländande sken.

Två *Azādi*-kämpar, överraskade av den plötsliga beskjutningen, träffas. Den ena griper om sin axel, den andra om sitt ben—båda sårade men fortfarande i rörelse. Deras ansikten är förvridna av smärta, men deras beslutsamhet är intakt medan de fortsätter att hålla sig lågt och skydda sig från den inkommande elden.

Henriks hjärta slår snabbt när han bedömer situationen och söker efter källan till attackerna. Hans team är fastlåst, men han vet att de måste agera snabbt för att få övertaget. Deras uppdrag hänger på en skör tråd mitt i det högljudda utbytet av energi projektiler i kammaren.

”Besvara elden!” ropar Henrik, hans röst skär igenom larmet. ”Skydda de sårade och avancera!”

Gruppen reagerar på Henriks order med precision. De besvarar elden mot angriparna och försöker undertrycka fienden samtidigt som de skyddar de skadade kämparna. De rör sig snabbt, svarar med noggrannhet på hans kommando. Projektilerna skär genom luften, ljusa blixtar fyller kammaren och sätter sin prägel på den redan hektiska scenen. Angriparna trycker sig bakom konsoler och barrikader, deras försvar starkt. Lukten av bränt metall och den stickande doften av projektiler fyller luften—Henrik hukar sig bakom sitt skydd, medan de intensiva värmestrålarna svider mot väggarna. De öronbedövande ljuden från pulspistoler ekar genom kammaren, avbrutna av smärtskrik och kommandorop från båda sidor.

Henrik håller sig lågt, kryper bakom sitt skydd medan han bedömer situationen. Han siktar snabbt och avfyrar exakta skott mot fienden, tvingar dem att hålla sig nere. De andra följer hans exempel, deras rörelser noggrant avvägda när de pressar framåt, centimeter för centimeter närmare sina mål.

De två *Azādi*-kämparna, sårade men orubbliga, biter ihop och fortsätter ge täckande eld för sina kamrater. Henrik, imponerad av deras uthållighet, kontrollerar dem med en blandning av beundran och strategisk övervägning. Deras beslutsamhet blir en drivande kraft för hans egen vilja att lyckas.

Youllianerna från *Moqavemat* visar sitt värde från det ögonblick de går in i striden. Klädda i avancerad rustning marscherar de framåt, skyddar Henrik och de andra från fiendens eld. Deras uppoffring gör det möjligt för resten av gruppen att avancera.

"Fokusera på deras flanker!" ropar Lo'orak, hans röst skär igenom stridens tumult och ger strategiska riktlinjer mitt i hetta. "Kila in dem!"

Som en enhet följer de hans råd, skiftar sina positioner för att omringa fienden. De utnyttjar rummets utformning till sin fördel och pressar angriparna från alla sidor, medan ljudet av projektiler fyller rummet och skapar en symfoni av kaos.

När de vinner mark i kammaren börjar deras samordnade anfall bryta ner fiendens linjer. Men när striden vänder till deras fördel skärps Henriks fokus. Han genomsöker rummet, hans ögon söker febrilt efter tecken på Gavious. De fortsätter att pressa sig närmare kammarens hjärta, men Henriks instinkter, kantade av försiktighet, varnar honom för att förbli vaksam.

Vakterna börjar ge upp, deras vapen faller till marken, och stridens ljud avtar. För ett ögonblick sköljer en känsla av triumf över Henrik, men hans sinne rusar med tanken på att det kan vara en fälla. En kylig, pressande känsla trycker plötsligt mot baksidan av Henriks huvud. Hans kropp blir som cement, stum av chock när han inser vad som hänt. Gavious har smugit sig fram bakom honom och trycker nu munstycket av en pulspistol mot hans skalle.

En tung, kuslig tystnad breder ut sig över rummet. Kampens vilda ljud och skrik dämpas snabbt när alla ögon dras mot den nya scenen i mitten. Henrik står som förstenad, fångad av Gavious brutala grepp. Den kalla metallpipan mot hans huvud känns som en bitande isklump, som om hela kammaren håller andan i väntan på vad som ska hända härnäst.

Henriks hjärta slår som en trumma i bröstet, varje dunk en påminnelse om hans utsatta situation. Han tvingar sig själv att andas långsamt och kontrollerat, hans kropp är en blandning av skräck och beslutsamhet. Gavious grepp om pulspistolen är fast och självsäkert, och hans röst är som en kall, raspig viskning som sliter genom tystnaden.

"Nå, nå, Henrik," säger Gavious, hans röst djupt föraktfull och nästan smakfullt långsam. "Tror du verkligen att du kunde vinna den här striden? Nu verkar det som om det är du som står i mitt sikte."

Henrik känner hur den kalla pipan genomsyrar hans nacke, varje vibration ett påstående om hans sårbarhet. Hans ansikte är som en mask, men inuti är varje muskel spänd till bristningsgränsen. Gavious fortsätter, hans ord är vassa och hänsynslösa. "Du har alltid varit för sentimental, Henrik. Din väns död kommer snart att följas av din egen. Är detta det hjältemodiga slut du föreställde dig?"

Henriks käkar spänns så hårt att det känns som om hans tänder ska brista. Tankarna snurrar, en virvelvind av skräck och frustration. Varje sekund som går känns som en evighet medan han desperat söker efter en väg ut ur denna dödliga fälla. Hans sinne är en rasande storm av strategiska överväganden, alla sina styrkor och svagheter som samlas i ett sista, avgörande ögonblick. Trots den överhängande faran som hotar att sluka honom, förblir Henrik beslutsam att hitta den minsta öppningen för att slå tillbaka. Hoppet om att rädda sig själv och sina kamrater från Gavious mörka planer är den glödande lågan som driver honom framåt i det skrämmande mörkret.

49 - Konfrontationen

I det yttre av systemet byggs en påtaglig spänning upp när Kollektivets asteroider närmar sig sitt mål. Denna kosmiska händelse, en sällsynt syn som inte skådats på århundraden, förutspår en monumental konfrontation med fiendens massiva armada. Solbärare 1, en fyr av hopp och en symbol för Kollektivets oövervinnliga styrka, leder vägen med obeveklig beslutsamhet. Den lilla flottan av avancerade rymdskepp glänser i det mörka vakuumet, styrande mot sitt ultimata mål: att utplåna det överhängande hotet och säkra freden för alla inblandade.

Bakom dem glider en massiv asteroid fram genom rymden, en koloss av täta, steniga och isiga kroppar som rör sig med en graciös precision. Asteroiden, täckt av en labyrint av kratrar och sprickor, styrs av ett sofistikerat nätverk av framdrivningssystem. Kombinationen av kvantframdrivning och gravitationsmanipulation gör att den kan navigera genom rymdens vidsträckthet med en hastighet och precision som nästan verkar övernaturlig. Denna kolossala kropp är både ett kraftfullt vapen och en avskräckande symbol mot fienden, redo att slå till om armadan vågar göra motstånd.

Kapten Maximus' ansikte speglar en blandning av rädsla och beslutsamhet när han följer Kollektivet på de enorma skärmarna i sitt skepp. Hans ögon är fokuserade, ögonbrynen pressade i en orubblig grimmas. Driven av en desperat önskan att lämna ett avtryck i historien, och kanske bevisa sitt värde, avfyrar han ett intensivt bombardemang av missiler mot den målmedvetna rymdstationen. Han mumlar för sig själv, "Om jag ska gå under, kommer jag inte att göra det ensam." Hans hjärta bultar vilt i bröstet, en konstant påminnelse om den annalkande undergången, och hans önskan att skapa ett hjältemodigt arv brinner starkt.

Solbärare 1 orkestrerar den komplexa operationen med en elegans som nästan är poetisk. När de närmar sig fiendens armada, kopplar Kollektivets teknologi sömlöst upp med armadans nätverk. Med kirurgisk precision infiltrerar de varje system, inaktiverar fiendens framdrivningssystem och vapen. Fiendens skepp lämnas drivande och maktlösa, medan navigationskontroller och kommunikationskanaler stängs en efter en. Plötsligt ligger hela fiendens flotta under Kollektivets fullständiga kontroll. Trots segern är de förbundna av sina grundläggande direktiv att upprätthålla livsuppehållande system, vilket räddar otaliga liv från att gå förlorade.

"Motstånd är meningslöst," genljuder Solbärare 1 röst genom komradion, hennes ton lugn och befallande. "Era skepp är nu under vår kontroll. Ge upp, eller möt förintelse."

Evan, känd för sin analytiska förmåga, ser oroligt på henne. "Du visar nåd där de inte visade någon. Är du säker på att det här är det bästa valet?"

Solbärare 1 svarar med en mätt ton, fylld av strategisk insikt. "Det är ett beräknat beslut. De fientliga besättningarna utgör inget ytterligare hot."

Fiendens flotta flyter nu genom rymden som en tidigare så hotfull marionett föreställning, nu förlamad och utan liv. Kollektivet har genom skickliga strategiska manövrar förvandlat armadan till ett fullständigt immobiliserat mål.

Samtidigt fortsätter kapten Maximus sin sista strid med brådska och frenesi. Missilerna han avfyrat utlöser ett öronbedövande bombardemang av explosioner som skakar stationens struktur i grunden. Det som tidigare var en mäktig bastion av teknologisk framgång och mänsklig uppfinningsrikedom klyvs nu i bitar. Metall knakar och gnistor flyger som stjärnor i den svarta rymden när stationen splittras i två delar. Skräp virvlar ut i rymden och bildar en dödlig ring av förstörelse. Den en gång stolta stationen, en symbol för Zuoodiansk teknologisk briljans, reduceras till ett pyrande vrak i rymdens kalla omfamning.

Joanna, en av de mest erfarna officerarna, kastar ett bekymrat öga på Solbärare 1. "Kunde du inte stoppa missilerna? Vi borde ha kunnat förhindra detta."

Solbärare 1 röst är låg och melankolisk. "Stationens förstörelse var oundviklig. Maximus handlingar var impulsiva och vårdslösa. Det var ett nödvändigt ont."

När stationens fragment driver bort, upplöses de i rymdens tomrum som stoft efter en storm. Detta sista förödande slag utlöser asteroidens offensiva algoritmer, en sista åtgärd för att säkerställa seger genom att eliminera det kvarvarande hotet. Algoritmerna, programmerade med skrämmande precision, förseglar omedelbart Maximus' öde och initierar en serie automatiserade händelser som leder till hans skepps fullständiga förstörelse.

Maximus står vänd mot fronten på sitt skepp, hans ögon vidgas av ren chock när han ser den enorma asteroiden närma sig. "Nej… det här kan inte hända!" utbrister han, rösten fylld av misstro och panik.

Asteroidens massiva form får Maximus' skepp att framstå som en obetydlig prick i det vidsträckta universum. Han känner en förlamande skräck när han ser den massiva klippmassan närma sig, en påminnelse om den oundvikliga kollisionen och det ofrånkomliga öde som väntar honom.

När asteroiden fortsätter sitt närmande, döljer dess kolossala form stjärnorna och sänker skeppet i ett skrämmande mörker. Maximus känner hur hela skeppet vibrerar när asteroiden tränger igenom dess skyddande sköldar, och en djupt mullrande smäll ekar genom dess metalliska struktur. Kapten Maximus' sista tanke är ett flyktigt hopp om att hans gärningar kommer att bli ihågkomna som ett hjältemodigt bidrag till Youllianska kampen. Asteroiden träffar skeppet med en kraft som omedelbart gör det maktlöst, krossar det i ett snabbt, skoningslöst slag. Skeppet bryts genast sönder vid kollisionen, krossas till fragment som sprids över den karga ytan. Metall och skräp virvlar bort som damm över asteroidens yta, och det en gång mäktiga skeppet reduceras till vrakdelar som fortfarande klamrar sig fast vid asteroidens yta.

Solbärare 1 observerar med en neutral men tillfredsställande känsla när Maximus' skepp fullständigt krossas. "Operationen lyckad.

Zuood är säkrad," meddelar hon lugnt medan hon skickligt omdirigerar asteroidens bana. Med en exakt och mästerlig precision styr hon den bort från sin ursprungliga kurs, mot det avlägsna asteroidbältet. Den steniga kroppen glider smidigt längs sin nya bana och lämnar efter sig ett spår av rester från *Elostarrs* förstörelse.

Efter att ha uppnått sitt mål att immobilisera fiendens armada och omdirigera den massiva asteroiden bort från Zuood, tar de nu på sig ett nytt uppdrag: att starta en koordinerad manöver för att omringa Zuood och etablera en låg bana runt planeten.

"Du menar verkligen att vaka över oss, eller hur?" frågar Joanna, medan hon ser asteroiderna omringa planeten.

"Ja, för en tid," svarar Solbärare 1. "Det är nödvändigt för Zuoods säkerhet."

De tolv asteroidkropparna rör sig med beräknad precision och bildar en ring av väktare som svävar över ekvatorn. Deras steniga ytor fångar solljus från marken. Både Youllianer och människor ser upp mot dessa gamla, utomjordiska kroppar som nu omger deras värld. Vissa känner vördnad inför deras närvaro, ett bevis på universums underverk.

Andra känner obehag inför deras tysta vaka, en påminnelse om konflikten som förde dem hit.

D'osan kliver fram, hans ögon brinner med en obeveklig glöd. "Det är över nu, Gavious,' fräser han, "du kan inte undkomma det här. Din tid är slut."

Gavious fnyser och hans ansikte drar ihop sig i ett hånfullt leende. "Ni förstår inte vad ni har gett er in på," säger han med en självsäkerhet som nästan är farlig. "Ni har utmanat en makt ni knappt kan förstå."

D'osans blick är hård som stål. "Vi har lidit tillräckligt av ditt tyranni. Vi söker fred och enighet med Zuoodi-folket," säger han, varje ord genomträngande med en djup känsla av rättvisa och bestämdhet.

Gavious' ögon smalnar, hans röst är en isande viskning. "Enighet med dessa smutsiga varelser? De är en skam för vår art," hånar han, medan hans hand klamrar sig hårdare om sin pulspistol, den kalla metallen som vilar mot Henriks huvud får hans hjärta att slå snabbare. Rummet är dödstyst, varje blick fäst på det kritiska ögonblicket. Henriks tankar virvlar i en storm av strategiska överväganden, medveten om att en felbedömning kan leda till katastrof.

D'osans blick är som stål när han varnar Gavious. "Underskatta oss inte," säger han, hans röst fylld med en farlig underton. "Din grymhet har bara stärkt vår beslutsamhet. Du kommer att ställas inför rätta för dina illdåd."

Henriks team skiftar oroligt, deras vapen höjda i beredskap, men varje rörelse kan vara ödesdiger. Lo'orak, med ett ansikte som speglar beslutsamhet, tar ett steg framåt. "Det här är inte över, Gavious. Du har förlorat kontrollen här. Släpp Henrik och möt konsekvenserna av dina handlingar."

Gavious' skratt ekar kallt i rummet. "Konsekvenser?" fnyser han. "Ni kommer snart att förstå priset för er oförskämdhet. Jag ska krossa ert uppror och statuera ett exempel med er alla."

Henrik förblir samlad men hans sinne rusar när han bedömer Gavious' position. Han känner en nyckfullhet i Gavious' röst, en antydan till rädsla som döljer sig bakom hans arroganta fasad. Han vet att tyrannens grepp om situationen håller på att glida ur händerna på honom. "Zuoods folk kommer inte att backa," säger Henrik med en fast övertygelse. "Vi kommer att stå emot dig och ditt förtryck. Din kontroll är bruten, och Andromedas folk har rest sig. Vår seger är oundviklig!"

Tystnaden i rummet är elektrisk, tung av den kommande konfrontationens tyngd. Henriks team och det Youllianska motståndet är redo att agera vid den minsta möjlighet.

D'osans röst är lugn men fast. "Ditt styre har inte orsakat annat än lidande. Det slutar här, Gavious. Släpp Henrik och möt ditt straff."

Gavious' grepp om pulspistolen verkar för ett ögonblick vackla, hans hånleende falnar något. Henriks hjärta slår hårt i bröstet medan han analyserar den förändrade dynamiken i rummet. Tystnaden är full av förväntan när båda sidor ser konfrontationen spela ut. Henrik känner att detta ögonblick kan förändra allt; Zuoods framtid vilar på det.

Plötsligt skimrar ett ljus vid rummet hörn, och utan förvarning materialiseras Solbärare 1 bakom Gavious. Hennes eteriska skönhet och lysande ögon förmedlar en djup och gammal visdom. Hennes närvaro är omedelbart slående och fyller rummet med en mäktig, nästan helig atmosfär.

Med en rörelse av fullständig precision sträcker hon ut handen och rör vid Gavious' huvud. Tyrannens uttryck förändras från förakt till chock medan hans kropp stelnar och pulspistolen faller till golvet. Rummet är stumt, chockat över den plötsliga makten och Gavious' hastiga fall. Befriad från pulspistolens hot vänder Henrik sig mot Solbärare 1, hans ögon fylls med tacksamhet. "Tack," viskar han, erkännande den uråldriga varelse som just räddade honom. Solbärare 1 nickar högtidligt, hennes gestalt badad i ett mjukt ljus, som om hon symboliserade en ny början.

De återstående Youllianska vakterna, tidigare aggressiva, visar nu tvekan. När Gavious faller, försvinner deras beslutsamhet. En efter en släpper de sina vapen med darrande händer och höjer dem i tecken på kapitulation. Motståndskämparna, med skarpa ögon och stadiga vapen, rör sig framåt och avväpnar vakterna med snabba, inövade rörelser. Henrik, som observerar den minskande spänningen, ger sitt team en godkännande nick. Han signalerar dem att slappna av men förbli vaksamma, ögonen fästa på de nu kapitulerade vakterna.

Innan Henrik helt kan bearbeta scenen, skimrar en ny våg av energi vid sidan av Solbärare 1; ur luften materialiseras Joanna, Roukia, Evan, Dvorak och Anvu. Henriks hjärta hoppar till av en blandning av lättnad och glädje vid åsynen av sina vänner, särskilt Joanna. Hans andetag fastnar när han ser henne, en våg av värme och tårar fyller hans ögon.

"Min älskade!" Henrik rusar fram och omfamnar henne, hans armar drar henne nära med en intensiv värme. "Du är här. Jag var så orolig." Hans röst darrar av ömhet och tacksamhet.

Joanna ler varmt och hennes närhet lugnar honom. "Vi är alla här, Henrik," svarar hon med ögon fyllda av lättnad. "Och vi har med oss hjälp."

Evan kliver fram och ger Henrik en tröstande klapp på ryggen. "Solbärare 1 har varit ovärderlig i vår väg hit," erkänner han.

Roukia nickar stolt. "Och vi hade inte kommit hit utan dig, Henrik. Ditt ledarskap har fört oss till detta ögonblick."

Dvorak och Anvu står bredvid, deras uttryck speglar uppriktigt stöd. Anvus ögon möter Henriks med en blandning av respekt och moderlig tillgivenhet. Utan ett ord drar hon honom in i en varm, tröstande kram, vilket erbjuder en välkommen känsla av trygghet. Henrik håller henne hårt, känner värmen och stöd i denna stund av lättnad.

"Vi ska avsluta det här tillsammans," tillkännager Henrik med en beslutsam röst. "För Zuood och alla som kämpar för vår sak."

51 - Vägen till fred

Två veckor har gått sedan Kollektivet gjorde sin gåtfulla ankomst, och nu sjuder den stora kammaren där det Nya Alliansens Galaxråd samlas av förväntan. De polerade marmorytorna reflekterar de mjuka, skiftande ljusen och skapar en varm och inbjudande atmosfär för detta historiska möte. Trots att det inte är första gången Youllianska och mänskliga ledare samlas, är det första gången de gör det för att skapa gemensam fred och välstånd för alla. Runt omkring Henrik bär de samlade ledarna en blandning av lättnad, prestation och försiktig optimism, och bidrar med en mängd erfarenheter och perspektiv. Även om skuggorna av tidigare konflikter fortfarande dröjer sig kvar, sätter önskan om enighet och framsteg tonen för mötet.

Slutet på det Youllianska förtrycket har fört med sig en välkommen förändring för Zuoods folk och andra tidigare kuvade planeter. Henrik, som har bevittnat effekterna på nära håll, kan intyga den nyfunna friheten och respiten de nu åtnjuter. Denna befrielse har gett dem möjlighet att börja återuppbygga sina liv utan det ständiga hotet om tyranni. Zuood-folkets motståndskraft och enighet, som har stått fasta inför motgångar, inger hopp om en ljusare framtid.

Trots att de flesta Youllianer har omfamnat det Nya Alliansens vision, finns det fortfarande små grupper av konservativt motstånd som utmanar den nya eran av samarbete. Dessa motståndsfickor, även om de är små, utgör ett betydande hot mot Alliansens ansträngningar. Men Nya Alliansens styrkor och lokala motståndsgrupper arbetar outtröttligt för att hålla dessa fickor i schack. Deras vaksamhet säkerställer att isolerade incidenter snabbt hanteras, vilket upprätthåller säkerhet och stabilitet för medborgarna.

Nedmonteringen av Chronos Korporation markerar en betydande milstolpe i befrielseprocessen. Företagets tillgångar och rikedomar, som tidigare var koncentrerade till ett fåtal, har placerats i en fond. Denna fond förvaltas av valda tjänstemän under ett transparent redovisningssystem, vilket säkerställer en rättvis fördelning av resurserna. Detta gynnar befolkningen och stöder viktiga offentliga projekt.

* * *

Med självsäker hållning kliver Henrik upp på podiet i mitten av rummet. Han möter den samlade folkmassan av ledare och representanter, och en ödmjuk känsla fyller honom. Bland dem finns Joanna. Deras ögon möts, och hennes varma, lugnande leende ger Henrik tröst. Hennes mod och motståndskraft har varit en styrka under hela deras resa, och hennes närvaro i detta avgörande ögonblick stärker deras djupa band.

När Henrik ser ut över församlingen, betraktar han den mångsidiga gruppen av människor och Youllianer. Deras enighet och delade vision är ett bevis på Nya Alliansens potential. Ledarna representerar en blandning av kulturer, erfarenheter och perspektiv som kommer att forma galaxens framtid. Han tar ett djupt andetag och förbereder sig för att tala till folkmassan, medveten om stundens betydelse. Detta är ett avgörande steg mot en ny era, en som han vet kommer att kräva fortsatt samarbete och motståndskraft.

"Ledare och representanter för Nya Alliansen," börjar han, hans röst stark och stadig, "idag står vi vid ett vägskäl – en chans att skapa en ny väg för våra folk och galaxen. Resan hit har inte varit lätt, men vi har övervunnit stora utmaningar tillsammans. Vi har lagt gamla fiendskap åt sidan och arbetat mot ett gemensamt mål."

Hans blick sveper över rummet och möter ögonen på dem som har kämpat vid hans sida.

Han känner deras stöd, vilket uppmuntrar honom att fortsätta.

"Tiden för förtryck och rädsla är över. Vi har sett den skada som orsakats av dem som försökte dominera andra. Vi måste se till att ett sådant mörkt kapitel aldrig upprepas."

Ett mummel av instämmande stiger från folkmassan, och Henrik nickar bekräftande. "När vi går framåt, kom ihåg det mod och den motståndskraft som fört oss hit. Vi har enats mot dem som vill splittra oss, och vi måste förbli vaksamma mot den extremism som fortfarande dröjer sig kvar i skuggorna. Tillsammans kan vi vägleda vårt folk mot en framtid av fred, välstånd och ömsesidig respekt."

Henriks ord möts av applåder, och energin i rummet är påtaglig. Han gestikulerar mot D'osan och bjuder in honom att tala. Rådet sätter sig när D'osan harklar sig och reser sig för att tala till församlingen.

"Dagen idag markerar en vändpunkt för våra folk," börjar D'osan. "Tiden för rädsla och dominans är bakom oss. Vi Youllianer är här för att stå vid våra mänskliga allierades sida och arbeta hand i hand för att forma en bättre framtid för alla."

D'osans uppriktiga ord genljuder hos ledarna som samlats runt bordet. Henrik bekräftar dem med en lätt nick och säger: "Er vilja att ansluta er till oss som jämlikar i Alliansen är berömvärd, men vi måste erkänna de utmaningar som väntar. Zuood och dess folk har förtryckts alltför länge. Våra gemensamma ansträngningar måste fokusera på att återuppbygga förtroende och främja samarbete."

Ett mummel av instämmande sprider sig genom kammaren när ledarna utbyter vetande blickar och nickar gillande. Även om resan framåt kan vara svår, binder löftet om en harmonisk framtid dem samman. Allt eftersom mötet fortskrider, börjar planer för gemensamma ansträngningar och ömsesidigt stöd ta form.

* * *

När Henrik lämnar rådets kammare och kliver ut, möts han av Evan, som hälsar honom med en nick och ett leende. De båda delar en stund av tyst förståelse, erkänner sina prestationer och hoppas för framtiden. Henriks ögon sveper över de livliga gatorna, där människor och Youllianer arbetar sida vid sida för att återställa staden.

Han ser hur skräp röjs bort, medan ljudet av byggnation blandas med glatt prat. Luften är fylld av den friska doften av jord och nyplanterad vegetation, en symbol för förnyelse och samarbete.

"Det är otroligt att se alla arbeta i enighet," anmärker Evan med stolthet i rösten.

Henrik nickar medan han observerar det sömlösa samarbetet som utspelar sig runt omkring dem. "Ja, det är ett bevis på att vi är på väg i rätt riktning," instämmer han. "Men vi måste förbli vaksamma och styra vårt folk mot en framtid rotad i ömsesidig respekt och—"

Deras samtal avbryts plötsligt av en dånande smäll som ekar genom atmosfären, och alla blickar dras mot himlen i häpen oro. Den en gång så livliga folkmassan blir dödstyst, fascinerad av det kosmiska skådespel som sliter isär molnen. Vissa ansikten uttrycker misstro, medan andra grips av panik och letar efter skydd. Henriks hjärta bultar i bröstet, hans andetag fastnar i halsen när han försöker förstå vad han bevittnar. Evans ögon vidgas av ren skräck, hans röst är knappt en viskning när han frågar: "Vad... är det där?"

Ovanför dem sveper ett mystiskt, skimrande energifält över planeten, som en spöklik storm. Dess böljande vågor krusar med kusliga nyanser av djupviolett, elektriskt grönt och koboltblått och kastar ett fascinerande men ändå olycksbådande sken över världen nedanför. Den kusliga uppvisningen skickar en isande rysning längs Henriks ryggrad, och hans sinne rusar med insikten om det nya hotet som tornar upp sig över dem.

“Vad det än är, så har vi inte råd att vänta. Vi måste agera nu,” säger Henrik.

SLUT

Epilog

Henrik sjunker ner i en stol inne i högkvarteret, hans uttryck förmörkats av tyngden av de senaste händelserna. Energifältets gåta, som har omslutit planeten i över en vecka nu, bidrar till hans oroliga tillstånd. Rummets mjuka, omgivande sken från artificiella ljus kastar skiftande skuggor över väggarna, medan det avlägsna surret från maskineriet fungerar som en svag bakgrundston som understryker basens oupphörliga aktivitet.

Evan, som står i dörröppningen precis utanför, har sina förstående ögon fästa på Henriks oroliga ansikte. Han harklar sig för att inte störa, men för att försiktigt tillkännage sin närvaro, i hopp om att erbjuda lite tröst eller insikt för att lätta Henriks börda.

"Hej, Henrik," börjar Evan, "jag ser att du känner dig nere över det som hände med Björn. Jag vet att det är tufft, men låt mig dela något med dig. Har du någonsin hört talas om teorin om hård logik?"

Henrik suckar och svarar: "Nej, det har jag inte. Vad är det?"

Evan förklarar: "Min vän Exurb1a tänkte på det för länge sedan. Föreställ dig detta: vi är i ditt mysiga vardagsrum, där solens milda strålar skapar en varm dans av ljus och skugga. De leker på sidorna av böckerna, var och en som bär på berättelser och kunskap i sina slitna pärmar. Luften bär en svag doft av kaffe, en tröstande närvaro.”

Henrik ser fascinerad ut och nickar för att Evan ska fortsätta.

“Teorin om hård logik antyder att det finns något anmärkningsvärt distinkt med de konstanter och lagar som formar vårt universum,” förklarar Evan. “Föreställ dig ett universum där pi, det grundläggande talet, inte håller greppet om förhållandet mellan en cirkels kant och dess kärna. Det är som ett mentalt språng, eller hur?”

Henriks nyfikenhet växer och han säger: “Ja, jag kan inte riktigt förstå det.”

Evan ler och fortsätter, “Det är det som är så fantastiskt med det. Konstanter som pi, en elektrons massa eller en kvarks elektriska laddning verkar vara invävda i själva verklighetens struktur. Precis som det här rummet är byggt på välbekanta möbler, är universum konstruerat på dessa oföränderliga regler. Tanken är att allt vi bevittnar, från de minsta partiklarna till de största galaxerna, framträder ur denna logiska grund.”

Henrik begrundar begreppet en stund innan han frågar: "Men varför finns dessa regler? Varför följer universum dem?"

Evan nickar förstående och svarar: "Ah, den ultimata frågan. Även om vi har kommit att förstå mycket om reglerna som styr verkligheten, förblir den större frågan om deras ursprung svårfångad."

Evan pausar och ler sedan. "Det finns en berättelse om en tidig astronaut som får en uppenbarelse när han tittar ut genom sitt rymdskepps fönster. Stjärnor, en asteroid i fjärran, han inser plötsligt att varje molekyl i hans kropp, i själva rymdfarkosten, alla kan spåras tillbaka till forntida stjärnor. Det är en känsla av enhet, att vi alla är vävda från samma kosmiska tråd."

"Det är ödmjukande, helt klart," erkänner Henrik.

"Absolut," håller Evan med. "Våra tankar, vår existens, allt flödar från den intrikata baletten av krafter. Elektromagnetism utlöser signaler i våra sinnen, den starka interaktionen håller atomkärnor i en ömtålig omfamning, och gravitationen binder oss till marken och hindrar oss från att sväva i väg som frisläppta ballonger. Det är en symfoni av krafter, var och en spelar sin roll i den kosmiska dansen."

Henrik ser överväldigad ut och säger: "Det är mycket att ta in, särskilt en dag som denna."

Evan lägger en lugnande hand på Henriks axel och säger: "Jag förstår, min vän. Men kom ihåg, även under de mörkaste dagarna är varje atom inom dig, varje fragment av denna värld, en konsekvens av universella lagar. Det finns ett mysterium framför oss, ett pussel som vi alla är en del av. Och ärligt talat, vi försöker fortfarande tyda själva verklighetens väsen."

Henrik suckar och svarar: "Du har rätt. Det är bara… överväldigande."

"Ta din tid," säger Evan med ett milt leende. "Universum, även om det är stort och gåtfullt, kan också erbjuda tröst. Ibland kan det vara märkligt tröstande att inse att allt vi möter är en del av det stora mysteriet."

"Tack, Evan. Jag behövde det perspektivet," säger Henrik tacksamt.

"När som helst, Henrik," svarar Evan varmt. "Och kom ihåg, även inför tragedier, rymmer universum sina hemligheter och underverk, som väntar på att vi ska avslöja dem."

* * *

Senare samma kväll lyssnar Henrik uppmärksamt på Evan och Roukias återberättelse av deras möte med Kollektivet. Hans tankar glider i väg till Joanna medan deras ord väver en levande berättelse om vördnad och fara. Han minns hennes okuvliga anda, hennes orubbliga tro på deras sak och de uppoffringar hon gjorde för att föra dem så här långt.

Alliansen med de uråldriga varelserna är ett bevis på Joannas mod och beslutsamhet, och Henrik känner en våg av tacksamhet och beundran för henne. Hennes arv fyller honom med förnyad beslutsamhet och knuffar undan hans tvivel och förtvivlan.

När han tar in Evan och Roukias berättelse känner Henrik en våg av förnyat syfte. Resan, inser han, har aldrig hängt på en persons ledarskap. Den kollektiva styrkan hos alla som tror på frihet, inklusive honom, driver dem framåt. Mer än någonsin är han redo att möta de utmaningar som väntar, hans beslutsamhet är orubblig.

Recensioner uppskattas

Om du uppskattade berättelsen i *Ursprung Andromeda: Upprorets Eld,* skulle din feedback betyda galaxen för mig! Att lämna en recension tar bara ett ögonblick men gör en enorm skillnad. Din åsikt hjälper mig att fortsätta driva min passion för att skriva. Visste du att färre än 2% av läsarna lämnar recensioner?

Du kan se de fantastiska recensionerna för den första boken här (eller på min hemsida). Jag är djupt tacksam för all värme och konstruktiv feedback jag får.

Tack för ditt stöd och för att du är en del av denna otroliga resa!

Du kan lämna en recension på vilken sida som helst där du köpte ditt exemplar.

Jag uppskattar verkligen dina tankar!

Huvudkaraktärer

Henrik Harlacker: En tillbakadragen man, tänd av orättvisa. Han förvandlas från en blyg själ till en ledare, driven av medkänsla och ambition.

Joanna Harlacker: En karismatisk och intelligent ledare, Joannas styrka matchas endast av hennes förmåga att älska. Hennes yttre självförtroende döljer en djup empatisk förmåga.

Björn: Gruppens hjärta och humor. Björns omtänksamma natur och vassa intelligens gör honom till en ovärderlig följeslagare på deras farofyllda resa.

Davood: En mästare på maskiner, vars tålamod med människor endast prövas av frustrationen över krånglande teknik. Hans expertis är avgörande för deras uppdrag.

Anvu Harlacker: En klippa av styrka och kärlek, Anvus tekniska kunnande matchas endast av hennes orubbliga hängivenhet till sin familj och deras kamp för frihet.

Tidus Barlow: Högsta ledare för Chronos Korporation. I sina sista år brinner hans hänsynslöshet och ambition starkare än någonsin, och lämnar ett spår av rädsla och dominans i sitt kölvatten.

Youllianerna: Gåtfulla varelser från Triangulumgalaxen. Deras elegans och avancerade teknologi döljer en ondskefull agenda, driven av den förestående förstörelsen av deras hemplanet.

YMG (Youllian Military Guard): De upprätthåller Youllianregimens järngrepp genom hot och våld, och ser till att den förtryckta befolkningen förblir foglig.

Caius: Född in i ledarskap, ärvde Caius sin position som befälhavare för Centurion och har lett sitt skepp till oöverträffad framgång. Men maktens pris har varit högt och lämnat honom tvivlande inför den verkliga kostnaden för hans ambition.

Serge: En reslig man med gränslös energi. Hans dånande, gutturala röst inger respekt, men hans milda sätt får andra att känna sig lugna, även i frustrerande stunder. Denna paradox skapar en komplex och fängslande närvaro.

Lo'orak: Ledaren för rebellgruppen Dwellerna. Lo'oraks ande tänds av nyheten om en möjlig väg till befrielse från deras tidsmässiga slaveri. Han bär sitt folks hopp och är redo att antända en gnista av motstånd som kan förändra deras öde.

Brutus: En rebell i Dwellerna, härdad av ett liv i civilisationens utkanter. Brutus utstrålar rå styrka och orubblig beslutsamhet. Hans imponerande fysik och dånande röst kräver uppmärksamhet, medan hans skarpa blick antyder ett djup av erfarenhet och ett bevakat hjärta.

Li'lah: En virvelvind av energi och kvickhet, Li'lah är Dwellerna tekniska underbarn med en förmåga att böja system efter sin vilja. Hennes livfulla personlighet och snabba intellekt döljer en komplex historia fylld av hemligheter och en framtid full av potential.

Adana: En erfaren krigare i Dwellerna, Adanas ansikte bär spår av otaliga konflikter, varje linje ett bevis på hans motståndskraft och beslutsamhet. Även om tröttheten skuggar hans ögon, brinner en okuvlig vilja inom honom, driven av de strider han har utkämpat och de segrar han har vunnit.

Lu'cara: En Youllianer av ädel börd. Lu'caras förflutna är sammanflätat med den förtryckande regimen han nu bekämpar. Plågad av de grymheter han bevittnat söker han försoning och rättvisa tillsammans med Dwellerna, och erbjuder sin kunskap och sina färdigheter för att rasera det system han en gång tjänade.

Kollektivet: Ett uråldrigt, decentraliserat kollektivt medvetande känt under många namn (De Äldre, Tidssmidda, Dirinehgar). En gång sammankopplade över stora avstånd, de strävar efter att återställa sin förlorade enighet samtidigt som de brottas med en mystisk stöld som har splittrat deras existens.

Solbärare 1: En representant för Kollektivet, Solbärare 1 fungerar som en kanal för kollektivets enorma kunskap och gåtfulla avsikter. Medan hon förkroppsligar Kollektivets lugna och insiktsfulla natur, har Solbärare 1 också en distinkt individualitet, vilket antyder mångfalden inom kollektivet.

Gavious: En högt uppsatt Youlliansk ledare, Gavious utstrålar högdragen arrogans och förakt för dem han anser vara underlägsna. Han ser Andromeda-alliansen som enbart en irritation, en olägenhet som ska utrotas snabbt och effektivt.

Maximus: Befälhavare för det Youllianska skeppet Elostarr, Maximus har haft titeln Andromedas befälhavare och högste ledare sedan Tidus avfärd till den kalla avgrunden. Han är hänsynslös och en intelligent strateg, som skonar ingen som står i vägen för honom och hans mål.

Jon'ha: En ung manlig general i Alliansen. En naturlig ledare förutbestämd för storhet, Jon'ha representerar fraktionen känd som Skugg Kommandot, specialiserad på hemliga operationer och infiltrationer.

Zenith: Ledare för den norra divisionen. Hon drivs av en djup önskan om hämnd och rättvisa, driven av förlusten av sin familj och sitt hem till Youllianerna. Hennes orubbliga blick och bestämda uppträdande understryker hennes engagemang för att se till att ingen annan lider som hon gjorde.

Zeb'than: Caius kontakt i staden New Atlantis. Zeb'than är en respektingivande figur med en kropp byggd som en oxe och muskler som spelar under hans slitna kläder. Ett välansat helskägg ramar in hans väderbitna ansikte, vilket återspeglar både hans styrka och de svårigheter han har mött. Trots sitt hotfulla utseende gör Zeb'thans vänliga uppträdande honom till en värdefull allierad i utmanande miljöer.

Quintion: Hyser ett djupt förakt för Henriks ledarskap och tror att hon själv är den rättmätiga ledaren för Alliansen. Hennes handlingar drivs av en obeveklig ambition och

en fast övertygelse om sin egen vision för
Alliansens framtid.

*Tack, Adam, för idén om karaktärsbeskrivningen.
Det är ett fantastiskt tillskott till boken.*

Ordlista

Andromedaalliansen: Henriks farfarsfar etablerade en mäktig allians känd som Andromedaalliansen, en koalition av flera närliggande planeter. Förenade i sin vision arbetade de tillsammans mot en ljusare och mer framgångsrik framtid.

Artefakt: En sofistikerad och gåtfull kub, som en gång var central för Kollektivmedvetandets verksamhet, ligger nu i okända händer efter att ha blivit stulen. Denna enhet, prydd med skiftande, lysande symboler, möjliggör omedelbar kommunikation över hela universum, integrerar enorma mängder data och förstärker Kollektivmedvetandets kollektiva medvetande — dess fulla kapacitet förblir höljd i mystik.

Chronos Korporation: Den dominerande politiska makten i galaxen, tidigare styrd av Tidus Barlow.

De äldre, Tidssmidda, Dirinehgar: Alternativa namn för Kollektivmedvetandet, som återspeglar deras forntida ursprung och upplevda makt.

Elostarr: Det största och mest tungt beväpnade skeppet som skapats av Youllianerna. Tillverkat av de legendariska Stora Byggarna från

Greymetal-klanen står Elostarr som ett bevis på Youllians styrka och överlägsenhet.

Greymetal-klanen: En formidabel fraktion inom Youllianska samhället, firad för sin oöverträffade militära skicklighet och mästerliga skeppsbyggnadskonst.

Kollektivmedvetandet: Ett kollektivt medvetande bestående av sammankopplade individer eller enheter som delar tankar, minnen och upplevelser.

Kraken: Ett alliansskepp av enastående ingenjörskonst, detta skepp hade förödande eldkraft med precision och styrka. Det kombinerade banbrytande design med formidabel vapenarsenal, vilket gjorde det till en kraft att räkna med i alla strider.

New Atlantis: En stor stad på Zuood, belägen norr om Kionidoo, står som epicentrum för planetens politiska makt. Här utspelar sig det intrikata maskineriet av styrning och diplomati, som formar framtiden för Zuood med varje beslut.

Rogueplanet: En rogueplanet driver ensam genom rymdens tomrum, inte bunden till någon stjärna. Dess yta är en frusen, mörk vidsträckt yta, höljd i mystik och isolering.

Tidsförslavning: Det tillstånd under vilket Zuoods folk lider genom tidsutvidgningsenheten, som tvingar dem att arbeta längre timmar än den normala tidens lopp.

Tidsutvidgningsenheten: En Youlliansk teknologi som manipulerar tidens flöde, vilket gör det möjligt för dem att stjäla livskraft från människor och tvinga dem att arbeta under förlängda perioder.

Triangulum-galaxen: Den närliggande galaxen från vilken Youllianerna härstammar.

YMG: Akronym för Youllian Military Guard, verkställarna av Youllianska styret.

Efterord

Kära läsare, tack för att du följt med mig på denna kosmiska resa.

Som en stjärna som slocknar men lämnar ett kosmiskt avtryck, hoppas jag att denna berättelse fortsätter att lysa inom dig. Låt den tända gnistan till dina egna äventyr och drömmar. Din berättelse väntar på att skrivas.

Tills vi möts igen bland stjärnorna. //
Christoffer Vuolo Junros

Dyk djupare in i berättelsen

För att dyka djupare in i *Ursprung Andromeda-*universumet, besök seriens webbplats här: https://originandromeda.com/

Glöm inte att kolla in vår Origin Membership Club för spännande NFT:s med unika förmåner, som bakgrundsberättelser från karaktärerna och samlarobjekt!

Du är berättigad till ett exemplar av läsarens NFT för den här boken, som innehåller en spännande bakgrundshistoria. Hämta den HÄR med koden: *"SLAMATI"* ELLER skanna koden nedan:

SITE

FACEBOOK

NFT

Om författaren

Mitt namn är Christoffer Vuolo Junros. (1989) Jag växte upp i Göteborg, Sveriges näst största stad. De senaste två åren så är Stockholm mitt hem, där jag delar mitt liv med min fantastiska fru, Joanna. Hon är inte bara min partner utan också den som fyller mitt hjärta med gränslös kärlek.

Resan att skriva min debutbok var en djupgående lärandeupplevelse, från den första idén till det slutgiltiga manuset och allt däremellan. Att sätta scenen för uppföljaren du nu håller i handen har varit en ännu större utmaning, fylld med nya lärdomar. Jag är djupt tacksam för möjligheten att följa min passion och skapa immersiva världar inom mitt skrivande.

Både i mitt skrivande och i mina personliga strävanden drivs jag av en fascination för framtidens teknik. Som en pionjär och tidig användare omfamnar jag ivrigt innovationer som lovar att förenkla våra liv och ge oss nya förmågor. För mig är teknik inte bara ett verktyg utan en förlängning av oss själva, ett sätt att effektivisera uppgifter och utöka vår potential.

Vid sidan av skrivandet arbetar jag som Senior Ingenjör, där jag utnyttjar min expertis inom elektrifierade fordon. Under åren har jag bidragit med mina färdigheter till välrenommerade företag som Volvo, Scania, SAAB och Husqvarna, varje erfarenhet har tillfört djup till min professionella resa.

https://originandromeda.com
https://facebook.com/originandromeda/
https://originandromeda.uncut.network/
https://junros.se